Milliardenschwer und ungeliebt

EIN MILLIARDÄR VOLLER LEIDENSCHAFT

Zett

J. S. SCOTT

Ebenfalls von D. A. Scott

Die Stimme des Milliardärs ~ Micah (Buch 4)
Der Milliardär geht aufs Ganze ~ Julian (Buch 5)
Die Geheimnisse des Milliardärs ~ Xander (Buch 6)
Nichts weiter als ein Millionär ~ Liam (Buch 7)
(ab Anfang Juli 2018 erhältlich)

Die Walker-Brüder – Die Serie:

Lass los! (Buch 1)

Vertrau mir! (Buch 2)

Rette mich! (Buch 3)

Von J.S. Scott & Ruth Cardello:

Gut Gespielt – Liebeszauber auf dem Footballfeld
(ab Anfang August 2018 erhältlich)

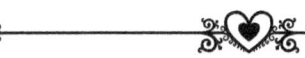

Inhalt

Prolog

Jett

Vor über zwei Jahren …

»Ich kann einfach nicht glauben, dass du mir so etwas antun konntest«, schrie mich meine Verlobte an. »So kann ich dich nicht heiraten. Ich kann dich nicht einmal *anschauen*, geschweige denn Sex mit dir haben. Du bist … entstellt.«

Lisettes Gesicht war hochrot, als sie sich von meinem Krankenhausbett abwandte. Hätte sie gewusst, dass sich ihr Gesicht derart verfärbt hatte, hätte sie diese kleine Unvollkommenheit gehasst.

Ihre Worte trafen mich wie ein Schlag und es tat verdammt weh. Doch war es nicht mein *Herz*, das mir solchen Schmerz verursachte. Es waren mein verunstalteter Körper und mein Bein, die mich so quälten, dass ich mir wünschte, von meinem Elend erlöst zu werden.

»Darüber kann ich jetzt nicht mit dir diskutieren, Lisette«, zischte ich durch zusammengebissene Zähne.

»Es gibt nichts zu diskutieren. Ich kann nicht mit einem Mann verheiratet sein, der nie mehr in der Lage sein wird, mit mir zu gesellschaftlichen Ereignissen zu gehen und mit mir zu tanzen.

Anstelle von Neid würde ich Mitleid von meinen Freunden ernten, weil ich mit jemandem verheiratet wäre, der behindert ist. Du weißt, ich will respektiert werden. Das habe ich verdient«, erwiderte sie mit einem missmutigen Schnaufen.

Mein Gott! Warum hatte ich nie zuvor bemerkt, was für eine oberflächliche und engstirnige Frau meine eigene Verlobte war? *Wahrscheinlich weil ich niemals Zeit für irgendetwas anderes als meine Arbeit gehabt hatte.* Lisette und ich waren wegen Sex und Partys zusammen. Im Allgemeinen war ich derjenige, der Sex wollte, also führte ich sie aus, wo immer sie auch hingehen wollte. Mehr hatte sie nicht von mir verlangt und ich hatte nicht mehr gebraucht. Sicher, wir hatten darüber gesprochen, einen Termin für unsere Hochzeit festzulegen, und Lisette war ziemlich glücklich über den teuren Diamanten gewesen, den ich ihr an den Finger gesteckt hatte. Doch der Hochzeitstermin schien uns beiden nicht allzu wichtig gewesen zu sein. Mir war bereits der Gedanke gekommen, dass ihr der teure Ring mehr gefallen hatte als die Aussicht, mit mir verheiratet zu sein. Vielleicht war die Verzögerung ein Segen gewesen, da sie mich jetzt loswerden wollte, während ich noch versuchte, mich von meiner letzten Operation zu erholen. Nach Auskunft meiner zwei Brüder war sie nicht in der Lage gewesen, mich früher zu besuchen, weil sie kranke Menschen nicht ertragen konnte. Doch sie hatte sich ein Bein ausgerissen, um zu mir zu gelangen, sobald ich bei Bewusstsein gewesen war, um unsere Verlobung zu lösen.

Also gut. Ja. Vielleicht hatte ich gewusst, dass sie nicht gerade eine *Intellektuelle* war, doch ich fragte mich, warum ich niemals erkannt hatte, wie narzisstisch sie war.

Vielleicht weil ich niemals etwas getan hatte, dem sie nicht zuvor zugestimmt hatte.

Ich hatte Lisette niemals von der PRO erzählt, der freiwilligen Organisation, die mein bester Freund Marcus Colter aufgebaut hatte, um Entführungsopfer und politische Gefangene aus feindlichen Ländern zu retten.

Vielleicht hätte die Tatsache, dass ich ihr niemals genug vertraut hatte, um ihr von der PRO zu erzählen, bereits wie eine große rote Warnflagge auf mich wirken sollen, doch ich hatte mir stets gesagt, sie müsse es nicht wissen und die PRO sei eine geheime Truppe. Die Teammitglieder hatten sich alle unauffällig verhalten.

Ehrlich, ich hatte nur zu gut gewusst, dass ihr das vollkommen egal war, doch ich hatte es mir nicht eingestehen wollen. Komisch, was mit einem Mann geschieht, der beinahe gestorben wäre. Ich dachte an allen möglichen Mist, der mir früher nie in den Sinn gekommen wäre.

Merkwürdigerweise hatte Lisette niemals auch nur *gefragt*, wie ich in einen Hubschrauberabsturz in einem fremden Land geraten war. Offensichtlich spielte für sie nur eine Rolle, inwieweit meine Verletzungen *sie* beeinträchtigten.

»Ich nehme an, ich sollte den Ring zurückgeben«, sagte sie in etwas freundlicherem Tonfall.

»Wie ich bereits sagte, wir können später darüber reden.«

»Ich will, dass es vorbei ist«, erwiderte sie. »Ich will dich nicht heiraten.«

Ja, *das* hatte ich mittlerweile verstanden, doch ich hätte nicht behaupten können, dass ihre Worte mir nicht wehtaten. Ich befand mich in einer ziemlich verwundbaren Position und die Tatsache, dass meine Verlobte nicht ertragen konnte, mit mir zusammen zu sein, war in diesem Moment eine bittere Pille für mich, die ich schlucken musste.

Ich schaute zurück. Ich hatte es gewusst. Als unser Hubschrauber abgestürzt war, hatte ich mich auf der Seite befunden, mit der er auf dem Boden aufgeschlagen war, und mein gesamter Körper war von oben bis unten aufgerissen worden. Eins meiner Beine war zerfleischt worden und die Ärzte versuchten immer noch, es wieder zusammenzuflicken.

»Behalte den Ring«, ächzte ich. Im Moment wollte ich nur noch in vollkommener Ruhe vor mich hin leiden, ohne ihre irritierend schrille Stimme hören zu müssen, die herumlamentierte, wie sehr ich ihr Leben ruiniert hatte.

Ehrlich, seit dem Unfall hatte ich noch nicht einmal wirklich darüber nachgedacht, in welchem Umfang meine Verletzungen den Rest meines eigenen Lebens beeinflussen würden. Zur Hölle, ich hatte einfach nur versucht, den Tag zu überstehen.

Ich hatte mich darauf gefreut, endlich meine Verlobte wiederzusehen, und darauf gehofft, dass sie mich daran erinnern würde, wie viel ich doch hatte, für das es sich zu leben lohnte, und dass ich eine Zukunft hatte, auf die ich mich freuen konnte.

Doch wie sehr hatte ich mich getäuscht.

In diesem Moment hätte ich beinahe alles getan, um sie *loszuwerden*.

»Ich denke, du schuldest mir den Diamanten, nach allem, was Du mir zugemutet hast«, überlegte sie.

»Was habe ich dir denn getan, außer dass ich selbst verletzt wurde? Ich habe dir *alles* gekauft, was du haben wolltest, sobald du einen Wunsch geäußert hast. Ich habe dich mit all deinen Freunden auf teure Reisen geschickt. Was wolltest du noch?«

Dass ich ein Vermögen für ihre Schmucksammlung ausgegeben hatte, erwähnte ich nicht, ebenso wenig den teuren Sportwagen, den ich ihr besorgt hatte. Bei Lisette hatte sich stets alles um Materielles gedreht, doch da ich es mir sehr wohl leisten konnte, was sie haben wollte, hatte ich keinen Grund gesehen, ihr irgendetwas abzuschlagen.

»Ich wünschte, du wärst einer der heißesten, reichsten und meistbegehrten Junggesellen der Welt geblieben, um den mich jeder beneidet hätte«, sagte sie mit einem Schmollmund.

»Es tut mir furchtbar leid, dass ich dich enttäuschen musste«, antwortete ich mit kaltem Sarkasmus.

Ich wollte nur noch, dass sie aus meinem Zimmer verschwand.

»Auf Wiedersehen, Jett«, sagte sie dramatisch, als sie durch die Tür hinaus segelte.

»Gute Reise, du Schlampe«, rief ich ihr hinterher, nachdem sie verschwunden war.

Ich warf einen Blick auf die Uhr und sah, dass ich noch eine weitere Stunde hinter mich bringen musste, bevor ich etwas gegen die Schmerzen bekommen konnte. Es schien, als ob sich mein ganzes verdammtes Leben nur noch um meinen Medikationsplan drehen würde.

Ich versuchte, mich zu entspannen, doch mein ganzer Körper war vor Schmerz und Gereiztheit vollkommen angespannt.

Und *vielleicht* gab es dort drinnen irgendwo auch noch eine gewisse Verletzbarkeit.

Die Frau, die ich geliebt zu haben glaubte und mit der ich den Rest meines Lebens hatte verbringen wollen, hatte mich gerade einfach so verlassen, weil ich mit Narben übersät sein würde und, seien wir doch mal ehrlich, meine Tage als Tänzer *tatsächlich* vorüber waren. Doch an solche Dinge hatte ich nicht einmal im Entferntesten gedacht, da ich einfach nur versucht hatte, einen weiteren Tag zu überstehen, den ich damit verbrachte, an die vier Wände zu starren, was langsam dazu führte, dass ich mich wie ein Gefangener fühlte. Lisettes barsche Bemerkungen ließen mich nun an meine Zukunft denken und die sah nicht annähernd so gut aus wie vor dem Hubschrauberabsturz.

Nichts würde jemals wieder genauso wie vorher sein. Ich würde vielleicht wieder laufen können, doch mein Alltag würde anders aussehen.

Ich wusste, wenn Lisette an meiner Stelle gewesen wäre, hätte ich sie *niemals* verlassen. Ich mochte in mancher Hinsicht vielleicht ein Arschloch sein, doch *diesem* Verhalten lag eine Gemeinheit zugrunde, die ich nicht bei ihr vermutet hatte.

»Was zum Teufel ist nur mit mir los gewesen?«, knurrte ich.

Wie konnte ich mich nur *jemals* mit jemandem wie Lisette *einverstanden* erklären, geschweige denn mit ihr *verlobt* sein?

Ich war zwar in wohlhabenderen Verhältnissen aufgewachsen als die meisten Menschen auf dieser Welt, aber meine verstorbenen Eltern hatten jedes ihrer Kinder zu anständigen Individuen erzogen. Meine Mutter und mein Vater hatten Geld und Erfolg niemals über moralische Werte gestellt.

Ich fragte mich, was ich sonst noch alles ignoriert hatte, während ich vollkommen damit beschäftigt gewesen war, mit meinen Brüdern Mason und Carter eines der größten Technologieunternehmen der Welt aufzubauen.

Irgendwie, falls ich jemals wieder aus diesem verdammten Krankenhaus herauskommen und die Schmerzen loswerden würde, die meinen wunden Körper zerrissen, würde ich mich wieder mehr darum kümmern, was in der Welt um mich herum geschah. Und niemals wieder würde ich mich von einer Frau ohne Substanz vereinnahmen lassen, nur weil ich so *beschäftigt* war.

Die Verlobung war Lisettes Idee gewesen und ich hatte das Gefühl gehabt, ihr den Respekt zu schulden, ihr einen Ring anzustecken, da wir bereits länger als ein Jahr zusammen waren. Es schien einfach die natürliche Entwicklung zu sein und ich hatte nichts dagegen, verheiratet zu sein. Und da ich ihre hässliche Seite niemals gesehen hatte, dachte ich, wir würden glücklich miteinander werden.

Jetzt stellte ich die Entscheidungen allerdings in Frage, die ich getroffen hatte, während meine Brüder und ich versucht hatten, unser Unternehmen in die Stratosphäre zu schicken. Ich musste mich fragen, wo zum Teufel mein Verstand und mein Herz gewesen waren, als ich Zwölfstundentage in meinem Büro abgerissen hatte. Wir hatten unser Ziel zwar erreicht, doch zu welchem Preis? Beinahe hätte ich eine Frau ohne Herz geheiratet.

Eines Tages werde ich jemanden finden, der sich nicht darum kümmert, dass mein Körper eine beachtliche Anzahl an Narben trägt und dass ich nicht tanzen kann.

Die Prognose für mein Bein sah nicht gut aus. Ich würde mich noch weiteren Operationen unterziehen müssen und selbst danach würde ich niemals wieder die gleiche Mobilität zurückerlangen, die ich vor dem Unfall gehabt hatte.

In meiner Welt war es höchst unwahrscheinlich, eine Frau zu finden, die mein Äußeres und meine Behinderungen akzeptieren würde. Und wenn, dann nur des Geldes wegen.

Da ich reich geboren worden war, wusste ich, wie oberflächlich meine Welt sein konnte. Vielleicht hatte mich *das* motiviert, Marcus' Team anzugehören. Ich wollte auf irgendeine Art zur Verbesserung der Welt beitragen und das nicht nur, indem ich Geld spendete, welches ich von den Steuern absetzen konnte.

Jetzt, da ich dem Tod so knapp von der Schippe gesprungen war, wusste ich, dass ich niemals wieder denselben Weg einschlagen würde, auf dem ich mich den größten Teil meines Lebens als Erwachsener bewegt hatte.

Das Leben war endlich und niemand wusste das besser als ein Mann, der gerade dem Tod entkommen war.

Ich hatte keine Ahnung, ob es eine Frau gab, die mehr als mein Geld sehen konnte, wenn sie mich anschaute. Eine Frau, die Narben und ein lahmes Bein für nicht besonders wichtig hielt. Doch falls ich ihr irgendwo über den Weg laufen sollte, würde ich sie ganz gewiss nicht wieder gehen lassen. Ich würde sie auf der Stelle fragen, ob sie mich heiraten würde.

Und falls ich sie *nicht* treffen würde, war ich alleine besser dran.

Kapitel 1

Ruby

Heute …

Es kam mir so vor, als ob mein ganzes beschissenes Leben zu
dem Albtraum geführt hätte, den ich gerade erlebte.
Ich war nackt.
Um meine Taille war eine Kette geschlungen, an der mein Wärter
zerrte, um mich vorwärtszuziehen. Unglücklicherweise war der Kerl,
der an meiner Kette zog – buchstäblich – um einiges größer und
schwerer als ich, sodass ich gezwungen war, mich weiterzubewegen.

Und in ein paar Augenblicken, das wusste ich, würde ich auf einer
Bühne stehen und eine Menge Käufer würden meinen entblößten
Körper anstarren und versuchen zu entscheiden, wie viel ich *und*
meine Jungfräulichkeit ihnen wert waren.

Meine Kampf-oder-Flucht-Instinkte schrien mir zu, zu fliehen.
Flucht war meine *einzige* Möglichkeit, da ich niemals eine große
Kämpferin gewesen war. Widerstand hatte für mich immer nur *mehr*
Schmerz bedeutet. Nach meinen ersten paar Lektionen als Kind hatte
ich gelernt, nicht mehr zu kämpfen, weil ich nichts dadurch gewann.

Zumindest war das bis jetzt so gewesen und alte Gewohnheiten und erlernte Verhaltensweisen konnte man nicht so einfach ablegen.

Trotz alledem zwang mir meine Panik den Gedanken auf, mich eiligst zu ändern.

Ich muss hier rauskommen!

Ich hasste die Tatsache, dass ich mich aus Dummheit selbst in diese Lage gebracht hatte, doch Reue verbesserte meine Situation auch nicht. Ich würde eine Fluchtmöglichkeit finden oder die Konsequenzen tragen müssen.

Wie hatte ich jemals auf die Geschichten meiner Entführer hereinfallen können?

Ich war obdachlos und verzweifelt gewesen, als meine Entführer mir einen Job angeboten hatten. Tagelang hatte ich nichts gegessen und der Hunger war ein guter Motivator, sodass ich am Ende das Angebot annahm.

Aufgrund dieser falschen Entscheidung hatte ich kein Tageslicht mehr gesehen, seitdem ich vor ein paar Wochen in ihr Auto gestiegen war. Ich war in einem wanzenverseuchten Hotelzimmer mit vergitterten Fenstern ohne eine Fluchtmöglichkeit festgehalten worden.

Das einzig *Gute* an meinem provisorischen Gefängnis war das Essen gewesen. Man hatte mich gut ernährt, doch nicht etwa aus Freundlichkeit oder um meine Kräfte zu stärken, damit ich eine Arbeit hätte aufnehmen können. Nein, meine Kidnapper wollten mich mästen wie Bauern, die sich wünschten, dass ihr Vieh möglichst viel wog, um es für Käufer attraktiver zu machen.

Ich zitterte am ganzen Körper, als ich auf die Bühne geführt wurde. Meine Nacktheit entsetzte mich nicht allzu sehr, obwohl sie allein schon gereicht hätte, um mich in Angst und Schrecken zu versetzen. Es gab weitaus schrecklichere Dinge, um die ich mir Sorgen machen musste, wie zum Beispiel die Frage, *wer* in dieser verrückten Jungfrauenversteigerung hoch genug bieten würde, um mich zu gewinnen, und was er *nach* der Auktion mit mir vorhaben mochte.

Würde ich angekettet im Dreck und der Dunkelheit eines Kellers enden und niemals wieder gesehen werden?

Es mochte in dieser Welt zwar niemanden geben, der sich um mich kümmerte, doch ganz gewiss wollte ich nicht ein solches Schicksal erleiden.

Ich zuckte zusammen, als ich auf der Bühne in Position gebracht und dort von dem Mann, der meine Kette hielt, festgehalten wurde.

Die Demütigung, von einer Meute lüsterner Männer beglotzt zu werden, traf mich wie ein heftiger Schlag in die Magengrube.

Mein ganzes Leben lang hatte ich Erniedrigungen ertragen müssen und für ein paar Sekunden verfiel ich einigen jener Erinnerungen, was ich mir eigentlich *niemals* erlaubte. Aber unkontrolliertes Entsetzen hatte mich gepackt und es gab keinen Weg, mich zu verteidigen oder jene Bilder aus meinem Gehirn zu vertreiben.

Ich konnte nicht jedes Paar Augen erkennen, das mich musterte. Aber ich hatte das unheimliche Gefühl, von vielen Augenpaaren beobachtet zu werden, und ich wünschte mir nichts sehnlicher, als mich wie ein Fötus zusammenzurollen, um mich zu schützen.

Keine Panik. Dani hat gesagt, sie würde mich retten.

Das Problem bestand aber darin, dass ich Danica Lawson nicht gut genug *kannte*, um beurteilen zu können, ob mir jemand zu Hilfe kommen *würde*. Doch ihr Versprechen war das Einzige, was mich aufrecht hielt. Wir waren uns lediglich einmal persönlich begegnet und hatten ein paar Mal miteinander telefoniert. Sie wirkte auf mich äußerst nett, doch ich hatte früh im Leben gelernt, dass mich die Menschen im Stich ließen und dass *ich* selbst die Einzige war, der mein Überleben wirklich am Herzen lag. Ich reckte mein Kinn, entschlossen, niemanden merken zu lassen, wie viel Angst ich hatte. Ich hatte schon einige böse Situationen erlebt und ich weigerte mich, mich vor diesen Leuten zu ducken, die Frauen zu ihrer Belustigung erniedrigten. Es gab Menschen, die sich daran aufgeilten, andere zu demütigen, und ich wollte keinem potentiellen Käufer einen Grund geben, mehr Geld zu bieten, um eine Frau zu ersteigern, die ihm zitternd und weinend zu Füßen liegen würde.

Ich hätte niemals geweint, auch wenn ich diese Erleichterung dringend gebraucht hätte.

Tränen gaben Peinigern mehr Macht und ich weigerte mich, den letzten Rest Würde aufzugeben, der mir noch geblieben war.

Ich werde einen Weg finden zu entkommen, falls Dani nicht auftaucht.

Mich selbst zu befreien war meine einzige Hoffnung und da ich wohlgenährt und ausgeruht war, war ich sehr viel stärker als zu der Zeit meiner Gefangennahme.

Ich versuchte, mich so weit zu entspannen, dass es mir möglich war, mich mental an einen anderen Ort zu versetzen als an den, an dem ich mich gerade befand. Das war ein alter Trick aus meiner Kindheit, den ich angewandt hatte, wann immer ich nicht bewusst hatte mitbekommen wollen, was gerade mit mir geschah, weil es zu verdammt schmerzvoll war.

Ich versuchte es, doch bald merkte ich, dass mir die Flucht nach Innen dieses Mal nicht gelingen würde. Also starrte ich in das Meer von Gesichtern, die ich in dem rauchgeschwängerten Raum erkennen konnte.

Das Licht auf der Bühne blendete mich, sodass ich nicht viel sehen konnte, außer die Leute in der ersten oder zweiten Tischreihe, die mir am nächsten waren. Meine Augen wanderten hin und her und landeten auf einem Gesicht, von dem ich aus irgendeinem Grund meinen Blick nicht abwenden konnte.

Mein rasendes Herz machte einen Satz, während ich den Mann in der ersten Reihe anstarrte.

Für einen Augenblick verspürte ich einen gewissen Trost, als er mir in die Augen blickte und scheinbar versuchte, meine Nacktheit zu ignorieren. Versuchten seine Augen, mir etwas zu sagen? Oder bildete ich mir das nur ein, weil ich glauben wollte, dass er ein gewisses Mitgefühl zeigte?

Als der Auktionator begann, über die verschiedensten Arten zu sprechen, auf die man mich benutzen und missbrauchen konnte, falls ich an jemanden mit dunklen Begierden verkauft werden würde, unterbrach ich den Augenkontakt mit dem dunkelhaarigen Mann.

Für mich gibt es kein Mitgefühl. Der Gedanke war offenbar meiner Verzweiflung entsprungen. *Niemand, der ein Herz besitzt, kann hier sitzen und zusehen, wie Frauen wie Vieh versteigert werden.*

Einen Moment später wusste ich, dass ich recht hatte, denn der Mann, von dem ich gehofft hatte, er würde nicht meinen Körper sehen, sondern *mich*, gab tatsächlich ein Gebot ab.

Ich bin hier allen vollkommen egal. Sie wollen lediglich meinen Körper, um ihn zu benutzen und zu missbrauchen.

Ich blinzelte meine Tränen weg, während ich weiterhin in die Dunkelheit am Ende des Raumes starrte, mein Körper erstarrt, obwohl ich mich am liebsten wie ein Häufchen Elend auf den Boden hätte sinken lassen.

Ich weine nicht. Ich weine niemals. Ich werde niemandem hier die Befriedigung geben zu wissen, dass ich Angst habe.

In einem Augenblick der Schwäche wünschte ich mir, den Mut aufgebracht zu haben, mich auf irgendeine Art selbst umzubringen, um der Demütigung zu entgehen, die in quälenden Wellen über mich hinwegflutete. Vielleicht hätte ich einen Weg finden können, mich umzubringen, aber mein Überlebenswille war stärker gewesen als mein Wunsch, mich in das Vergessen des Todes sinken zu lassen.

Ich schüttelte den düsteren Gedanken ab, wohl wissend, dass ich niemals willentlich mein Leben aufgeben würde, obwohl ich mich fühlte, als ob alle Hoffnung auf ein wirkliches Leben mich vor langer Zeit verlassen hatte.

Ich werde freikommen. Ich werde einen Weg finden.

Ich erinnerte mich an ein Zitat im Zusammenhang mit Roosevelt, das ich einst gelesen hatte:

Wenn du das Ende deines Seils erreicht hast, schlinge einen Knoten und halte durch.

In diesem Moment klammerte ich mich an *meinen Knoten*, einen Hoffnungsschimmer, den ich niemals hatte aufgeben können und den ich mich weigerte loszulassen.

Mein ganzes Leben hatte ich mich von Zitaten und Literatur inspirieren lassen. Da die Bibliothek für jedermann zugänglich war, hatte ich den größten Teil meiner Zeit damit verbracht, so viele

Informationen und Inspirationen aufzusaugen, wie ich zwischen den Seiten der Bücher und anderer Medien finden konnte, die der Öffentlichkeit kostenlos zur Verfügung standen.

Während meiner Jugend waren Bücher mein Fluchtweg gewesen, meine Art, mein qualvolles Leben für kurze Zeitspannen hinter mir zu lassen.

Als obdachlose Erwachsene hatte die Bibliothek mir einen Platz geboten, mich warmzuhalten oder mich abzukühlen, ein Ort, an den ich gehörte und an den ich passte. Selbst wenn es nur für eine kleine Weile gewesen war.

Leider gab es für mich im Augenblick keine Märchen, in die ich mich hätte fallen lassen können.

Verkauft!!!

Dieses eine Wort, das der Auktionator hervor bellte, rüttelte mich aus meinen Gedanken und katapultierte mich in die Lage, die jetzt meine Realität war: nackt, verschreckt und auf einer Bühne vor Leuten, die mir Böses wollten.

Ich war wie ein Pferd auf einer Auktion ersteigert worden und meine Zügel wurden gerade weitergereicht.

Meine Augen irrten entsetzt im Raum herum, verzweifelt einen Fluchtweg suchend.

Mit zitternder Hand strich ich meine langen braunen Haare zurück. Mein Preis war sechsstellig gewesen, daher wusste ich, dass man mich jagen würde wie einen entflohenen Sträfling, wenn es mir irgendwie gelingen sollte zu entkommen. *Niemand* würde so viel Geld bezahlen und dann eine teure Zuchtstute verlieren wollen.

Trotz alledem wusste ich, dass ich lieber um meine Freiheit kämpfen und fliehen würde, als einfach mein Schicksal zu akzeptieren.

Gespannt beobachtete ich, wie mein Käufer zum Kassierer ging, um die Bezahlung abzuwickeln, während ich die Stufen hinunter und aus dem blendenden Licht gezerrt wurde, das mich beinahe hätte erblinden lassen.

Wir kamen direkt neben dem Mann zum Stehen, der mich gekauft hatte, und die Enttäuschung traf mich beinahe wie ein

Hammerschlag, als ich erkannte, dass mein neuer Besitzer der Mann war, der mir kurzzeitig Hoffnung geschenkt hatte.

Es war der dunkelhaarige Mann aus der ersten Reihe, dessen Blick mich kurz mit einem Ausdruck gestreift hatte, den ich für Freundlichkeit gehalten hatte.

Wie immer hatte ich mich getäuscht.

Ich blinzelte, als er zu mir aufblickte, nun mit einem ärgerlichen Ausdruck auf dem Gesicht.

»Wirf ihr was über und lass sie frei!«, bellte er den Mann an, der immer noch meine Kette in den Händen hielt.

Meine Fessel wurde gelöst und man gab mir einen dunklen Überwurf, den ich eiligst an mich nahm. Er war dünn, wie ein Umhang, den Frauen über einem Badeanzug tragen würden, doch ich zog ihn dankbar über meine Intimzonen, erleichtert, meinen Körper bedecken zu können.

»Gehen wir«, knurrte mein neuer Erzfeind in mein Ohr, während er meinen Oberarm ergriff, um mich durch den Club zu führen.

Sein Griff war zwar fest und bestimmt, aber nicht schmerzhaft.

Ich ging mit ihm, ängstlich darauf bedacht, aus dem Club hinauszugelangen, der schmierig genug war, um Jungfrauen zu versteigern, ohne sich darum zu kümmern, ob sich diese aus freien Stücken dort aufhielten oder nicht.

Ich hatte das Gefühl, dass sich beinahe jede Frau, die verkauft wurde, vollkommen gegen ihren Willen hier aufhielt oder durch eine Tragödie dazu gezwungen worden war.

Im Aufenthaltsraum hatte ich zwei Frauen kennengelernt, die an jemanden aus einem Drittweltland verkauft worden waren. Sie hatten sich als Touristinnen in den USA aufgehalten, um sich Sehenswürdigkeiten in einem Land anzusehen, das für seine Freiheit bekannt war. Ich war mir sicher, dass ihnen niemals in den Sinn gekommen wäre, Opfer einer Entführung zu werden. Und jetzt war es sehr gut möglich, dass sie ihre Heimat nie wiedersehen würden.

Die beiden Frauen hatten zu Hause Menschen zurückgelassen, die sie liebten, und ich wünschte mir verzweifelt, ihnen helfen zu können. Doch als Gefangene war das unmöglich.

Ich stolperte leicht, um mit dem Mann Schritt zu halten, der mich jetzt besaß. Er bewegte sich zwar nicht allzu schnell, aber meine Füße waren nackt. Gelegentlich trat ich auf etwas, das ich für Erdnussschalen hielt. Ob es vielleicht doch etwas anderes war, wollte ich lieber nicht so genau wissen.

Im selben Moment erkannte ich, dass mein neuester Besitzer eine Behinderung hatte. Er hinkte leicht. Vielleicht konnte ich das zu meinem Vorteil ausnutzen. Das war zwar nicht gerade viel, aber angesichts seiner Körpergröße und seiner Kraft wollte ich jeden Vorteil nutzen, den ich bekommen konnte.

Mein Herz explodierte beinahe vor Erleichterung, als mir bewusst wurde, dass ich ihm wahrscheinlich davonlaufen könnte, wenn ich erst einmal draußen wäre.

Mit seinem kräftigen Arm schob er mich durch die schweren hölzernen Türen und ich begrüßte die feuchte Luft, die mich plötzlich umgab.

Ich holte tief Luft und keuchte auf bei dem Versuch, die frische Luft einzuatmen, nachdem ich mich so lange in stickigen Räumen aufgehalten hatte.

Mein Begleiter ließ meinen Arm los, als er in Richtung des Parkplatzes wies, um zu verdeutlichen, dass er neben dem Gebäude geparkt hatte.

Ich hatte Angst, doch mir kam ein weiteres Zitat in den Sinn: *Die Freiheit liegt darin, mutig zu sein!*

Ich war mir ziemlich sicher, dass dieser Satz von dem großen Dichter Robert Frost stammte, doch ich war zu verängstigt, um es mit Bestimmtheit sagen zu können. Ich wusste lediglich, dass diese Worte in meiner derzeitigen Lage vollkommen der Wahrheit entsprachen.

Ich würde tapfer sein müssen, wenn ich leben wollte.

Mein Käufer machte einen Schritt vorwärts in Richtung des Parkplatzes. Und ich rannte wie der Blitz in die entgegengesetzte Richtung.

»Ruby!«, hörte ich den Mann verärgert brüllen, doch ich hielt nicht an. Ich war fest entschlossen zu entkommen … oder bei dem Versuch zu sterben.

Kapitel 2

Ruby

Es dauerte nicht lange, bis ich erkannte, dass ich mich in einem der rauesten Viertel von Miami befand, doch das war mir gleichgültig. Meine bloßen Füße trafen immer noch hart auf den Asphalt, während ich mir sagte, dass ich es lieber mit dieser schäbigen Gegend aufnehmen würde, als mich dem Mann auszuliefern, der ein Vermögen gezahlt hatte, um mich zu besitzen.

Sobald ich den Lichtschein des Clubs hinter mir gelassen hatte, umfing mich Dunkelheit. Die meisten Geschäfte waren geschlossen und das Licht war so gedämpft, dass ich nicht sehen konnte, wohin ich lief.

Aber ich rannte immer weiter, bis ich meinen eigenen abgehackten Atem hören konnte. Ich zwang mich vorwärts und kam der Freiheit so nahe, dass ich sie beinahe schmecken konnte.

Sicher würde mein Feind irgendwann wegen seines steifen Beines anhalten müssen und wenn ich einfach weiterlief, konnte ich ihn an Ausdauer übertreffen.

Für mich stand weitaus mehr auf dem Spiel als für ihn.

Nach den Wochen der Gefangenschaft und Untätigkeit war ich außer Atem und in schlechter Verfassung, aber mein Wille und meine Energie waren stark, denn ich war wohlgenährt und verängstigt.

Bitte, lass mich entkommen!

Meine Angst sorgte dafür, dass meine Beine in Bewegung blieben, doch wegen des Mangels an Licht trat ich auf etwas und ein unerträglicher Schmerz schoss durch meinen Fuß.

»Autsch!«, schrie ich auf und versuchte, mich nicht durch meine Verletzung aufhalten zu lassen.

Ich strauchelte, als der Schmerz erneut Hoffnungslosigkeit aufkeimen ließ. Ich wusste, diese Verzögerung war riskant.

Ich versuchte, in Bewegung zu bleiben, doch ich wäre gestürzt, wenn mir nicht ein kräftiger Körper in den Rücken gefallen wäre und sich schützende Arme um mich geschlungen hätten.

»Neiiin!«, heulte ich auf, wohl wissend, wie kurz meine Flucht gewesen war und wie verdammt hoch der Preis wahrscheinlich sein würde.

Ich konnte *ihn* nicht sehen, denn er befand sich hinter mir, doch ich wusste, dass mein Käufer erfolgreich seine teure Ware eingefangen hatte.

Jetzt hatte ich keine Chance mehr.

Während ich darum kämpfte, mich aus seinem festen Griff zu befreien, konnte ich seinen Atem an meinem Hals spüren. Sein Griff war zwar nicht grausam, brachte aber deutlich zum Ausdruck, dass er nicht loslassen würde, was nun sein Eigentum war.

Mich!

»Lassen Sie mich gehen!«, schrie ich verzweifelt.

Jetzt gab ich der Verzweiflung nach, die wie eine dunkle Wolke seit Wochen über mir gehangen hatte. Der Schmerz, der von meiner Fußverletzung ausgelöst wurde, verstärkte noch das Gefühl der Hilflosigkeit, das ich zu hassen gelernt hatte.

Mit rauer Stimme sagte er: »Ich bin nicht hier, um Ihnen Böses zu tun, Frau. Ich bin hier, um Ihnen zu helfen. Dani schickt mich.«

Mein von Panik beherrschter Verstand brauchte einen Augenblick, um zu erfassen, was er gesagt hatte.

Meine neue Freundin hatte mir jemanden zu Hilfe geschickt? Sie war wirklich durchgekommen?

»Wer sind Sie?«, fragte ich. Nach meinem Marathonsprint hatte ich Mühe, meine Stimme wiederzufinden.

Sein Griff lockerte sich etwas, während er barsch antwortete. »Mein Name ist Jett. Ich bin Danis Bruder. Sie hat mich hierhergeschickt, um Sie zu retten. Es tut mir leid, dass Sie während der Auktion solche Angst haben mussten. Es erschien mir einfacher, Ihre Freiheit zu erkaufen, als Leute einzusetzen, die Sie vielleicht verletzt hätten, zumal ich diesmal allein im Einsatz bin.«

Freiheit? Ich wusste kaum, was das bedeutete, doch mich verlangte mehr danach als nach irgendetwas anderem, das ich jemals gewollt hatte. Ich war niemals wirklich *frei* gewesen.

Ich öffnete meinen Mund, doch da mir ein Schluchzer auf den Lippen lag, schloss ich ihn sofort wieder.

Ich werde nicht weinen. Ich weigere mich zu weinen.

Jett mochte zwar der *Gute* sein, doch ich hatte wahnsinnige Angst, dass ich niemals würde aufhören können zu weinen, wenn ich erst damit angefangen hätte.

Erleichterung überkam mich und das Einzige, das mich aufrecht hielt, war Jetts Griff, als er mich herumdrehte und überraschenderweise seine Arme um mich schlang.

Ich fühlte mich sicherer als jemals zuvor in meinen zweiundzwanzig Jahren auf dieser Erde.

Ich war mir nicht ganz sicher warum, doch mit ziemlicher Sicherheit hatte es etwas mit der Stärke und Kraft zu tun, die aus jeder einzelnen Pore seines Körpers zu strömen schienen.

Er sprach kein Wort, während ich meine Arme um seinen Hals legte und gegen seine Schulter keuchte. Seine Hände strichen über meine Haare und meinen Rücken; eine Berührung, die mir Trost spendete.

»Es ist vorbei, Ruby. Ich verspreche Ihnen, es ist vorbei.« Jetts Stimme klang heiser und tief, als er dieses Versprechen mit so viel Gewissheit aussprach, dass ich mich noch sicherer fühlte.

Bisher hatte ich noch nie ein solches Gefühl der Sicherheit erfahren. Etwas ruhiger antwortete ich schließlich mit zitternder Stimme: »Aber jetzt stehe ich in Ihrer Schuld. Sie haben gerade ein Vermögen ausgegeben.« Jett hatte mehr Geld für mich hingelegt, als ich mir überhaupt vorstellen konnte. Ich fühlte mich bereits reich, wenn ich genügend Geld besaß, um mir einen Hamburger aus dem Dollarmenü zu kaufen, daher lagen Summen wie die, die er gerade ausgegeben hatte, um meine Freiheit zu erkaufen, außerhalb meiner Vorstellungskraft.

»Machen Sie sich keine Sorgen um das Geld«, beruhigte er mich. »Zuerst einmal bringen wir Sie in Sicherheit.«

Er schlang seine Arme um meine Taille, doch ich jammerte immer noch, als ich versuchte, mehr Gewicht auf meinen Fuß zu verlagern. »Ich muss langsam gehen«, stellte ich fest, als wegen des Schmerzes alle Luft aus meiner Lunge wich. »Wie ist das passiert?«, erkundigte er sich brüsk, hielt an und versuchte, sich meine Verletzung anzusehen.

»Ich glaube, ich bin in etwas hineingetreten«, antwortete ich.

Ein schmaler Lichtstrahl fiel auf meine Füße und ich hörte Jett fluchen: »Verdammt! Ihr Blut ist auf dem ganzen Bürgersteig verteilt. Ich kann das Blut auch fühlen.«

Er hielt sein Mobiltelefon in der Hand und benutzte dessen Licht, um die großen Glasscherben anzuleuchten, die hinter uns auf dem Gehweg lagen. »Sie sind nicht einfach nur in *etwas* hineingetreten«, sagte er. »Es sieht aus wie auf einem Schlachtfeld. Sie sind durch Glasscherben gelaufen.«

»Bis zum Wagen schaffe ich es«, sagte ich heiser. Ich wollte unbedingt aus der unmittelbaren Umgebung des Clubs verschwinden.

»Das werden Sie auf jeden Fall schaffen«, knurrte Jett, reichte mir das Handy, das etwas Licht verströmte, und nahm mich auf seine Arme, bevor ich protestieren konnte.

Er hinkte heftig unter meinem Gewicht, doch seine ausgreifenden Schritte brachten uns innerhalb kürzester Zeit zu seinem Wagen.

Ich fühlte mich schrecklich, weil ich wusste, dass Jett Schmerzen haben musste, aber ich hörte kein einziges Wort der Klage aus seinem

Mund. Und es hätte ihm nur noch mehr Beschwerden verursacht, wenn ich versucht hätte, mich ihm zu entwinden.

Nachdem er sein T-Shirt um meinen Fuß gewickelt hatte, setzte er sich hinters Steuer. Ich seufzte.

Bevor er sich gesetzt hatte, hatte ich seine Narben nicht bemerkt. Doch jetzt erleuchtete die Deckenlampe seinen Körper und sein Gesicht.

Nur wenig hätte die männliche Schönheit seines Gesichts beeinträchtigen können. Er hatte ein oder zwei schmale Narben an der Schläfe, die aussahen, als ob sie mit der Zeit verblassen würden. Jett war aber so provozierend hinreißend, dass ein paar kleine Narben keine Rolle spielten. Als meine Augen seinen kräftigen Brustkorb und Oberkörper wahrnahmen, konnte ich erkennen, dass er einst in einen entsetzlichen Unfall verwickelt gewesen sein musste.

Irgendwie war es beruhigend, dass wir beide Überlebende waren. Nicht dass ich Jett irgendeine Art von Schmerz gewünscht hätte, doch ich fühlte mich dem Mann, der mich gerettet hatte, verwandt.

Schmerz ist etwas Persönliches. Er gehört dem, der ihn verspürt.

Das hatte ich irgendwo gelesen und damals hatte ich wirklich geglaubt, es sei wahr. Die Worte hatten sich in meinem Gedächtnis festgesetzt.

Doch jetzt konnte ich mich tatsächlich in meinen Retter hineinversetzen. Jett trug äußerliche Narben.

Meine verteilten sich in meiner Seele.

Offensichtlich hatten wir beide unseren Teil an Schmerz erfahren.

Als ich meinen Blick wieder hob, wandte er mir den Kopf zu und sah mich mit seinen hinreißenden grünen Augen an. »Es tut mir leid, dass Sie meinen vernarbten Körper ansehen müssen. Aber sie brauchten mein T-Shirt«, stellte er barsch fest.

Ich zuckte mit den Schultern. Jett war atemberaubend, auch *mit* all seinen Narben. »Sie sehen auch ohne das T-Shirt gut aus. Es tut mir leid, dass ich es ruiniert habe.«

Er sah verblüfft aus. Dann verfinsterte sich sein Gesicht und er schaltete das Licht aus und startete den Wagen.

Während er das Fahrzeug in Bewegung setzte, fragte ich mich, ob Jett glaubte, seinen Körper verstecken zu müssen, nur weil er ein paar Unvollkommenheiten aufwies.

Ich hätte ihn gern danach gefragt, doch ich schwieg. Er war zwar nett zu mir gewesen, doch er war ein einschüchternder Mann mit seiner Körpergröße und seinem grundsätzlich unglücklichen Gesichtsausdruck. Er kannte mich nicht gut genug, um *mir zu vertrauen* und schien auch generell nicht sehr *vertrauensselig* zu sein. Wie ich selbst schien auch er die Art Mensch zu sein, der niemandem vertraut außer sich selbst.

Ich hatte *versucht*, dem Paar zu vertrauen, das mich entführt hatte, weil ich verzweifelt Nahrung gebraucht hatte. *Und schau, was dabei herausgekommen war.*

Ich war dankbar, dass Jett mich gerettet hatte, und ich würde alles in meiner Macht Stehende tun, um ihm seine Freundlichkeit eines Tages zurückzuzahlen, doch ich war nicht bereit, jemandem mein Vertrauen zu schenken.

So war es stets sicherer gewesen.

Kapitel 3

Ruby

Einige Stunden später hörte ich, wie der Unfallarzt eine Schiene an Jetts Knie anlegte, und versuchte aufzuschnappen, welche Prognose er für Jetts verletztes Bein stellte. Unglücklicherweise hatte der Arzt den Vorhang zwischen unseren Betten zugezogen, sodass ich nicht *sehen* konnte, was dort vor sich ging.

Da die Krankenschwester uns für ein Paar gehalten hatte, als wir durch die Tür gekommen waren, hatte sie uns in ein Zimmer mit zwei Betten gebracht. Jett hatte mir die Röntgenaufnahmen und die Unmenge an Stichen erklärt, die nötig gewesen waren, um die Schnittwunde an meinem Fuß zu nähen.

Meine Verletzung würde ziemlich schnell verheilen. Aber bei Jetts Knie war ich mir da nicht so sicher.

Ich hatte Schuldgefühle wegen der Tatsache, dass er verletzt worden war. Und ich hatte noch nicht einmal gewusst, dass mit Jett etwas nicht in Ordnung war, bis die Krankenschwester erwähnte, wie schlimm sein Knie anschwoll. Es hatte mich noch mehr beschämt, als ich gesehen hatte, wie sich der Stoff seiner Jeans dehnte, weil sein Knie die Größe einer Pampelmuse angenommen hatte. Die Schwester hatte darauf bestanden, dass Jett ebenfalls untersucht wurde, wofür ich ihr ewig dankbar sein würde, da ich selbst seine Verletzung nicht bemerkt hatte.

Ich war zu beschäftigt damit gewesen, mich um meine eigenen Wunden zu sorgen, und außerdem hasste ich Krankenhäuser. Nicht etwa, weil ich so viel Zeit in ihnen verbracht hätte, sondern wegen einer einzigen entsetzlichen Erfahrung mit einer dieser Einrichtungen.

Der Versuch, mich selbst zu beruhigen, hatte mich so abgelenkt, dass ich Jetts Verletzung am Knie nicht bemerkt hatte.

Er war erst vor ein paar Minuten von seinem MRT zurückgekehrt und hatte die ganze Sache heruntergespielt, indem er behauptete, schon weitaus schlimmere Verletzungen in seinem Leben erlitten zu haben.

Wie dem auch sei, keine seiner *anderen* Verletzungen hatte *ich* verursacht, doch für den Sprint, den er hatte einlegen müssen, um mich einzuholen, fühlte ich mich direkt verantwortlich. Und jedes Mal wenn ich daran dachte, wie mühelos er meinen Körper hochgehoben und mich zu seinem Wagen getragen hatte, zuckte ich zusammen.

Wie ein achtsamer Hund spitzte ich meine Ohren, als der Doktor zu sprechen begann: »Ruhe, Eis, die Schiene und das Bein stets hochlagern, um die Schwellung zu lindern«, ordnete der Arzt mit so lauter Stimme an, dass ich ihn verstehen konnte. »Der Meniskus ist gerissen, doch der Riss befindet sich in einem gut durchbluteten Bereich, sodass er mit der Zeit heilen sollte, wenn sie sich an die Verordnungen halten. Physiotherapie –«

Jett unterbrach den Arzt in gereiztem Tonfall. »Ich kenne die Regeln, Doc. Sie verschwenden nur Ihren Atem. Ich habe mehr Physiotherapie bekommen, als irgendein Mensch jemals in seinem Leben erhalten sollte. Mittlerweile führe ich die Übungen allein zu Hause durch.«

»Ich sehe, dass Sie mit ihrem Bein schon einen weiten Weg zurückgelegt haben«, erwiderte der Arzt mit etwas mitfühlenderer Stimme.

»Mein Knie war ohnehin die reinste Katastrophe«, bemerkte Jett leichthin. »Was auch immer ich ihm heute Abend zugefügt habe, ändert auch nicht mehr viel.«

»Das *ist* zwar leider so«, stimmte der Doktor zu, »trotzdem müssen Sie nicht unbedingt noch weitere Verletzungen riskieren. In naher Zukunft keine weiteren Sprints mehr! Sie müssen sich nachuntersuchen lassen und Ihr Orthopäde in Seattle wünscht Sie zu sehen, sobald Sie nach Hause zurückgekehrt sind, sodass er beurteilen kann, wie die Heilung voranschreitet.«

»Verstanden«, knurrte Jett.

Ich musste einen überraschten Aufschrei unterdrücken, als der Vorhang plötzlich zur Seite gezogen wurde und ich Jetts unglückliches Gesicht sehen konnte, mit dem er den Arzt anstarrte, als ob er ihn zusammenschlagen wollte.

»Die Krankenschwester wird Ihnen in Kürze Ihre Entlassungspapiere bringen«, sagte der Arzt, bevor er hinausging und die Tür hinter sich zuzog.

Im Raum herrschte einen Augenblick Stille, bevor ich schließlich sagte: »Es tut mir leid. Es tut mir so leid.«

»Schon gut, Ruby. Machen Sie sich darüber keine Sorgen. Ich hatte schon weitaus schlimmere Verletzungen als diese«, erwiderte Jett in genervtem Tonfall.

Irgendwie wusste ich, dass er mir nicht böse war, obwohl er es hätte sein sollen. »Ihre anderen Verletzungen habe nicht *ich* verursacht«, gab ich zurück, meine Stimme voller Bedauern. »Aber diese ist meine Schuld. Ich hätte nicht davonlaufen sollen und auf keinen Fall hätten Sie mich tragen dürfen.«

»Genug!«, rief er dröhnend. »Ich habe vielleicht Narben und mein Bein ist nicht das allerbeste, aber ich bin verdammt noch mal kein Invalide. Auf keinen Fall will ich so behandelt werden, als ob ich alles an den Nagel hängen müsste, nur weil ich ein Bein besitze, das nicht immer kooperiert.«

Die Lautstärke seiner Stimme ängstigte mich ein wenig, doch dann fiel mir auf, dass er eher frustriert als ärgerlich war.

Er setzte sich auf, die Decke noch immer über seine Beine gebreitet, und fuhr ruhiger fort: »Sie haben diese Verletzung *nicht* verursacht, Ruby. Für den Fall, dass Sie es im Auto nicht bemerkt haben, ich bin vor ein paar Jahren bei einem Hubschrauberabsturz schwer verletzt worden. Ich trainiere jeden Tag, um meine Waden zu stärken, sodass sie mein schlimmes Knie besser stützen, doch es wird stets schwach bleiben und ist prädestiniert für Verletzungen. Es wird heilen.«

»Sie hätten nicht hinter mir herlaufen sollen«, bemerkte ich mit tränenschwerer Stimme, während ich mich aufsetzte und endlich in der Lage war, ihm direkt in die Augen zu blicken.

Ich werde nicht weinen. Ich werde nicht weinen.

Wir trugen beide noch unsere Krankenhaushemden und starrten einander durchdringend an. Vielleicht hätte ich die Ironie dieses Krankenhausstreits sehen können, wenn ich mich nicht so mies gefühlt hätte.

»Die Frage, ob ich Ihnen hätte hinterherlaufen sollen, nachdem Sie geflüchtet waren, oder nicht, habe ich mir niemals gestellt«, knurrte er. »Wir befanden uns in einer schäbigen Gegend von Miami und Sie waren beinahe nackt. Ich hätte Sie niemals im Stich gelassen, nachdem ich Sie gerade aus der Hölle befreit hatte.«

Seine Worte ließen meine Brust schmerzen. »Die meisten Menschen hätten das getan«, bemerkte ich mit einer Stimme, die nicht viel mehr als ein Flüstern war. »Aber ich vermute, die *meisten Menschen* hätten erst überhaupt nicht versucht, mir zu helfen.«

Ich senkte den Kopf und wir verloren den Augenkontakt. Jett war ein leidenschaftlicher Mensch und ich war mir nicht sicher, wie ich mit einem Mann wie ihm umgehen sollte. Welche Art Mensch riss sich ein Bein aus für jemanden, der in Schwierigkeiten war, ohne daran zu denken, dass er sich selbst verletzen könnte? Ich hatte bis jetzt niemand derartigen gekannt.

Männer, die größer und lauter waren als ich, schüchterten mich ein, doch ich hatte auch gelernt, dass Taten mehr bedeuteten als Worte. Und Jett war da gewesen, als niemand anderes hatte da sein *können* oder *wollen*.

Das Problem bestand aber darin, dass ich ihn überhaupt nicht verstehen konnte.

Welcher Mensch bei klarem Verstand geht los und rettet eine Frau, die er nicht einmal kennt? Nicht einmal seine Schwester konnte ich als wirkliche Freundin bezeichnen, da wir uns erst vor ein paar Monaten kennengelernt hatten. Aber diese Leute, *diese Familie,* hatte es sich zur Aufgabe gemacht, mir zu helfen.

»Wie kann ich Dani und Ihnen jemals zurückgeben, was Sie für mich getan haben?«, fragte ich, den Blick auf den gefliesten Boden gesenkt. »Wie kann ich jemals wiedergutmachen, dass Sie verletzt worden sind?«

Ich war es nicht gewohnt, dass jemand mir half, daher wusste ich nicht, wie ich mit all dem umgehen sollte.

Meine Frage erschien ziemlich sinnlos, da ich ihm in absehbarer Zeit die Summe, die er für mich hingelegt hatte, und die Verletzung, die er wegen mir erlitten hatte, *niemals* würde zurückzahlen können.

»Sie könnten eine Aussage bei der Polizei machen und als Zeugin auftreten, um der Organisation, die vom Menschenhandel profitiert, das Handwerk zu legen«, erwiderte er. »Die Leute, die Sie entführt haben, sind Lakaien, Teil einer weitaus mächtigeren Gruppe, die weltweit operiert. Sie können dazu beitragen, denen für immer das Handwerk zu legen.«

Ich schüttelte den Kopf, immer noch unfähig, ihm in die Augen zu blicken. »Wer wird mir glauben? Ich bin eine obdachlose Frau ohne richtige Familie. Ich bin ein Niemand. Das war ich immer schon. Und ich bin mir sicher, dass der Mann an der Spitze reich ist.«

»So ist es. In dieser Stadt ist er gut angesehen, weil er Geld hat und an Wohltätigkeitsorganisationen spendet, um seine Tarnung aufrechtzuerhalten«, erklärte Jett ärgerlich.

»Dann werden sie mir *niemals* glauben«, erwiderte ich mit zitternder Stimme.

Aus dem Augenwinkel sah ich, dass Jett sich bewegte, doch ich erschrak trotzdem, als er mir seine Finger unters Kinn legte und mich zwang, zu ihm aufzusehen, bis sich unsere Blicke trafen.

In seinen grünen Augen zog ein Sturm auf, als er mich ansah. »Ich weiß, dass es nicht leicht sein wird«, gab er freundlicher zu. »Doch ich werde ebenfalls da sein und meine Aussage machen und alles bezeugen. Das Geld, das ich gezahlt habe, kann leicht zurückverfolgt werden. Diese Leute müssen ins Gefängnis wandern, Ruby. Das Paar, das Sie entführt hat, sollte hinter Gittern sein, wo sie niemals mehr einer Frau etwas zuleide tun können.«

»Ich werde es versuchen«, lenkte ich ein.

Ich *wollte*, dass niemand, der dem Menschenhandelsring angehörte, noch einmal irgendjemanden verletzen konnte. Ich wollte *keine* Frau mehr das durchmachen sehen, was ich hatte erleben müssen.

Trotzdem fürchtete ich, dass mein Wort kein Gewicht haben würde. Ich hatte erfahren, dass ich für die meisten Menschen unsichtbar war, solange ich obdachlos war. »Ich bin mir einfach nicht sicher, ob man mir glauben wird.«

»Sie sind mutig, Ruby. Sie schaffen das«, ermutigte mich Jett mit seinem überzeugenden Bariton, der wenig Raum für Gegenargumente ließ.

»Die Notwendigkeit macht sogar die Schüchternsten tapfer«, murmelte ich.

»Ist das nicht Sallust?«, fragte Jett. »Interessieren Sie sich für römische Geschichte?«

Ich seufzte. »Ich habe viel Zeit in Bibliotheken verbracht. Ich habe eine Menge gelesen, was mir in den unmöglichsten Situationen wieder einfällt.«

Ich erzählte ihm nicht, dass ich in Wahrheit diese kleinen Häppchen Wissen benutzte, um die Verbindung zur realen Welt zu halten. Solange ich lernte, existierte ich noch.

Sein Blick bohrte sich in meinen, während er antwortete: »Ich glaube nicht, dass Sie schüchtern sind. Ich denke, Sie sind einfach nur verängstigt. Und da das Leben Sie immer nur beschissen hat, möchte ich nicht behaupten, dass man Ihnen das vorwerfen kann.«

Ich erwiderte seinen Blick und antwortete: »Sie wären überrascht.« Ich hatte gelernt, mich unterwürfig zu verhalten, da alles andere schmerzhafter war.

Er nahm meine Hände in seine und ich wich nicht zurück, denn es tat so gut, mit jemandem verbunden zu sein. Instinktiv hätte ich meine Hände zurückgezogen, doch mir gefiel das trügerische Gefühl der Sicherheit zu gut.

»Können Sie mit sich leben, wenn Sie es nicht versuchen?«, erkundigte er sich.

»Es ist doch nicht so, als ob ich es nicht wollte«, erklärte ich eilig. »Ich will es doch eigentlich. Aber weil ich irgendein obdachloser Niemand bin, werden sie mir kaum glauben. Sie werden glauben, ich denke mir das alles nur aus.«

Weil viele der Menschen, die kein Dach über dem Kopf hatten, mental krank waren, entsprach ein solches Denken der allgemeinen Meinung. Doch in Wahrheit befanden sich die Menschen aus den unterschiedlichsten Gründen auf der Straße. Wir hatten jeder eine Geschichte und die meisten hatten ein schlimmes Ende.

Für die meisten Menschen war ich einfach nicht vorhanden, eine unglückliche Frau, von der die Leute annahmen, sie sei drogenabhängig, Alkoholikerin oder mental krank, wenn ich schlafend an einem öffentlichen Ort gesehen wurde. Es schien, als ob sich die Welt um mich herum weiterdrehen würde, während ich auf der Stelle trat.

»Ich habe eine Lösung«, sagte Jett mit kehliger Stimme.

Ich versank in seinen wunderschönen grünen Augen, zeitweilig wie hypnotisiert von der Entschlossenheit, die ich in der Tiefe seines Blicks erkennen konnte. »Was für eine Lösung?«, murmelte ich.

»Wollen Sie mir wirklich etwas zurückgeben?«, fragte er.

»Ja«, bestätigte ich schnell.

Frag mich einfach! Ich tue, was immer du willst.

Sex mit ihm war grundsätzlich nicht unattraktiv, obwohl ich meine Zweifel hegte, dass er wirklich eine magere, obdachlose Frau haben wollte, die nicht in der Lage gewesen war, etwas gegen ihr strähniges Haar, ihre ausgefransten Nägel, ihre schlechte Haut und andere Äußerlichkeiten zu unternehmen, die jahrelanger Pflege bedurften.

»Heiraten Sie mich!«, stieß er heiser hervor, eher ein Befehl als eine Frage.

»Was?« Ich war sicher, ihn in meiner zeitweisen Benommenheit missverstanden zu haben.

»Heiraten. Sie. Mich.«

Meine Augen weiteten sich, als ich erkannte, dass ich ihn sehr wohl richtig verstanden hatte. »Was?«

»Denken Sie darüber nach, Ruby. In meinem Bereich bin ich ein bekannter Techniker. Ich besitze mein eigenes Unternehmen und ich bin ein Geschäftsmann. Niemand wird jemals erfahren, wie wir uns kennengelernt haben und warum wir geheiratet haben, sobald es zur Aussage kommt. Sie werden meine Frau sein und wenn Sie keine kriminelle Vorgeschichte haben, wird Ihr Hintergrund nicht einmal in Frage gestellt werden. Ich würde einen Weg finden, um sicherzugehen, dass solch ein Gedanke nicht einmal auftauchen würde.«

»Ich – ich war niemals in Schwierigkeiten«, stammelte ich. »Für die meisten Menschen existiere ich einfach nicht.«

»Sie würden eine eigene Adresse haben und ein Leben, das niemand hinterfragen würde, da Sie lediglich als Zeugin auftreten würden.«

»Ich weiß nicht wirklich, was es bedeutet, ein echtes Zuhause zu haben«, stieß ich wehmütig hervor.

»Sie werden eins haben, wenn Sie mich heiraten«, versprach er. »Niemals wieder werden Sie einen Tag auf der Straße verbringen müssen. Ich verspreche es.«

Mein Herz begann zu rasen, als ich seinen ernsten Gesichtsausdruck sah.

Ich war zwar Realistin, doch die tief in mir verwurzelte Hoffnung wünschte sich verzweifelt, auf Jetts verrückten Vorschlag mit *Ja* zu antworten.

Ich hatte sehr wenig zu verlieren.

»Ich würde so viel gewinnen und Sie so wenig«, sagte ich atemlos. »Sie würden sich eine Frau aufhalsen, die ihr ganzes Erwachsenenleben obdachlos gewesen ist.«

»Ich würde *eine Menge* bekommen. Ich würde Sie bekommen«, erwiderte er schlicht. »Und falls Sie nach der Zeugenaussage unglücklich sind, annullieren wir die Heirat.«

Also erwartet er keinen Sex von mir, wenn er davon spricht, die Ehe annullieren zu lassen. Was ist dann sein Motiv?

So verrückt es auch sein mochte, ich fühlte mich *tatsächlich* in Versuchung geführt. Würde das Leben als jemandes Ehefrau schlechter sein, als auf der Straße zu leben?

Nachts würde ich es warm haben.

Ich hätte ein Dach über dem Kopf.

Und falls ich Glück hätte, hätte ich jeden Tag etwas zu essen.

Das Einzige, was mich davon abhielt, *Ja* zu sagen, war die Tatsache, dass Jett viel weniger bei diesem Handel gewinnen würde als ich.

»Ich *will*, dass Sie *Ja* sagen, Ruby«, sagte Jett prompt, während er mein Gesicht mit seinen Händen umfasste.

Ich zerschmolz beinahe unter seiner Berührung. Für einen so großen Mann mit einem gereizten Verhalten war er überraschend zärtlich.

Es herrschte Stille, während ich überlegte, was ich sagen sollte.

Ehrlich gesagt fühlte ich mich wie in einem Traum und niemand hatte mich bis jetzt von der Parkbank gekickt.

Ich verstand zwar seine Motivation nicht, doch ich wünschte mir immer noch, diese Chance zu ergreifen.

War der Vorschlag Jett gegenüber fair?

Aber *er* war doch derjenige, der die Idee geäußert hatte, also musste er doch seine Gründe haben, warum er dieses Arrangement wollte, richtig?

Konnte ich wirklich einen Mann heiraten, den ich noch nicht einmal richtig kannte?

Konfuse, wirre Gedanken rasten durch meinen Kopf, bis ich schließlich eine Entscheidung traf.

Ich brach den Blickkontakt mit ihm, als ich meine Antwort auf kaum hörbare Weise stammelte, sicher, dass dies die einzige Antwort war, die ich ihm geben konnte. Doch aus irgendeinem Grund fühlte sich dieses eine Wort, das aus meinem Munde kam, so falsch an, dass ich Jett nicht mehr ansehen konnte, als die Krankenschwester mit unseren Entlassungspapieren den Raum betrat und wir bereit waren, das Krankenhaus zu verlassen.

Kapitel 2

Ruby

Ein paar Wochen später *bereute* ich es, nicht Jett Lawsons Frau geworden zu sein.

Na ja ... für mich fand ich es bedauerlich.

Für Jett ... war es die richtige Entscheidung gewesen.

Während der letzten Wochen hatte ich einiges über Jett Lawson gelernt.

Erstens: Er war stur und ging gern seine eigenen Wege, jedoch nicht auf egoistische Weise. Normalerweise verhielt er sich nur herrisch, wenn er sich um jemand anderen kümmerte. Und kürzlich war ich dieser *jemand* gewesen.

Zweitens: Er arbeitete viel. Wenn wir uns in Marcus' Eigentumswohnung aufhielten, war Jett fast immer in seine Computerarbeit vertieft, wobei er eine Konzentration an den Tag legte, die ich mir für mich selbst auch gewünscht hätte.

Drittens: Ich hatte ihn verletzt, als ich seinen Heiratsantrag abgelehnt hatte. So schwer es mir auch fiel, das zuzugeben, sein Angebot war ernst gemeint gewesen und seitdem ich es ihm abgeschlagen hatte, verhielt er sich reserviert und distanziert.

Ich wusste jedoch, ich hatte das Richtige getan, als ich ihm im Krankenhaus mit *Nein* geantwortet hatte.

Für mich wäre die Heirat das bisher einzige glückliche Ereignis in meinem ansonsten albtraumhaften Leben gewesen.

Für Jett wäre es ein Akt der Güte gewesen, mich zu seiner Frau zu machen.

Während ich also bedauerte, nicht mit dem Mann verheiratet zu sein, der seit dem Tag, an dem wir uns begegnet waren, so gut zu mir gewesen war, wusste ich gleichzeitig, dass er keine obdachlose Frau verdiente, die keine Aussicht auf eine anständige Zukunft hatte. Zu meinem Unglück hatte ich leider immer noch das Kindheitsmärchen im Kopf, das besagte, ein Paar solle aus Liebe heiraten. Und obwohl ich das elende Leben, das ich normalerweise führte, gern gegen eine Ehe, basierend auf Einverständnis und Freundschaft, eingetauscht hätte, sollte Jett viel mehr verlangen.

Ich hatte ihm leidgetan.

Und Mitleid war keine Basis für eine Ehe.

Jett hatte mich durch die Aussage bei der Polizei und die FBI-Verhöre geschleust, indem er mich als seine Freundin ausgegeben und mir seine Anschrift und sonstigen Daten zur Verfügung gestellt hatte. Obwohl wir also nicht verheiratet waren, befand ich mich unter seinem Schutz und musste nicht befürchten, ignoriert oder missachtet zu werden.

Die Nummer Eins der Menschenhandelsorganisation war von Jetts Schwester Dani zu Fall gebracht worden, daher mussten wir lediglich noch gegen meine Entführer als Zeugen aussagen. Im Moment warteten wir darauf zu erfahren, wann das geschehen sollte und wie die Anklage aussehen würde.

»Bist du in Ordnung?«, erkundigte sich Jett über den kleinen Tisch des Restaurants hinweg, das er fürs Abendessen ausgewählt hatte.

Ich bemerkte, dass ich gegen die Wand gestarrt hatte, versunken in meine eigenen Gedanken. »Ja. Alles gut.«

»Geht es um die Sachen, die ich dir mitgebracht habe? Denn wenn es darum geht, wir können alles umtauschen, was dir nicht gefällt.«

Oh ja, es gab da noch ein *Viertens*: Jett Lawson schien zu glauben, es sei seine Pflicht, mir alles zu kaufen, was ich nicht hatte.

Ich wusste aus unseren Gesprächen, dass Jett einen guten Job hatte, aber ich hatte keine Ahnung, wie viel er als Techniker mit seinem eigenen Unternehmen verdiente. Offensichtlich verfügte er über genügend Geld oder Kredit, um mehr als hundert Riesen zahlen zu können, um meine Freiheit zu erkaufen. Trotzdem konnte Jett, um mich zu befreien, seine Rücklagen und seinen Kreditrahmen vollkommen ausgereizt haben. Und darüber machte ich mir große Sorgen, denn da ich weder einen Job noch einen Platz zum Leben hatte, würde ich ihm seine Ausgaben nicht so bald erstatten können.

»Jedes einzelne Teil, das du mir geschenkt hast, war ein Spitzenmodell. Wie könnten mir die Sachen *nicht* gefallen? Mir missfällt allein die Tatsache, dass du Geld für mich ausgibst.«

Jett hatte unmäßig übertrieben bei allem, was er für mich als *notwendig* erachtet hatte.

Als er erst einmal herausgefunden hatte, welche Größe ich hatte, als wir angehalten hatten, um mir Jeans und Hemden zu kaufen, hatte er mir ein paar Tage später eine komplette Garderobe angeschafft.

Jeden Tag trafen neue Sachen in Marcus' Eigentumswohnung ein und ich erstickte an Schuldgefühlen. Jett und ich nutzten Marcus' Wohnung, bis wir alle FBI-Befragungen und -Verhöre hinter uns haben würden, also bezahlte er zumindest nichts für unseren Aufenthalt. Doch was er einsparte, entsprach beinahe der gleichen Summe, die er für die Gegenstände ausgab, die er mir kaufte.

Wir hatten bereits einige Diskussionen hinter uns, die sich um seine Tendenz drehten zu übertreiben, wenn er Dinge kaufte, von denen er dachte, ich bräuchte sie. Doch normalerweise hatte ich das Gefühl, gegen eine Wand zu reden.

Heute hatte ich das neueste und tollste Mobiltelefon bekommen, das auf dem Markt erhältlich war, außerdem einen Laptop. Bei dem Gedanken an die Summe, die ihn das gekostet hatte, war ich zusammengezuckt.

Er zuckte mit den Schultern und schob seinen Teller beiseite.»Das Zeug hat mich nicht gerade ruiniert.« Erleichtert lächelte ich ihn an.»Mir hätten wirklich ein paar Jeans gereicht. Mehr hätte ich nicht gebraucht.« Ein oder zwei Sets Ersatzkleidung zu besitzen war für mich bereits eine großartige Sache. Sobald Jett abgereist wäre, würde ich doch wieder auf der Straße landen und dort war nichts so wichtig wie Nahrungsmittel und Kleidung.

Er schüttelte den Kopf.»Das hätte nicht gereicht«, erwiderte er. Wie üblich blieben seine Bemerkungen vage. Ich bekam keine Erklärung, warum er den Drang verspürte, mir Dinge zu kaufen, die ich niemals würde mitnehmen können, sobald ich wieder obdachlos wäre.

Zwischen seinen Einkäufen für mich hatte Jett sich bemüht, die beiden Frauen aufzuspüren, die zusammen mit mir in dem Club gefangen gehalten worden waren, und in Erfahrung bringen können, dass beide entkommen und sicher in ihr jeweiliges Heimatland zurückgekehrt waren.

Die anderen Frauen aufzuspüren, die wie ich Opfer des Menschenhandels geworden waren, war eines der vielen Dinge, die ich an ihm beobachtet hatte, die mich davon überzeugt hatten, dass er ein anständiger Kerl war.

Na gut, vielleicht mehr als einfach nur *anständig*. Für mich war Jett *außergewöhnlich*, gleichgültig, wie viel er auch brummte.

Der Kellner trat an unseren Tisch, um die Bestellung entgegenzunehmen. Nachdem er wieder gegangen war, erkundigte ich mich bei Jett:»Wie alt bist du?«

Also gut. Ja. Es *war* seltsam, dass ich über den Mann, in dessen Gesellschaft ich mich bereits seit mehreren Wochen befand, noch nicht einmal die elementarsten Dinge wusste. Aber ich *wollte* gern mehr erfahren.

Da ich jedoch keine Bereitschaft bei ihm verspürte, mir gegenüber Offenheit zu zeigen, war ich vielleicht diejenige, die ein bisschen drängen musste.

»Im letzten Monat bin ich einunddreißig Jahre alt geworden«, erwiderte er.

»Ist Dani älter oder jünger?«

Er lehnte sich im Stuhl zurück und sah mich an. »Sie ist das Nesthäkchen unserer Familie. Wir sind zu fünft. Harper, meine andere Schwester, ist zwischen mir und Dani geboren worden. Außerdem habe ich zwei ältere Brüder.«

Ich trank vorsichtig einen Schluck von dem Wein, den der Kellner soeben serviert hatte, bevor ich bemerkte: »Ich wünschte, ich hätte auch Geschwister.«

Er zog eine Braue in die Höhe. »Also hast du keine?«

Ich wusste, Jett würde gern mehr darüber erfahren, warum ich auf der Straße lebte, doch bis jetzt hatte er mir noch keine persönliche Frage gestellt.

Ich schüttelte langsam den Kopf. »Nein, ich habe keine.«

Sein Gesicht nahm einen grimmigen Ausdruck an und er wirkte, als ob er etwas sagen wollte, doch er schien es abzuschütteln und langte nach seinem Glas.

»Ich hätte gern Gelegenheit, deiner Schwester für ihre Hilfe zu danken«, sagte ich sanft. »Wir kennen einander kaum, trotzdem war sie bereit, dich mir zu Hilfe zu schicken, obwohl sie gerade selbst in einer schlimmen Lage war.«

Jett hatte mir ein bisschen von Danis Geschichte erzählt und was sie in Florida getan hatte. Ich war ziemlich überrascht gewesen, als ich entdeckte, dass sie versucht hatte, einen Millionär zu Fall zu bringen, der vollkommen korrupt und außerdem die treibende Kraft nicht nur hinter der Zwangsprostitutionsorganisation, sondern auch einer Menge anderer verabscheuungswürdiger Verbrechen war.

Er zuckte mit den Schultern. »Ich glaube, du solltest Dani wirklich besser kennenlernen. Sie hat ein großes Herz.«

»Und deine andere Schwester?«

»Sie ist genauso«, erwiderte er.

»Und deine Eltern?«, erkundigte ich mich und fühlte mich, als ob ich ihm Stückchen für Stückchen die Informationen aus der Nase ziehen würde.

Er schüttelte mit grimmiger Miene den Kopf. »Sie kamen beide bei einem Autounfall ums Leben. Alle beide waren unglaublich.«

Wie du.

Jett Lawson verfügte offenbar über die gleichen Qualitäten wie seine Schwestern, wenn es darum ging, anderen Menschen zu helfen, selbst wenn er *versuchte*, es herunterzuspielen, als wäre es nichts.

Da ich die plötzlich aufkeimende Traurigkeit in seinen außergewöhnlichen Augen nicht ertragen konnte, wechselte ich das Thema. »Wirst du bald nach Seattle zurückkehren?«

Ich begann, an meiner Leinenserviette herumzuspielen, während ich ungeduldig auf seine Antwort wartete.

»Ziemlich bald«, erwiderte er vage. »Doch wenn es soweit ist, wirst du mich begleiten.«

Mein Herz machte einen Sprung, als ich daran dachte, bei Jett zu bleiben, doch mir war bewusst, dass ich nicht ewig als Gast bei ihm herumhängen konnte. Er hatte bereits mehr als genug für mich getan. »Für wie lange?«

»Müssen wir unsere Freundschaft wirklich zeitlich begrenzen?«, fragte er.

Waren Jett und ich wirklich Freunde? Eigentlich war es doch so, dass er mich am Hals hatte, weil er zu nett war, um mich wieder auf die Straße zu setzen.

Ich schüttelte langsam meinen Kopf. »Nein, Freundschaft sollte nicht zeitlich begrenzt sein. Aber ich habe … Angst.«

»Vor mir?«, wollte er wissen, sah zu mir auf und wartete mit enttäuschtem Gesicht auf meine Antwort.

»Nein«, entfuhr es mir. »Ich habe keine Angst vor dir. Aber ich befürchte, dass ich mich zu sehr daran gewöhne, bei dir zu sein, in einem richtigen Bett zu schlafen und nicht zuletzt, nicht mehr allein zu sein.«

Sich an etwas zu gewöhnen, dessen Ende abzusehen war, war niemals eine gute Idee.

»Du wirst *niemals* mehr alleine sein, das musst du jetzt endlich mal in deinen Kopf bekommen«, polterte Jett. »Glaubst du ehrlich, ich würde dich *jemals* auf die Straße setzen? Das wird keinesfalls geschehen, Ruby. Es ist mir egal, ob du *Jahre* brauchst, um in der Lage zu sein, auf eigenen Beinen zu stehen. Bis du das erreicht hast, bleibst du bei mir, oder du lässt mich dir einen Platz hier in Florida suchen und ich bezahle all deine Rechnungen, bis du es alleine schaffst. Das sind deine beiden Wahlmöglichkeiten.«

Zuerst sträubte ich mich gegen sein dominantes Gehabe, doch so schnell wie sie in mir aufgestiegen war, schob ich meine Entrüstung beiseite. Wirklich, ich wünschte mir so verzweifelt ein normales Leben, dass ich es beinahe greifen konnte. Ich sehnte mich nach der Stabilität, die ich niemals erfahren hatte. Eines Tages würde ich Jett jeden Cent zurückzahlen, den er für mich ausgegeben hatte. Auch wenn es *Jahre* dauern mochte, bis ich ihm all das Geld würde zurückgeben können, das er bezahlt hatte, um mich von der Auktionsbühne herunter und in Sicherheit zu bringen.

Das FBI hatte Jett erklärt, dass er eventuell einen Teil des Geldes oder sogar die ganze Summe zurückbekommen würde, doch das konnte Jahre dauern und es gab keine Garantie, dass er jemals einen Penny sehen würde. Wenn die Ermittlungen abgeschlossen waren, hing alles davon ab, wo die Einnahmen des Anführers gelandet waren.

Meine Augen füllten sich mit Tränen, als ich erwiderte: »Du hast schon viel zu viel für mich getan, obwohl du mich nicht einmal gekannt hast. Ich schulde dir bereits so viel.«

»Du *schuldest mir* überhaupt nichts«, widersprach Jett leise grollend.

Ich starrte ihn überrascht an. Wie konnte er nur so etwas behaupten? »Wir wissen beide, dass das nicht wahr ist.«

»Du willst mir wirklich alles zurückzahlen?«, fragte er drängend.

»Das weißt du doch.«

»Dann komm mit mir nach Seattle. Bleib bei mir und sei meine Assistentin. Wegen meines Unfalls muss ich den Großteil meiner Arbeit in meinem Heimbüro erledigen und ich könnte Hilfe gebrauchen. Ich bin mit vielen Dingen im Rückstand und jemanden bei mir zu haben, der mich unterstützt, wäre mehr als ausreichend für eine Wiedergutmachung. Ich würde dir ein Gehalt plus Bonus zahlen.«

Ich runzelte die Stirn. »Ich besitze wirklich keinerlei Kenntnisse.«

»Kannst du einen Computer bedienen?«, erkundigte er sich.

»Ja, in den Bibliotheken habe ich Computer benutzt und in der Highschool habe ich mir einiges beigebracht.«

»Könntest du Botengänge übernehmen?«

»Natürlich.« Mein Fuß war beinahe vollkommen verheilt, doch Jett musste sein Knie immer noch schonen, bis sein Meniskus vollkommen wiederhergestellt war. »Mein Führerschein ist zwar abgelaufen, aber wenn ich mich für eine Weile an ein und demselben Ort aufhalte, kann ich ihn erneuern.«

»Du hast keinerlei Arbeitserfahrung?«, erkundigte er sich, klang dabei aber eher neugierig als besorgt darüber, dass ich noch niemals wirklich eine Arbeitsstelle gehabt hatte.

Ich holte tief Luft. Es war an der Zeit, etwas aus meiner Vergangenheit mit Jett zu teilen. »Meine Mutter war Konditormeisterin. Sie und meine Großmutter betrieben eine Cateringfirma. Ich habe nicht wirklich Lohn bezogen, aber meine Mutter gab mir jedes Mal etwas Geld, wenn ich bei einer Veranstaltung ausgeholfen hatte. Meine Großmutter kümmerte sich stets um das Essen, da sie eine großartige Köchin war, und meine Mutter stellte die Nachspeisen her. Mein Vater war für den geschäftlichen Teil verantwortlich, daher war es hauptsächlich ein Familienbetrieb. Seitdem ich die Junior-Highschool besuchte, half ich meiner Mutter bei den Veranstaltungen aus, bis ich mit siebzehn Jahren Ohio verlassen habe.«

»Du warst seit deinem achtzehnten Lebensjahr auf der Straße?«, fragte er missbilligend und runzelte die Stirn.

Ich nickte und hoffte, er würde mich nicht weiter ausfragen.

»Dann hast du also doch gearbeitet«, folgerte Jett. »Offensichtlich warst du eine gute Assistentin, denn sonst hätten dich deine Mutter und dein Vater nicht immer wieder zu den Veranstaltungen mitgenommen.«

Ich lächelte. »Es gefiel mir. Nach einiger Zeit half ich meiner Mutter beim Backen und lernte selbst, anständige Süßspeisen herzustellen. Mein einziger Wunsch hat immer darin bestanden, in dem Cateringunternehmen meiner Familie weiterzuarbeiten.«

Jett schwieg einen Augenblick, bevor er mit heiserer Stimme fragte: »Was ist geschehen, Ruby? Du bist auf der Straße gelandet, als du eigentlich deinen Highschool-Abschluss hättest machen sollen.«

Da ich normalerweise nicht weinte, ignorierte ich die Tränen, die mir in die Augen traten. Ich blinzelte sie weg, bevor ich antwortete: »Ich war sechzehn Jahre alt und wir befanden uns auf dem Weg zu einer großen Veranstaltung. Die Straßen waren vereist und mein Vater verlor die Kontrolle über unseren kleinen Lieferwagen. Mein Vater, meine Mutter und meine Großmutter waren sofort tot. Ich erlitt lediglich einige Schnittwunden, Schrammen und eine Gehirnerschütterung. An den größten Teil des Unfalls oder was direkt danach geschehen ist, erinnere ich mich nicht.«

Mein einziger Besuch in einem Krankenhaus hatte sich als der schlimmste Tag meines ganzen Lebens entpuppt.

»Mein Gott, Ruby«, seufzte Jett. »Das tut mir so verdammt leid. Kein Wunder, dass du dich so vor Krankenhäusern fürchtest.«

Ich versuchte, den großen Klumpen in meiner Kehle hinunterzuschlucken.

Ich werde nicht weinen. Nicht mitten in einem netten Restaurant. Und auch nicht irgendwo anders.

»Hattest du keine anderen Familienmitglieder, zu denen du gehen konntest?«

Ich starrte auf mein halbgefülltes Weinglas, unfähig, Jett ins Gesicht zu sehen. »Nur … meinen Onkel.«

»Du hast einen Onkel und lebst trotzdem auf der Straße?«

Ja, es würde mir schwerfallen, auf Jetts Frage zu antworten, aber ich musste so ehrlich wie möglich zu ihm sein. Er versuchte, mir zu helfen, daher schuldete ich ihm Ehrlichkeit.

»Er war … gewalttätig.« Ich blickte zu Jett auf, meine Augen bettelten ihn an, nicht weiter nachzufragen.

Er nickte heftig, als ob er verstünde, dass ich nicht über meinen Onkel sprechen wollte. »Was geschah mit deinem Erbe? Das Geschäft muss doch etwas Geld abgeworfen haben und ich bin sicher, deine Eltern hatten irgendwelche Rücklagen.«

Ich schüttelte meinen Kopf. »Mein Onkel war stiller Teilhaber. Er hatte meinem Vater die Mittel zur Verfügung gestellt, um das Geschäft aufzuziehen, daher war er zu gleichen Teilen Miteigentümer. Er hat das Unternehmen verkauft. Und da er mein einziger Verwandter war, war er auch mein Vormund, nachdem meine Eltern und meine Großmutter gestorben waren.«

»Ein Haus? Lebensversicherung? Ersparnisse?«, fragte er.

»Unser Haus war gemietet und wir hatten nicht viel Geld«, erklärte ich ihm. »Wir gehörten zu jenen Familien, die gerade so über die Runden kommen.«

»Du hast also niemals wirklich eine Möglichkeit bekommen zu arbeiten, weil du bereits als Minderjährige von zu Hause fortgegangen bist?«, hakte er nach.

»Ich habe nicht viel mehr als das Cateringgeschäft kennengelernt«, gab ich zu. »Wenn ich die Möglichkeit hatte, pflückte ich für Geld Beeren, während ich auf der Straße lebte. Ich verrichtete fast jede ungelernte Arbeit, die ich bekommen konnte, um zu überleben.«

»Warum Südflorida, wenn du doch ein Kind des Mittelwestens bist?«

»Als Obdachlose ist es viel besser, irgendwo zu leben, wo es warm ist. Während des Tages kann man sich in der Bibliothek abkühlen, wohingegen man eisige Temperaturen schwer überleben kann.«

»Was ist mit Obdachlosenheimen?«

»Ich habe sie gelegentlich genutzt, doch normalerweise war da immer jemand, der die Unterkunft nötiger brauchte als ich. Eine Mutter mit Kindern oder jemand Älteres, der den Elementen nicht standhalten konnte. Es gibt einfach nicht genügend Platz für jeden obdachlosen Menschen.«

»Komm mit mir nach Seattle, Ruby! Vertrau mir und glaube mir, dass ich dich niemals wieder auf die Straße schicken werde«, befahl Jett in kehligem Tonfall.

Ich wusste, er konnte einfach nicht verstehen, dass ich wirklich *niemandem* traute.

Da ich allein und obdachlos war, konnte ich das nicht. Ich hatte bereits einen großen Fehler begangen und den falschen Menschen vertraut, und während meines Lebens als Erwachsene auf der Straße hatte ich auch einige kleinere Lektionen lernen müssen.

Aber Dani hatte ihren Hals hingehalten und mir geholfen, obwohl sie wirklich keine Ahnung gehabt hatte, ob ich es wert war, gerettet zu werden. Und dann hatte Jett das Unmögliche geschafft und mich unter beachtlichem Risiko für sich selbst aus meiner schlimmen Lage befreit. Bei dem Versuch, meinen Hintern zu retten, war er sogar verletzt worden.

Wir sahen uns in die Augen und ich fragte: »Willst du das wirklich?«

Er nickte. »Vielleicht brauche ich dich ebenso sehr wie du mich.«

Ich bezweifelte zutiefst, dass Jett Lawson wirklich *irgendjemanden* brauchte. Er schien ziemlich unabhängig zu sein. Doch wenn ich ihm helfen und gleichzeitig mich selbst von der Straße holen konnte, war ich bereit zu versuchen, ihm nützlich zu sein. »Also dann. Ja. Ich werde mit dir kommen. Aber ich würde wirklich gern so bald wie möglich einen Job finden.« Ich musste ihm einen großen Vertrauensvorschuss geben, denn mir blieb keine andere Möglichkeit, wenn ich jemals mein Leben zurückhaben wollte.

Er sah tatsächlich erleichtert aus, nachdem ich ihm die Antwort gegeben hatte, die er sich scheinbar gewünscht hatte.

Kapitel 5

Ruby

Als wir später am Abend in die Eigentumswohnung zurückgekehrt waren und im Wohnzimmer saßen, kam mir schlagartig eine äußerst wichtige Frage in den Sinn. Also fragte ich Jett in gepresstem Tonfall: »Und was geschieht, wenn du dich verliebst? Ich glaube nicht, dass irgendeine Frau möchte, dass ihr Mann mit einer anderen Frau zusammenlebt, auch wenn wir keine sexuelle Beziehung haben und ich lediglich eine Angestellte bin.«

Ich unterbrach den Download von kostenlosen Büchern auf meinen E-Reader, den Jett mir gekauft hatte, und sah zu Jett hinüber, der in einem Sessel auf der gegenüberliegenden Seite des Raumes saß.

Falls Jett sich plötzlich verlieben würde, was würde dann aus mir werden?

Da er mich gebeten hatte, ihn zu heiraten, nahm ich an, dass niemand in Seattle auf ihn wartete, doch ich hatte bereits feststellen müssen, dass Vermutungen nicht immer der Wahrheit entsprachen.

Bei dem Gedanken, Jett könnte mit einer Frau zusammen sein, spürte ich einen Knoten im Magen und wusste nicht genau, warum. Es war gewiss nicht die Angst, wieder allein zu sein, denn an diesem Punkt war ich schon einmal gewesen. Ich dachte, die Anspannung in meinem Bauch hatte mehr damit zu tun, dass ich mich zu Jett hingezogen fühlte. Die Faszination, die Jett auf mich ausübte, war nicht gerade angenehm für mich, doch schien ich mich nicht davon abhalten zu können, seinen hinreißenden Körper und sein gutaussehendes Gesicht anzustarren. Aus irgendeinem mir unbekannten Grund wollte ich ihm näher sein. Irgendetwas zog mich zu ihm hin, obwohl ich ihn doch eigentlich auf Abstand halten sollte.

Er zuckte mit den Schultern. »Das wird nicht geschehen.«

»Warum nicht, um alles in der Welt?«

»Keine Frau wird *mich* wollen«, stellte er sachlich fest. »Und ehrlich, ich verspüre überhaupt kein Verlangen, mich auf irgendeine Frau einzulassen.«

Ich sah ihn verwirrt an. »Warum nicht?«

Er schwieg einen Moment, bevor er antwortete: »Ich war einmal verlobt. Es nahm kein gutes Ende.«

Gefesselt beobachtete ich, wie sich seine Augen verdunkelten, als er hinzufügte: »Wir waren nahe daran zu heiraten. Glücklicherweise hatten wir es immer wieder verschoben, ein Datum festzulegen.«

»Was ist dazwischengekommen?«

»*Mein Unfall* ist dazwischengekommen. Marcus war Leiter einer Gruppe Männer, die eine private Rettungsorganisation bildeten. Wir schritten ein, wenn die Regierung dies versäumte, und retteten die Opfer, die entführt und im Ausland gefangen gehalten wurden. Normalerweise politische Gefangene. Wir haben jahrelang zusammengearbeitet und eine Menge Leben gerettet. Aber eines Tages, im Mittleren Osten, stürzte unser Hubschrauber ab. Einige von uns wurden ziemlich schwer verletzt. Es ist bereits einige Jahre her, doch ich habe mich noch immer nicht vollkommen erholt.«

»Also hast *du* die Beziehung wegen des Unfalls beendet?« Aber warum hätte er das tun sollen, obwohl er doch Unterstützung gebraucht hätte?

»*Sie* hat unsere Verlobung gelöst. Ich habe direkt nach dem Unfall nicht die beste medizinische Versorgung bekommen, da wir weit

von der nächsten großen Stadt entfernt waren. Als ich dann in die
Staaten zurückgekehrt war, war es zunächst nicht sicher, ob mein
Bein gerettet werden konnte. Und ich sah scheußlich aus. Daran
hat sich bis heute nichts geändert und ich werde immer schlimm
von Narben verunstaltet bleiben. Lisette hasste mein Aussehen und
wollte mich nicht mehr mit einem lahmen Bein, das mir in Zukunft
viele Tätigkeiten verbieten würde, insbesondere tanzen oder andere
gesellschaftliche Aktivitäten, die eine gewisse Eleganz verlangen.«

»Sie hat dich verlassen, weil du nicht mehr tanzen konntest?«,
fragte ich ungläubig.

»Ich bin mir ziemlich sicher, dass sie außerdem keinen Mann
wollte, der für den Rest seines Lebens mit Narben herumlaufen
würde.«

»Oh mein Gott, machst du Witze?« Die Frage entwich mir lauter,
als es hätte sein sollen, doch ich war ziemlich schockiert.

»Du wolltest eine ehrliche Antwort, Ruby. Ich erzähle dir gerade
meine Geheimnisse«, informierte er mich trocken.

»Es tut mir leid. Ich kann mir einfach nicht vorstellen, dass
dich eine Frau im Vollbesitz ihres Verstandes aus solch einem
oberflächlichen Grund verlassen würde.« Ehrlich, ich war wütend.
Jett hatte anderen Menschen das Leben gerettet und war dabei
verwundet worden. »Welche Art Frau würde so etwas tun?«

In seinen Augen leuchtete plötzlich eine Spur Humor auf, doch er
sagte kein Wort. Er fuhr den Laptop herunter, den er auf dem Schoß
hielt, und stellte ihn beiseite.

Schließlich sagte er:»Ich nehme an, die Art Frau, die ich heiraten
wollte, würde so etwas tun.«

Ich legte meinen E-Reader beiseite und erkundigte mich:»Liebst
du sie noch?«

Bitte sag Nein!

Jett verdiente es nicht, sich nach einer Frau zu verzehren, die *ihn*
definitiv nicht geliebt hatte.

»Nein«, erwiderte er schroff. »Zur Hölle, ich *mag* sie nicht einmal
mehr. Ich habe sie nicht mehr gesehen, seitdem sie aus meinem
Krankenhauszimmer gerauscht ist, nachdem sie mich daran erinnert

hatte, was für eine schlechte Partie ich bin. Doch diese Erfahrung hat mich gelehrt, dass sehr wenige Frauen jemals die Tatsache werden akzeptieren können, dass ich … Beschränkungen unterliege. Und ein paar ziemlich hässliche Narben habe.«

Er dachte, er wäre nicht mehr attraktiv? Gewiss glaubte Jett doch nicht, dass ihn keine andere Frau mehr begehren würde, nur weil ihn diese größte aller Schlampen verlassen hatte! »Das ist nicht wahr«, stieß ich vehement hervor. »Du bist immer noch äußerst attraktiv.«

»Du hast mich noch nicht nackt gesehen«, knurrte er.

Das war nicht das erste Mal, dass er dies spaßhaft erwähnte, und ich wünschte mir, er würde es unterlassen, mich daran zu erinnern, dass ich seinen durchtrainierten Körper *wirklich* gern entblößt vor mir sehen würde.

Ich wollte ihm sagen, dass ich ihn gern nackt sehen würde, doch ich war nicht mutig genug zuzugeben, dass ich keinen einzigen Fehler an ihm entdecken konnte. Seine Narben waren einfach ein Teil von *ihm*, der Beweis seiner Bereitwilligkeit, alles zu tun – selbst sein eigenes Leben zu riskieren – um einen anderen Menschen zu retten. Falls das ein paar Frauen nicht anmachte, so war das zu ihrem eigenen Schaden.

Ich dachte darüber nach, was er mir erzählt hatte, und wurde immer wütender. »Es gibt nicht nur solche Frauen wie sie, Jett. Ich würde sogar behaupten, sie war eine Ausnahme.«

»Nicht in meiner Welt«, schnappte er.

»Dann solltest du dir vielleicht eine neue Welt erschließen«, schlug ich vor.

»Ich habe kein Interesse daran, nach jemand anderem zu suchen, Ruby«, erwiderte er. »Lieber stecke ich meine Energie in meine Firma und meine Genesung. Mein Knie wird nie wieder ganz richtig funktionieren, aber ich hoffe, dass es mit der Zeit besser wird. Die Operationen habe ich hinter mir, hoffe ich. Die letzte vor ein paar Monaten betraf mein Knie. Jetzt geht es nur noch darum, es zu trainieren.«

Ich hatte Jett zwar zur Zeit des Unfalls noch nicht gekannt, doch jetzt wollte ich für ihn da und in seiner Nähe sein. Irgendeine Frau hatte ihm übel mitgespielt und er musste damit aufhören, die Welt um sich herum durch eine so zynische Brille zu sehen. »Ich werde dir helfen, so gut ich kann«, schwor ich. »Es scheint mir eher ein Geschenk gewesen zu sein, dass du deine Verlobte verloren hast. Vielleicht fühlt es sich im Moment noch nicht so an, aber eines Tages wirst du es sehen.«

»Vielleicht war ich damals ein wenig ahnungslos, aber in der Minute, in der sie durch die Tür verschwunden ist, war mir bewusst, dass ich glimpflich davongekommen bin«, erklärte er heiser.

»Aber sie hat dir wehgetan«, wandte ich ein.

»Vielleicht. Aber es hätte mir mehr geschadet, wenn ich sie geheiratet hätte.«

Es war sehr gut möglich, dass Jett über die Trennung von seiner Ex hinweg war, ich war mir jedoch ziemlich sicher, dass er über die Zurückweisung selbst noch nicht hinweggekommen war, wenn er nicht glauben konnte, dass es eine Million Frauen gab, die ihn sich auf der Stelle schnappen würden, wenn sie nur die Chance dazu bekämen. Ob er nun tanzen konnte oder nicht.

Jett war etwas Besonderes.

Aber er schien nicht zu bemerken, dass er viel mehr vorzuzeigen hatte als nur ein paar Narben.

»Ich finde dich hinreißend«, platzte es aus mir heraus, bevor ich es verhindern konnte.

Ich nahm meine Äußerung nicht zurück. Einschließlich seiner Narben war Jett einer der heißesten Männer, die mir jemals begegnet waren. Er war vollkommen durchtrainiert. Ich wusste, dass er den Fitnessraum der Eigentumswohnung benutzt hatte, um sein tägliches Routinetraining aufrechtzuerhalten. Zuerst hatte mir das überhaupt nicht gefallen, doch dann hatte er mir erklärt, dass er Gewichte heben konnte, ohne sein Knie zu belasten. Und sobald er sicher sein würde, dass sein Meniskus geheilt war, würde er seine regulären Übungen wieder aufnehmen, um sein Bein zu kräftigen.

Als er seine Arme vor der Brust kreuzte, schwoll sein Bizeps an. »Was zum Teufel ist an mir jetzt noch attraktiv?«, wollte er wissen.

Ich musterte seinen skeptischen Gesichtsausdruck und die Art, wie er eine seiner Brauen fragend in die Höhe gezogen hatte, und schmolz dahin, als ich erkannte, dass er wirklich *kein einziges gutes Haar* mehr an sich finden konnte.

»Ich liebe deine Augen«, gab ich ehrlich zu, denn ich wollte ihm nicht gerade erzählen, dass ich nach seinem Körper gierte. »Weißt du, dass sie die Farbe wechseln, wenn du glücklich oder ärgerlich bist? Aber jede Schattierung ist wunderschön. Deine Augen sind wirklich grün und nicht haselnussbraun. Wusstest du, dass das die seltenste Augenfarbe ist? Nur zwei Prozent aller Menschen auf der Welt haben grüne Augen.«

Er versuchte, dem Drang zu lächeln zu widerstehen, doch es gelang ihm nicht völlig. »Hast du das auch in der Bibliothek gelesen?«, fragte er mit einem Grinsen.

Ich zuckte mit den Schultern. »Ich habe dir doch gesagt, dass zu den unmöglichsten Zeiten seltsame Fakten und Zitate aus meinem Mund sprudeln. Aber was ich gesagt habe, ist eine Tatsache. Und ja, diese Information habe ich in der Bibliothek aufgeschnappt.«

»Was findest du noch attraktiv an mir?«, fragte er zögernd.

Also gut. Mit meiner Zurückhaltung war es vorbei, denn ich konnte ihm ansehen, dass er nicht ganz glaubte, was ich ihm sagte. »Du bist vollkommen durchtrainiert und jedes Mal, wenn ich deinen Hintern in einer Jeans sehe, möchte ich am liebsten hineinbeißen.«

»Du machst mir Angst, Frau. Bist du blind, verdammt noch mal? Du hast doch an dem Abend, an dem ich dich aus dem Club geholt habe, einen kleinen Vorgeschmack auf meinen Körper bekommen.«

Ich verschränkte stur meine Arme. »Wenn ich deinen knackigen Hintern bewundere, denke ich nicht gerade an deine *Narben.*«

»Du bist noch Jungfrau. Was weißt du schon über tolle Hintern?«

»Vielleicht habe ich noch keinen betatscht, aber ich habe sehr wohl Augen im Kopf.«

Er musste schallend lachen, bevor er erwiderte: »Ich gebe auf. Du hast keine Ahnung, wie *unattraktiv* ein verunstalteter Körper nackt aussieht. Siehst du immer nur das Gute in jedem?«

»Das ist bei einem Mann wie dir nicht schwer«, entgegnete ich atemlos. »Wenn man von deinen Narben und deiner Besserwisserei absieht, bist du ziemlich perfekt. Ich finde, deine Ex war verrückt, dich aufzugeben.«

»Aber *du* wolltest mich auch nicht heiraten«, konterte er.

»Ich hätte gern Ja gesagt«, gestand ich. »Aber du verdienst es nicht, eine Frau wie mich am Hals zu haben. Während meines ganzen Lebens als Erwachsene war ich obdachlos, Jett. Ich habe keine Ausbildung und hatte keine Zukunft. Du hast bereits mehr Geld ausgegeben, um mich zu retten, als ich wert bin. *Viel* mehr. Und wir hätten nicht aus dem richtigen Grund geheiratet.«

Jett hätte es getan, weil er mich retten wollte, und obwohl ich ihn sehr mochte, wäre mein Hauptgrund für die Heirat gewesen, ein Dach über dem Kopf und eine gewisse Stabilität zu haben.

»Nichts, was dir zugestoßen ist, war dein Fehler, Ruby«, grollte Jett.

»Mein Onkel wollte mich nicht gehen lassen. Ich bin aus freiem Willen gegangen«, erklärte ich nervös.

Jett erhob sich und kam langsam zur Couch hinüber, um sich neben mich zu setzen. »Erzähl mir, was geschehen ist, Ruby. Spuck es einfach aus. Ich werde dich nicht verurteilen. Wenn er gewalttätig war, *musstest* du gehen.«

»Ich *musste* nicht, aber sobald der Rest meiner Familie nicht mehr da war, hatte ich keinen Grund mehr, seine Gewalttätigkeit zu ertragen. Solange ich mich erinnern kann, war er Alkoholiker und immer, wenn er betrunken war, wurde er gewalttätig. Ich konnte es einfach nicht mehr ertragen«, stammelte ich.

»Hurensohn!«, stieß Jett barsch hervor. »Was ist nach dem Unfall geschehen? Ich bin sicher, dass deine Eltern dich vorher gegen ihn in Schutz genommen haben.«

»Ich habe beinahe noch ein Jahr bei ihm gelebt, gerade lange genug, um sicher zu sein, dass ich weggehen konnte, ohne dass er mich fand, bevor ich achtzehn Jahre alt geworden war. Sein jähzorniges Temperament weitete sich zum Wahnsinn aus. Ich musste beinahe ohne einen Cent in der Tasche das Haus verlassen. Der Anteil meiner Eltern am Geschäft landete am Ende bei ihm und ich konnte nicht mehr länger dort bleiben.«

Jett zog meinen zitternden Körper an sich und barg mich an seiner starken Brust, während ich mich gegen ihn lehnte. Ich murmelte an seiner Schulter:»Ich konnte es einfach nicht mehr aushalten. Ich wollte meinen Highschool-Abschluss machen, aber es gab Zeiten, in denen ich geglaubt habe, so lange würde ich nicht mehr überleben. Ich musste gehen.«

Jett strich so beruhigend mit seiner Hand über meinen Rücken, dass ich mich sicher fühlte. Er antwortete:»Du hättest niemals misshandelt werden dürfen.«

Er klang verärgert. Nicht dass ich ihm das hätte verdenken können. Misshandlungen waren nicht nur schmerzhaft, sondern auch demütigend. Und ich spürte immer noch jeden einzelnen Moment der Scham. Bis jetzt.

Ich fuhr in meiner Erzählung fort, sodass ich alles loswurde, ohne zu weinen.»Wenn ich heute zurückblicke, weiß ich, dass ich mich an jemanden an der Schule hätte wenden müssen, nachdem meine Eltern gestorben waren. Aber ich hatte Angst und wusste nicht, was mit mir geschehen würde. Ich wollte einfach nur so alt werden, dass ich gehen konnte.«

Sein Arm schlang sich fester um meine Taille, als er mir mit rauer Stimme versprach:»Ich werde dich beschützen, Ruby. Du musst nie mehr Angst haben.«

Ich schmiegte mich an ihn. Für gewöhnlich gefiel es mir nicht, wenn mich *irgendjemand* berührte, aber bei Jett fühlte ich mich aus irgendeinem Grund … sicher.

Kapitel 6

Jett

Später an diesem Abend lag ich im Bett und lauschte dem Klang der Wellen, die an den Strand schlugen, doch diesmal hatte er nicht die sonst so beruhigende Wirkung auf mich.

Ich war bis zum Äußersten gereizt und kämpfte mit Gefühlen, die ich niemals zuvor verspürt hatte, und das gefiel mir überhaupt nicht.

Ich redete mir ein, dass ich mir wünschte, Ruby würde mir vertrauen wie dem Bruder, den sie niemals hatte, da sie sich nun einmal geweigert hatte, mich zu heiraten. Doch es fiel mir äußerst schwer, mir etwas zu wünschen, das ich nicht *wirklich* so empfand.

In Wahrheit wollte ich ihr Beschützer sein.

Ich wollte der Mensch sein, an den sie sich wendete, wenn sie etwas brauchte oder wenn sie sich jemandem anvertrauen wollte.

Aber *auf keinen Fall* wollte ich für sie wie ein Bruder sein.

Ruby Kent hatte mich noch am selben Abend, an dem ich sie zum ersten Mal gesehen hatte, voll erwischt. Und seit jenem Abend, an dem sie uns versehentlich beide ins Krankenhaus befördert hatte, hatte sie mich nicht mehr losgelassen.

Mein Heiratsantrag war rein instinktiv erfolgt, eine Reaktion auf den Schwur, den ich mir selbst gegeben hatte, direkt nachdem Lisette mich im Krankenhaus hatte sitzen lassen. In dem Moment, in dem ich realisiert hatte, dass Ruby nicht entsetzt auf meine Narben reagierte, und mir bewusst wurde, dass sie ein Herz hatte, war ich mit dem Versprechen herausgeplatzt, das ich mir selbst gegeben hatte. Ich hatte sie gefragt, ob sie mich heiraten wolle. Und sie hatte *Nein* gesagt.

Als ich herausfand, dass sie sich nur geweigert hatte, weil sie glaubte, ich habe es nicht verdient, mich mit *ihr* zu belasten, hatte das meinen Entschluss, sie zu der Meinen zu machen, nur noch verstärkt.

Fürsorgliche, besitzergreifende Instinkte hatten mich tief in meinen Eingeweiden getroffen und dort waren sie geblieben und verstärkten sich jeden verdammten Moment, den ich in Rubys Gesellschaft verbrachte. Ich hasste die Tatsache, dass niemand für sie dagewesen war, als es ihr so schlecht ergangen war. Doch gleichzeitig machte es mich verrückt, wenn ich mir vorstellte, irgendjemand könnte sie berühren. *Punkt.*

Grinsend starrte ich an die hohe Decke über mir. Manchmal hatte Ruby wirklich Haare auf den Zähnen, aber irgendwie gefiel mir das an ihr. Sie war intelligent und wissbegierig und hatte das Herz eines Löwen haben müssen, um all die Herausforderungen zu überstehen, denen sie sich gestellt hatte. Und sie scheute sich nicht, ihre Meinung zu äußern, besonders wenn sie wütend war. Zuerst war sie schweigsam gewesen, beinahe nachdenklich, nachdem sie meinen Antrag so schnöde abgewiesen hatte. Aber mit der Zeit hatte sie öfter und eindringlicher ihre Stimme erhoben.

Bis auf meine Schwestern hatte sich noch niemals eine weibliche Person zu meiner Verteidigung aufgeschwungen, wie es Ruby getan hatte. Meine Ex-Verlobte war eine egoistische Frau gewesen und ich war irgendwie in Routine verfallen und hatte versucht, sie glücklich zu machen. Leider hatte ich das niemals *wirklich* erreicht. Je mehr ich Lisette gegeben hatte, desto mehr hatte sie verlangt. Als ich die Unverschämtheit besessen hatte, mein Aussehen zu ändern, weil ich mich schlimm verletzt hatte, glaubte sie, *sie* sei diejenige, die das

Recht hätte, wütend zu sein, weil ich ihr die Vision einer perfekten Zukunft genommen hatte.

Ich hatte Ruby nicht angelogen, als ich gesagt hatte, ich *wisse*, dass ich noch einmal mit heiler Haut davongekommen sei.

Die Leere, die ich in mir spürte, hatte nichts mit der Tatsache zu tun, dass ich die Frau nicht geheiratet hatte, die mich ohnehin niemals geliebt hatte. Doch Lisette hatte mir als Vermächtnis einen Haufen Zweifel hinterlassen und eine Menge zu grübeln, ob sie recht behalten würde, dass ich niemals mehr jemanden finden würde, der über meine Makel hinwegsehen könnte.

Nach dem Unfall hatten sich meine Prioritäten verändert. *Ich hatte mich verändert.*

Ich hatte erkannt, dass das Leben für kein Paar jemals ohne Herausforderungen verlaufen konnte, und zog es vor, allein zu sein, falls ich niemanden finden würde, der mich genügend liebte, um in schweren Zeiten zu mir zu halten.

Und ich wünschte mir jemanden, der von *mir* das Gleiche erwartete.

Im Gegensatz zu meinen beiden älteren Brüdern war ich niemals wirklich ein Playboy gewesen. Ich hatte niemals das Verlangen verspürt, innerhalb kürzester Zeit viele verschiedene Frauen zu haben.

Alles, was ich mir gewünscht hatte, war eine Frau, die mich liebte.

Ich verspürte auch keine Abneigung, jemandem zu vertrauen oder mich festzulegen, wie es scheinbar bei Carter und Mason der Fall war.

Unglücklicherweise hatte ich die falsche Frau gewählt, mit der ich mich hatte niederlassen wollen, und jetzt war ich erleichtert, dass ich sie nicht geheiratet hatte.

Mit Lisette war alles gut gegangen, solange es keine Schwierigkeiten gab. Und vor meinem Unfall waren wir ein goldenes Paar ohne Probleme gewesen. Ich glaube, der wahre Test für Lisette und mich begann, als alles aus dem Ruder lief. Und sobald die Dinge schlecht liefen, verdrückte sie sich, und das nicht ohne eine vernichtende Predigt, wie sehr ich ihr perfektes Leben zerstört hatte.

Glücklicherweise besaß ich eine große Familie. Wir mochten uns zwar auseinandergelebt haben, aber trotzdem waren meine Geschwister während meines Krankenhausaufenthalts für mich da gewesen.

Manchmal mangelte es mir an Selbstwertgefühl, aber ich war niemals vollkommen auf mich allein gestellt, wenn ich mich meinen Herausforderungen stellen musste.

Nicht wie Ruby.

Obwohl ihre Narben seelischer Art waren, wusste ich, dass sie verwundet war, und noch dazu auf eine Art, die ich niemals verstehen würde, weil ich nicht in ihrer Haut gesteckt hatte. Mich überraschte die Tatsache, dass sie sich immer noch an kleinen Dingen zu begeistern und im Moment zu leben schien, anstatt über ihre Vergangenheit nachzudenken.

Verdammt, ich wollte ihr *alles* geben, damit ich jedes Mal ihre Reaktion beobachten konnte, wenn sie etwas Neues bekam. Aber ich wusste, dass sie bei teuren Sachen ihre Grenze gezogen hatte.

Ich hätte ihr sagen sollen, dass ich mehr Geld besitze, als ein einzelner Mensch in seinem Leben ausgeben könnte, selbst wenn er verschwenderisch damit umginge.

Andererseits tat es mir ziemlich gut, dass sie mich als normalen Mann mochte und nicht als Milliardär.

Ruby war klug und es überraschte mich, dass sie bis jetzt den Namen Lawson noch nicht mit *Lawson Technologies* in Verbindung gebracht hatte.

Andererseits hatte ich aber auch niemals eine Andeutung gemacht, dass mein Unternehmen alles andere als eine kleine Firma war.

Ehrlich, eigentlich hatte ich mich um nichts gekümmert, als sie dazu zu bringen, mit mir nach Hause nach Seattle zu kommen, denn ich würde sie auf keinen Fall hier in Miami zurücklassen. Ja, ich hatte ihr zwar angeboten, ihr zu helfen, sich hier ihr Leben einzurichten, doch das war nicht das, was ich wollte, und wenn sie diese Option gewählt hätte, hätte ich einen Weg gefunden, ihre Meinung zu ändern. Entweder das oder ich hätte selbst viel Zeit hier unten im Süden verbracht.

Mein höchstes Ziel bestand darin, dafür zu sorgen, dass ihr niemals mehr wehgetan wurde. Ruby gehörte zu *mir* und ich wollte, dass sie sich an einem Ort aufhielt, wo ich sie im Auge behalten konnte, selbst wenn es mich mein Leben kosten sollte.

»Es wird mich *definitiv* umbringen«, murmelte ich gegen die Decke.

Jeder Tag, den ich mit ihr verbrachte, war ein weiterer Tag, an dem ich mir nichts sehnlichster wünschte, als sie zu der Meinen zu machen.

Ich begehrte sie mit einer Heftigkeit, dass mein Unterleib schmerzte. Aber sie war misshandelt worden und hatte niemanden auf der Welt, dem sie vertrauen konnte. Ich war fest entschlossen, *der* Mann zu sein, an den Ruby glauben konnte, ungeachtet der Tatsache, dass ich nicht in ihrer Nähe sein konnte, ohne dass mein Schwanz schmerzhaft anschwoll.

Ich kann sie nicht ficken.

Fürs Erste reichte es erst einmal aus, dass sie beim Anblick meiner Narben an jenem ersten Abend im Auto nicht zurückgeschreckt war.

Ich *konnte* Ruby meine Freundschaft anbieten.

Doch ich würde sie nicht zu meiner Geliebten machen, gleichgültig was mein Schwanz verlangte. Es würde die Dinge für sie viel zu sehr verkomplizieren. Ich würde Geduld haben müssen.

Mehr als alles andere musste Ruby lernen, mir zu vertrauen. Und nach allem, was sie mit ihrem Onkel erlebt hatte, wollte ich sie nicht verängstigen.

Sie verdient so viel Besseres als das, was ihr das Leben bis jetzt geboten hat.

Ruby musste ein geordnetes Leben führen und brauchte ein gewisses Gefühl der Sicherheit.

Wenn schon nichts anderes, so konnte ich ihr zumindest das geben und noch so viel mehr.

Im Gegenzug würde ich eine Frau haben, die mich nicht wie einen Invaliden behandeln würde. Fürs Erste musste das ausreichen.

Kapitel 7

Ruby

Ich wachte nach Atem ringend auf und versuchte, mich von den starken Armen zu befreien, die mich gefangen hielten.

»Lass mich los!«, schrie ich.

Augenblicklich war ich frei. Ich fühlte mich verwirrt und verängstigt. »Ruby, du hast geträumt. Du hast geschrien.«

Jett?

Seinen beruhigenden Bariton erkannte ich beinahe sofort.

Schützend schlang ich die Arme um mich, während mein Bewusstsein langsam wieder zu arbeiten begann.

Ich hatte mich in den Klauen eines Albtraums befunden, einer von den vielen meines Lebens.

Ich atmete langsamer und begann, ruhiger zu werden. Dann öffnete ich meine Augen. Gedämpftes Licht umfing mich.

Ich bin bei Jett. Ich bin in Sicherheit.

Ich drehte meinen Kopf und sah Jett geduldig auf der anderen Seite des massiven Doppelbettes sitzen. Er war offensichtlich von mir weggerutscht, als er erkannte, dass ich Platz brauchte.

Zittern fuhr ich mir mit der Hand durchs Haar. »Oh Gott. Es tut mir leid. Ich leide manchmal unter Albträumen.«

Es war der erste, den ich gehabt hatte, seitdem ich bei Jett war. Hätte ich daran gedacht, als ich in die Eigentumswohnung kam, hätte ich das Schlafzimmer gewählt, das am weitesten von seinem entfernt lag. Die Abstände zwischen meinen Albträumen waren nie sehr groß.

»Entschuldige dich nicht, Liebes«, erwiderte Jett in seinem tiefen, heiseren Bariton. »Du kannst sie doch nicht kontrollieren.«

Seine dunkle, sanfte Stimme beruhigte mich.

Ich bin bei Jett. Ich bin in Sicherheit.

Diese Worte waren mittlerweile zu meinem Mantra geworden und es war tröstlich zu wissen, dass ich nicht alleine war. »Aber ich wollte dich nicht aufwecken. War ich laut?«

»Laut genug, um mich zu Tode zu ängstigen«, antwortete er besorgt.

Das einzige Licht im Raum kam aus dem Flur, daher konnte ich sein Gesicht nicht sehen. Doch ich erkannte, dass er nur eine Pyjamahose trug. Er hatte sich nicht die Mühe gemacht, seinen Oberkörper zu bedecken, bevor er zu mir geeilt war, um nach mir zu sehen.

»Ich wollte dich nicht anschreien«, stellte ich zögernd fest.

»Manchmal brauche ich ein paar Minuten, um zu realisieren, dass ich geträumt habe. Und ich mag es normalerweise überhaupt nicht, wenn mich jemand auf irgendeine Weise berührt. Also gut, dich ausgenommen, manchmal.«

Ich zitterte immer noch, obwohl es nicht kalt war. Mein Schlafanzug bestand aus einem T-Shirt und kurzen Hosen und ich lag unter dem Laken und der Decke. Trotzdem konnte ich nicht aufhören zu zittern, denn die Nachwehen meines furchterregenden Traums hielten mich gefangen.

»Das verstehe ich«, versicherte Jett mir. »Ich träume gelegentlich immer noch schlecht von dem Unfall. Ich erinnere mich eigentlich nicht an alles, aber mein Gedächtnis muss einiges davon gespeichert haben, weil diese Träume ziemlich lebhaft sind.«

Wie kommt es, dass Jett stets weiß, was er sagen muss, um mir das Gefühl zu geben, nicht alleine zu sein?

»Erinnerst du dich an den Absturz?«, fragte ich neugierig.

»Nur aus meinen Träumen. Ich bin mir nicht sicher, ob sie wirklich das Geschehen widergeben oder ob es sich nur um einen Albtraum handelt, der nicht auf Fakten beruht.«

»Meine sind lebensecht«, gab ich leise zu. »Und für gewöhnlich sind sie so furchterregend, dass ich nicht wieder einschlafen kann.«

»Geht es dir jetzt gut?«, fragte er.

»Ich glaube schon. Alles scheint ein bisschen einfacher zu sein, seitdem ich dich getroffen habe.« Die Worte waren mir zwar unbeabsichtigt herausgeplatzt, doch sie entsprachen der Wahrheit.

»Willst du, dass ich bei dir bleibe?«, bot er mir an.

Ich wünschte mir sehnlichst, Jett hier bei mir zu behalten. »Nur wenn das für dich okay ist.«

Statt einer Antwort stand er auf und öffnete das Fenster. Dann kehrte er zum Bett zurück und kletterte unter die Decke, machte es sich bequem und hüllte sich in Schweigen.

Mit einem müden Gähnen kuschelte ich mich in mein Bett zurück. Ich warf einen Blick auf die Uhr und sah, dass es drei Uhr morgens war. Es war also kein Wunder, dass ich mich noch erschöpft fühlte.

»Du weißt, dass du Energie verschwendest, oder?«, fragte ich Jett. »Bei geöffnetem Fenster muss die Klimaanlage mehr arbeiten.«

»Horch einfach mal!«, forderte er mich heiser auf.

Als ich schwieg, brauchte ich lediglich einen Augenblick, um die Geräusche des Ozeans zu hören. Ich seufzte und eingelullt von dem rhythmischen Klang der an den Strand schlagenden Wellen entspannte ich mich etwas.

Schließlich brach Jetts Stimme die Stille. »Der Klang des Ozeans hilft mir, mich daran zu erinnern, dass es so vieles gibt, das so viel größer und mächtiger ist als meine Probleme.«

»Es ist großartig«, antwortete ich.

»Ist es das bisschen zusätzliche Energie wert?«, erkundigte er sich mit einem Schuss Humor in seinem tiefen Bariton.

Ich lächelte. »Manchmal ist die Erhaltung der Gesundheit jeden Preis wert.«

Ehrlich, noch niemals hatte ich den Luxus genießen können, so wie jetzt das Gefühl der Ruhe zu erfahren. In meinem Dasein hatte sich alles ums nackte Überleben gedreht. Für etwas anderes als die Notwendigkeit, einen weiteren Tag zu überleben, hatte es keinen Raum gegeben.

»Im Augenblick fühle ich mich wie Aschenputtel«, gestand ich. »Nichts von alledem wäre mir passiert, wenn es dich nicht gegeben hätte. Und ich bin mir immer noch nicht sicher, wie ich damit umgehen soll.«

»Du musst nichts Besonderes tun, um damit umzugehen, *Aschenputtel*. Lass es einfach geschehen! Du *solltest* ein Zuhause haben und du *solltest* dich sicher fühlen können. Dieses Land wird als das Land der unbegrenzten Möglichkeiten angesehen, doch manchmal wirst du ein Opfer der Umstände.«

»Bevor meine Eltern gestorben sind, wollte ich so vieles. Ich träumte davon, mein eigenes Cateringunternehmen aufzuziehen, und fantasierte über den Tag, an dem ich tatsächlich … frei sein würde.«

Nur meine Hoffnungen auf die Zukunft hatten mich durch die schlechten Zeiten gebracht, bevor ich erwachsen geworden war.

»Warst du als Kind glücklich, Ruby?«, erkundigte er sich. »Als deine Eltern noch lebten, hattest du da ein gutes Leben?«

Ich zögerte einen Moment, doch schließlich antwortete ich: »Mit meinem Vater und meiner Mutter war ich glücklich. Wir hatten zwar nicht viel Geld, aber mein Vater hat immer einen Weg gefunden, das Leben von der lustigen Seite zu nehmen. Und ich wusste, dass sie mich liebten.«

»All deine Wünsche für die Zukunft hätten sich erfüllen müssen, Ruby«, bemerkte Jett barsch. »Du bist vom Leben beschissen worden.«

»Ich habe Angst«, murmelte ich. In der Dunkelheit fürchtete ich mich weniger, meine Ängste vor Jett preiszugeben. »Ich verstehe nicht, warum du mir hilfst, und ich habe Angst, dass alles irgendwann ein Ende haben wird.«

»Du vertraust mir immer noch nicht«, stellte Jett rundheraus fest. »Aber Vertrauen braucht Zeit, besonders nach all dem, was dir widerfahren ist.«

»Ich bin eine Fremde für dich, Jett.«

»Nicht mehr«, knurrte er. »Und mit der Zeit wirst du lernen, dass ich dich nicht verlassen werde.«

»Vertraust du *mir*?«, fragte ich zögernd.

»Ja«, bestätigte er sogleich.

»Warum?«

»Weil du mir keinen Grund gegeben hast, dir nicht zu vertrauen.«

In Wahrheit hatte mir Jett allerdings auch niemals einen Grund gegeben, *ihm* nicht zu vertrauen. »Es tut mir leid. Vermutlich sollte ich den Menschen mehr Vertrauen entgegenbringen.«

»Schwachsinn. Du hattest niemals einen Grund, irgendjemandem zu vertrauen, seitdem deine Eltern gestorben sind. Wir haben unterschiedliche Lebenserfahrungen gemacht, Ruby. Außer meinem Unfall habe ich ein ziemlich angenehmes Leben hinter mir. Du hast diese Erfahrung nie gemacht.«

Ich ließ diese Worte auf mich einwirken. Unsere Blickwinkel *waren* unglaublich verschieden. »Du glaubst also jedem, bis er dir einen Grund liefert, ihm zu misstrauen?«

Er lachte leise. »Zum Teufel, nein. Ich bin Geschäftsmann. Wenn ich jedem trauen würde, würde ich schnell über den Tisch gezogen werden. Doch manchmal sagt dir dein Bauchgefühl, wem du trauen kannst und wem *nicht*. Bei dir hatte ich ein gutes Bauchgefühl, Aschenputtel.«

»Ich bin nicht immer ein guter Mensch, Jett«, gestand ich. »Manchmal war ich einfach so hungrig, dass ich Nahrungsmittel stibitzt habe. Aber Geld oder andere Gegenstände habe ich nie gestohlen. Doch wenn du hungrig bist –«

»Tu das nicht, Ruby«, ermahnte er mich. »Verurteile dich nicht, nur weil du versucht hast zu überleben.«

»Das tue ich auch nicht«, entgegnete ich. »Ich glaube, ich möchte lediglich, dass du alles Schlechte über mich weißt. Da du mir vertraust, *steht es dir zu*, das zu wissen.«

»Du bist nicht verpflichtet, mir alles über dich zu erzählen.«

»Vielleicht *möchte* ich aber darüber sprechen.«

»Na dann mal los!«, sagte er unglücklich.

Ich holte tief Luft, bevor ich begann: »Wenn ich wirklich hungrig war, dachte ich darüber nach, meinen Körper für Nahrung oder Geld zu verkaufen.«

»Warum hast du es nicht getan?«, hakte er unwirsch nach.

»Weil ich erkannt habe, dass ich lieber sterben würde, als jemanden meinen Körper benutzen zu lassen. Ich konnte es nicht ertragen, einfach nur dazuliegen und mich von jemandem berühren zu lassen, nur um demjenigen Befriedigung zu verschaffen. Und was wäre gewesen, wenn derjenige gewalttätig geworden wäre, wie mein Onkel?«

Ich hörte, wie Jett scharf die Luft einsog, bevor er erwiderte: »Ich würde deinen Onkel am liebsten aufspüren und ihn für jedes Mal, das er dich berührt hat, büßen lassen.«

Seine Bemerkung hätte mir wahrscheinlich Angst einjagen sollen, stattdessen tat mir sein Beschützerinstinkt im Herzen weh. Niemand war je für mich eingetreten. Niemand hatte je versucht, mir Sicherheit zu geben. Trotzdem, ich wollte auf keinen Fall, dass Jett sich in Schwierigkeiten brachte. »Er ist es nicht wert«, wehrte ich ab.

Jett seufzte auf. »Mag sein. Dennoch glaube ich, dass man Ermittlungen einleiten muss, damit kein weiteres Kind zu Schaden kommt.«

Darüber hatte ich tatsächlich noch nicht nachgedacht und mein Magen zog sich bei diesem Gedanken zusammen. »Vielleicht hätte ich meinen Mund aufmachen sollen. Mir ist niemals eingefallen, er könnte dasselbe mit anderen Kindern machen.«

»Natürlich nicht«, erwiderte Jett sanfter. »Du warst nicht in der Position, stark zu sein. Er hatte dich unter Kontrolle und vollkommen in der Hand.«

»Gibt es einen Weg herauszufinden, ob er jemand anderem schadet?«, erkundigte ich mich.

Jett lachte in sich hinein. »Aschenputtel, du hast keine Ahnung, wozu ich fähig bin. Ich bin Experte im Hacken von Computern und verfüge über eine Menge Beziehungen.«

»Du bist ein Hacker?«, fragte ich verblüfft.

»Nicht unbedingt. Aber Cybersicherheit ist mein Spezialgebiet und hängt mit meinem Job zusammen.«

»Wirst du es mir beibringen?«, fragte ich hoffnungsvoll.

»Nur wenn du versprichst, es nicht auf eigene Faust zu versuchen«, sagte er nachdenklich. »Es ist verdammt einfach, dich in Schwierigkeiten zu bringen, wenn du keine der Feinheiten kennst, um dich, ohne Spuren zu hinterlassen, hinein- und wieder hinauszuschleichen.«

»Ich verspreche es«, versicherte ich eifrig.

»Und was wird aus deinen Träumen, ein eigenes Cateringunternehmen zu betreiben? Du darfst das nicht aufgeben, um ein Hacker zu werden. Ich selbst beschäftige mich nur damit, um die Stärke von Systemen zu testen. Alles andere gilt als kriminell.«

Ich seufzte. »Ich wollte das doch nur lernen, weil ich so gern alles wissen möchte. Und ich werde niemals ein Cateringunternehmen haben. Glaub mir, das ist reine Fantasie. Es kämen hohe Anfangskosten auf mich zu und den geschäftlichen Teil müsste ich erst erlernen. Ich hatte gehofft, einen Abschluss in Betriebswirtschaft machen zu können, bevor meine Eltern starben.«

»Gib niemals deine Träume auf, Ruby«, ermahnte er mich.

»Es gibt *Träume* und es gibt die *Realität*. Mein wirkliches Leben war viel zu weit von meinen Träumen entfernt, um auch nur darüber nachzudenken, mein eigenes Geschäft aufzubauen, nachdem meine Eltern gestorben waren. Ich wollte einfach nur einen Job. Irgendeinen Job. Doch wenn du schmutzig bist, obdachlos und absolut keine Kenntnisse vorweisen kannst, gibt dir niemand eine Chance.«

»Ich bin bereit dazu«, gab er zurück.

»Ja«, stimmte ich zu. »Manchmal frage ich mich, ob dein Gehirn wirklich einwandfrei funktioniert.«

»Ich habe einen Intelligenzquotienten von einhundertfünfundfünfzig, also theoretisch bin ich ein Genie«, verteidigte er sich spöttisch. »Und ich habe Betriebswirtschaft und Cybersicherheit auf dem College studiert. Allerdings war ich schon ein verdammt guter Hacker, bevor ich zur Schule ging.«

»Na gut, vielleicht funktioniert dann nur eine winzig kleine Stelle in deinem Hirn nicht so gut«, erwiderte ich lächelnd.

Ich hatte bereits gewusst, dass Jett begabt war. Er trug viel mehr nutzloses Wissen in seinem Kopf mit sich herum als ich.

»Nein, so ist es nicht«, widersprach er. »Ich glaube, du musst lediglich verstehen, dass du es verdienst, jeden einzelnen Traum zu realisieren, den du jemals gehabt hast.«

Seine Worte brachten mich zum Schweigen. Ich hatte niemals geglaubt, etwas wert zu sein. Ich hatte mich niemals für wert erachtet, aus der Obdachlosigkeit und Armut herauszufinden. Vielleicht weil ich schon immer wenig Selbstwertgefühl gehabt hatte.

»Danke«, sagte ich schließlich leise, aber ernst.

»Wofür?«

»Dass du so bist, wie du bist«, entgegnete ich schlicht.

Was hätte ich sonst sagen können? Wie konnte ich richtig erklären, wie besonders Jett war?

»So großartig bin ich nun auch wieder nicht«, murmelte er bescheiden.

Eine komische Sache: Jett wusste, wie man andere Menschen ermutigte und sich um sie kümmerte, glaubte aber nicht, dass das eine große Sache war oder dass er in irgendeiner Hinsicht etwas Besonderes war. »Du *bist* ziemlich großartig«, erwiderte ich schläfrig. »Du nimmst es nur nicht wahr.«

Ich schloss meine Augen und schlief beim Klang des Ozeans wieder ein.

Vielleicht war es das Wissen, Jett in meiner unmittelbaren Nähe zu haben, das alle schlechten Träume für den Rest der Nacht von mir fernhielt.

Kapitel 8

Ruby

»Sie sind sich doch bewusst, dass das, was Ihnen widerfahren ist, nicht normal war, oder?« Ich zappelte nervös auf der Couch hin und her, auf die ich mich gesetzt hatte, nachdem ich die Praxis der Psychologin betreten hatte.

Dr. Annette Romain war eine sympathische und einsichtige Therapeutin, soweit ich es beurteilen konnte. Doch sie stellte bohrende Fragen, die nicht so leicht zu beantworten waren. Irgendwie schien sie die Dinge, über die ich nicht reden konnte, aus mir heraus zu wringen, Dinge, die so tief in meiner Seele vergraben lagen, dass ich geglaubt hatte, sie würden niemals an die Oberfläche gelangen.

Doch als all meine Emotionen wieder hochkochten, empfand ich auch erneut das Gefühl von Hoffnungslosigkeit und Trostlosigkeit.

Über meinen Onkel hatte ich bereits alles ausgespuckt, Dinge, die ich *niemandem* je erzählt hatte, noch nicht einmal Jett.

Nachdem Jett meine Geschichte erfahren hatte, oder zumindest einen Teil davon, hatte er für mich für heute einen Termin mit einer Therapeutin vereinbart. Natürlich war mir bewusst, dass ich Probleme aus meiner Vergangenheit mit mir herumschleppte, doch ich *wollte* mich ihnen nicht unbedingt stellen oder sie an die Oberfläche kommen lassen. Ich hätte sie lieber einfach vergessen. Ich sah zu der blonden Frau auf, die meiner Couch auf einem Stuhl gegenübersaß.

Weiß ich, dass mein Leben nicht normal verlaufen ist? »Ich kannte nichts anderes«, antwortete ich schließlich ehrlich.

Sie nickte. »Wenn Sie *nur* dieses Leben kennengelernt haben, fällt es Ihnen leicht zu glauben, dass es normal war, oder zumindest für *Sie* normal war, selbst wenn Sie wissen, dass die Mehrheit der jungen Menschen in Ihrem Alter in einer vollkommen anderen Realität lebte.«

»Manchmal habe ich das Gefühl, etwas getan zu haben, womit ich solch ein Leben verdiene«, gab ich leise zu.

»So ist es nicht«, widersprach Dr. Romain bestimmt. »Sie waren noch ein Kind. Die Probleme waren die Ihres Onkels, *niemals* Ihre. Sie waren ein unschuldiges Opfer, das Bewältigungsstrategien entwickelt hat, die Sie jetzt nicht mehr brauchen werden.«

»Wie meine Probleme, jemandem zu vertrauen?«, erkundigte ich mich. »Ich traue niemandem. Ich bin mir auch nicht sicher, ob ich das jemals können werde.«

»Ein gewisses Maß an Vorsicht ist gut, aber jemandem kein Vertrauen zu schenken, der Ihnen niemals einen Grund gegeben hat, ihm nicht zu trauen, kann sehr viel Schaden anrichten, Ruby.«

»Ich habe Angst, Jett zu vertrauen«, stieß ich hervor. »Selbst nach allem, was er getan hat, um mir zu helfen, warte ich darauf, dass mir etwas Schlimmes passiert. Ich warte auf die Bombe, die dieses ganze Aschenputtel-Märchen, in dem ich jetzt lebe, in die Luft sprengt. Vielleicht ist es nicht fair, aber ich kann diese Ängste nicht kontrollieren.«

»Ruby, Sie müssen Geduld haben und sich selbst ein bisschen Zeit geben. Sie sind ängstlich und das ist normal für jeden, der ein solches Trauma erlebt hat wie Sie. Ich werde Ihnen helfen herauszufinden, welche Ängste begründet sind und welche nicht. Und ich möchte, dass Sie begreifen, dass nichts aus Ihrer Vergangenheit Ihre Schuld war. Auch nicht Ihre Obdachlosigkeit.«

Unterdrückte Tränen verwischten mir die Sicht. Ich blinzelte sie weg und sagte: »Das wäre schön. Ich möchte nicht mein ganzes Leben lang Angst haben.«

»Sie sind mutig, Ruby. Ich weiß, im Moment können Sie das nicht sehen, aber ich hoffe, mit der Zeit *werden* Sie es erkennen. Sie haben ohne Mittel fünf Jahre auf der Straße überlebt, lediglich mit Hilfe Ihrer Intelligenz. Die Tatsache, dass Sie relativ unbeschadet aus dieser Sache herausgekommen sind, ist recht ungewöhnlich. Sie haben die Ihnen zur Verfügung stehenden Mittel so gut wie möglich genutzt, um ohne eine feste Bleibe durchzukommen.«

Ich seufzte. »Ich fühle mich nicht *klug*. Ich fühle mich wie eine *Verliererin*.«

»Kommt es Ihnen logisch vor, so zu empfinden? Sie hatten keine andere Wahl.«

»Ich glaube, ich finde gerade heraus, dass meine Gefühle sich nicht wirklich gut mit Logik vereinbaren lassen.«

Dr. Romain schenkte mir ein mitfühlendes Lächeln. »Oft sind sie das nicht. Besonders wenn Sie einen hochgradig funktionsgestörten und von Gewalt geprägten Hintergrund haben. Ihre Realität unterscheidet sich von der eines Durchschnittsmenschen.«

In meiner *Realität* drehte sich alles lediglich ums Überleben. »Ich kenne nichts anderes mehr außer die Sorge ums Überleben«, gab ich zögernd zu.

»Natürlich«, bestätigte Dr. Romain freundlich. »Aber jetzt, da Sie in Sicherheit sind, werden diese Instinkte, die Sie zuvor gerettet haben, Sie behindern, wenn Sie versuchen, sich ein Leben aufzubauen.«

Ich wusste, sie hatte recht. Wenn ich ständig ängstlich darauf wartete, wann die nächste Bombe hochgehen würde, war es sehr schwer, mich auf etwas anderes zu konzentrieren. Jett hatte mir Möglichkeiten eröffnet und ein Zuhause gegeben. Ich wollte meine Chance auf ein neues Leben nicht vermasseln, indem ich alten Ballast mit mir herumschleppte.

»Ich möchte keine Angst mehr haben«, erklärte ich, während ich immer noch kurz davor stand, in Tränen auszubrechen. »Und ich möchte in der Lage sein, Jett zu vertrauen. Er hat mir so sehr geholfen und ich glaube, er hat keinen einzigen Hintergedanken dabei. Doch mir fällt es schwer, das zu akzeptieren. Wer tut so etwas? Wer hilft jemandem, den er noch nicht einmal kennt?«

»Ruby, einige Menschen *tun das*. Gute Menschen. Davon gibt es viele. Mr. Lawson macht sich Sorgen um Sie. Ich habe mich ausgiebig mit ihm unterhalten, als er mich angerufen hat, um den Termin für Sie auszumachen. Er hat mich gehörig ausgequetscht, angefangen bei meiner Therapiemethode bis hin zu meiner Ausbildung.«

»Er hat mit Ihnen über mich gesprochen?«, fragte ich überrascht.

»Nur das Nötigste bezüglich Ihrer Situation und ich werde auch nicht noch einmal mit ihm reden. Jetzt, da Sie meine Patientin sind, werde ich alles, was Sie mir erzählen, vertraulich behandeln. Er wollte lediglich sicherstellen, dass ich die richtige Therapeutin für Sie bin.«

»Sehen Sie, das verstehe ich nicht. Warum sorgt er sich um mich? Für ihn bin ich doch eigentlich ein Niemand.«

Dr. Romain hielt mir eine Schachtel mit Papiertüchern hin. Ich nahm sie, zog jedoch kein Taschentuch heraus. Ich weinte nicht und hatte es auch nicht vor. Aber meine Stimme brach unter dem Ansturm verschiedener Gefühle.

»Manche Menschen sorgen sich um andere, Ruby. Sie haben diese Seite der Menschlichkeit lediglich noch nicht oft zu spüren bekommen. Aber es gibt sie. Es hört sich so an, als ob Ihre Eltern zwar sehr gute Menschen gewesen sind, aber nichts zu geben hatten. Sie waren auf Sie und das Überleben Ihrer Familie konzentriert. Jagt Ihnen die Tatsache, dass Jett sich um Sie sorgt, Angst ein?«

»Ja. Aber ich bin ihm dankbar dafür.«

»Sie haben es verdient und Sie hätten bereits seit langer Zeit jemanden haben sollen, der sich um Sie gekümmert hätte, als Sie obdachlos waren«, sagte Dr. Romain bestimmt. »Wir müssen Sie lediglich dahin bringen zu erkennen, dass Sie es wert sind, Hilfe anzunehmen.«

»Dann haben Sie viel zu tun«, murmelte ich.

»Haben Sie Angst vor Jett?«, bohrte sie weiter.

Ich schüttelte den Kopf. »Nein. Ich habe keine Angst *vor* ihm. Ich befürchte lediglich, ihn zu enttäuschen.«

»Also mögen Sie ihn?«, fragte sie. »Manchmal ist es schwer, einem Mann näherzukommen, wenn Sie von einem misshandelt wurden.«

»Er würde mich niemals misshandeln«, erwiderte ich vehement. »Ich kann nicht behaupten, seine Handlungsweise vollkommen zu verstehen, aber ich weiß, dass er mir helfen will. Ich verstehe nur nicht warum.«

»Dann ist er wahrscheinlich der erste Mensch, bei dem Sie lernen können zu vertrauen«, erklärte mir Dr. Romain.

»Ich fühle mich zu ihm hingezogen«, platzte es aus mir heraus. Ich erzählte meiner Therapeutin von der einen Sache, die wirklich an mir nagte. »Ich weiß, es ist verrückt, weil ich ihn kaum kenne. Doch von Anfang an fühlte ich mich zu ihm hingezogen. Und ich habe tatsächlich noch niemals so etwas empfunden.«

»Sexuell hingezogen?«, hakte sie nach, um Klarheit zu erlangen.

Ich nickte. »Ja, aber es ist mehr als das. Ich habe das Gefühl, wir verstehen einander, obwohl wir aus vollkommen verschiedenen Welten kommen. Er ist verletzt, sowohl körperlich als auch emotional. Ich nehme an, deshalb fühle ich mich ihm verbunden. Wir haben beide Schmerzen kennengelernt, wenn auch auf unterschiedliche Weise.«

Dr. Romain seufzte. »Ich muss Sie davor warnen, sich mit irgendjemandem auf sexueller Ebene einzulassen. Bevor Sie nicht vertrauen können, halte ich das für keine gute Idee. Sie brauchen Zeit zur Heilung, Ruby. Aber Sie können Ihre Freundschaft vertiefen und lernen, sich gut damit zu fühlen, dass er Ihnen hilft.«

Ich verdrehte die Augen. »Als ob er mich überhaupt jemals wollen würde. Das halte ich für höchst unwahrscheinlich. Aber dass er eine solche Anziehungskraft auf mich ausübt, ist nicht gerade angenehm für mich.«

»Warum sollte er Sie nicht wollen, Ruby?«, erkundigte sie sich sanft.

»Weil ich ein Niemand bin und er ein erfolgreicher Mann. Warum sollte er eine obdachlose Frau wollen, die noch nicht einmal die Highschool abgeschlossen hat?«

»Sie können Ihre Hochschulreife locker nachholen«, bemerkte sie ermunternd. »Und dann können Sie mit dem College weitermachen, wenn es das ist, was Sie wollen. Sie können sich sehr gut ausdrücken und Sie sind intelligent.«

»Ich war oft in der Bibliothek, um mich abzukühlen«, erklärte ich trocken. »Ich habe viele meiner Tage in der Bibliothek verbracht und viel gelesen. Das habe ich immer schon gern gemacht, selbst als Kind.«

»Das ist gut«, sagte sie. »Ich werde Ihnen ein Arbeitsbuch mit nach Hause geben, in dem Sie Übungen für die Zeit zwischen unseren Sitzungen finden werden.«

»Ich werde mich mit den Übungen beschäftigen«, bestätigte ich eilig. Ich hätte beinahe alles getan, um über meine Ängste und meine Furcht hinwegzukommen.

Sie nickte. »Sind Sie bereit, über Ihren Onkel und die Zeit Ihres Heranwachsens zu sprechen?«

Das hätte ich zwar gern getan, weil es mir wahrscheinlich geholfen hätte, mich bei ihr über meine Vergangenheit auszusprechen, doch am Ende schüttelte ich den Kopf. »Noch nicht. Nicht über ihn.« Es war mir schon schwer genug gefallen, die elementarsten Informationen preiszugeben.

Ich war noch nicht bereit, jedes schädliche Erlebnis bis in die Tiefe aufzurühren.

»Das ist vollkommen in Ordnung«, entgegnete sie. »Wir müssen nicht unbedingt darüber reden, um mit Ihrer Verhaltenstherapie fortzufahren. Ich hoffe trotzdem, dass Sie sich mit der Zeit mit dem Gedanken anfreunden, darüber zu reden, und falls Sie möchten, in Ohio Anzeige erstatten.«

Ehrlich, ich war mir nicht sicher, ob ich es jemals schaffen würde, über meinen Onkel zu reden, aber seitdem Jett erwähnt hatte, dass jemand anderem das Gleiche passieren könnte wie mir, wusste ich, dass ich reden musste. Es war bereits allzu viel Zeit verstrichen, in der er ein neues Opfer hätte finden können.

»Ich kann nur im Augenblick nicht über *ihn* reden«, gab ich zu. Mir wurde jedes Mal schlecht vor Ekel, wenn ich nur an meinen Onkel *dachte*.

»Dann können Sie mir nach all dem, was wir besprochen haben, vielleicht aber erzählen, warum Sie sich weigern zu weinen?«

Oh nein. Dieses Thema wollte ich *wirklich* nicht berühren. »Weil mein Onkel mich furchtbar gern zum Weinen brachte«, antwortete ich schlicht.

Sie nickte. »Erzählen Sie mir mehr über die Beziehung zu Ihren Eltern«, schlug Dr. Romain vor und wechselte somit das Thema. »Haben Sie sie geliebt?«

Ich nickte. »Ja. Auch meine Großmutter habe ich geliebt. Nachdem sie gestorben waren, hatte ich niemanden mehr.«

»Trotzdem haben Sie es geschafft zu überleben, Ruby. Sie sollten stolz darauf sein, anstatt sich zu schämen. Die meisten Menschen werden einer solchen Härtesituation niemals ausgesetzt, Ruby.«

Ich dachte einen Moment nach und ließ alles, was sie gerade gesagt hatte, tief in meinen Verstand sinken.

Ich konnte zumindest die Möglichkeit in Betracht ziehen, dass nichts von alledem, was mir widerfahren war, *meine* Schuld war. Doch das war nicht so einfach, nachdem ich mich ein Leben lang selbst für alles verantwortlich gemacht hatte.

»Jett gibt mir eine Chance, meine Zukunft selbst zu gestalten«, dachte ich laut. »Es liegt an mir zu wählen.«

»Nehmen Sie die Hilfe an, die er Ihnen anbietet. Sie haben einen Anspruch darauf, jetzt Ihr Leben selbst in die Hand zu nehmen«, ermunterte sie mich.

»Ich habe mich immer schuldig gefühlt«, sagte ich leise. »Ich weiß nicht, ob ich mich davon befreien kann.«

»Wir werden daran arbeiten, solche Gefühle zu verändern, Ruby«, versicherte Dr. Romain.

»Ich bin bereit«, erklärte ich.

Gemessen an dieser ersten Sitzung würde die Therapie unerträglich schmerzhaft werden, doch ich hoffte, mich mit Dr. Romains Hilfe danach viel selbstbewusster zu fühlen und bereit zu sein, die Welt aus einem anderen Blickwinkel zu sehen als zu der Zeit, bevor ich Jett kennengelernt hatte.

Nie wieder wollte ich mich hilflos und hoffnungslos fühlen.

Kapitel 9

Ruby

»**W**usstest du, dass in Seattle 1907 die erste Tankstelle der Welt eröffnet wurde?«, fragte ich Jett, während ich die Lasagne zubereitete, die in Kürze in den Ofen geschoben werden konnte.

Er hatte erwähnt, das italienische Gericht sei eine seiner Lieblingsspeisen, und gefragt, ob wir nicht ein Restaurant besuchen könnten, das es auf der Speisekarte führte. Ich hatte darauf bestanden, einzukaufen und die Lasagne selbst zuzubereiten, jetzt, da mein Fuß vollkommen geheilt war. Wenn ich schon sonst nichts tun konnte, konnte ich doch zumindest Jett bekochen, da ich nun einmal die Fähigkeiten dazu besaß.

Mittlerweile hatte ich bereits vier Sitzungen mit Dr. Romain hinter mir und machte jeden Abend brav meine Hausarbeiten. Ich konnte nicht gerade behaupten, ungeheure Fortschritte gemacht zu haben, doch Schritt für Schritt verlor ich meine Angst, etwas Schlimmes könne geschehen. Und ganz langsam erlaubte ich mir, die Zeit zu genießen, die ich mit Jett verbrachte, ohne sie in Frage zu stellen.

Jett sah von seinem Laptop auf, mit dem er am Küchentisch saß. »Wie viele dieser Fakten hast du eigentlich in deinem Kopf gespeichert?«, scherzte er.

»Alle, die ich in siebzehn Jahren sammeln konnte«, erwiderte ich. »Im Alter von fünf Jahren begann ich, die Bibliothek in Ohio zu besuchen, und damit habe ich niemals aufgehört.«

»Ich lebe zwar in Seattle, aber ich hatte nicht die leiseste Ahnung, dass die erste Tankstelle dort gebaut wurde«, gab er zu.

»Aber aufgewachsen bist du dort nicht, oder?«, erkundigte ich mich neugierig und drehte ihm den Rücken zu, um eine letzte Lage Käse auf den Berg von Fleisch, Nudeln und Käse zu häufen.

»Ich bin in Rocky Springs, Colorado aufgewachsen«, klärte er mich auf.

»Wie ist es so in Colorado?«

Er lachte leise. »Rocky Springs ist ruhig. Es ist ein Unterschied wie Tag und Nacht zwischen Seattle und Rocky Springs.«

»Warum bist du dort weggegangen?«, fragte ich neugierig.

»Nachdem meine Eltern gestorben waren, wollten wir, glaube ich, alle weg von dort. Außerdem wurde meine Firma zu groß, um auf die Nähe einer großen Technologie-Stadt verzichten zu können.«

»Aber Harper und Dani sind jetzt dort«, wandte ich ein.

»Die beiden waren immer unterwegs. Harper ist Architektin und reist herum, um Obdachlosenheime zu bauen. Und Dani war Auslandskorrespondentin, hauptsächlich für den Mittleren Osten. Daher haben sie sich niemals wirklich irgendwo anders häuslich niedergelassen.«

»Und die Colter-Familie kennst du seit deiner Kindheit?«

Von den Colters hatte ich schon gehört, obwohl ich die Neuigkeiten über die Superreichen nicht verfolgte. Ich kannte den Namen der Familie, weil Blake Colter ein Senator war und mit seiner Meinung nicht hinterm Berg hielt.

»Ja«, bestätigte er. »Ich war mit allen Colters befreundet und meine Eltern waren Freunde ihrer Mutter. Doch den besten Kontakt hatte ich zu Marcus und als er die PRO gründete, verbrachten wir noch mehr Zeit miteinander.«

Ich schob die Lasagne in den Ofen und holte zwei Sodadosen aus dem Kühlschrank. Eine davon stellte ich vor Jett auf den Tisch, bevor ich mich ihm schräg gegenübersetzte. »Hast du es jemals bereut, nachdem du den Unfall hattest?«, fragte ich. »Hast du dir jemals gewünscht, dich niemals in der PRO engagiert zu haben?«

»Niemals«, entgegnete er und schloss seinen Laptop. »Wir haben viele Leben gerettet, darunter zahllose Frauen und Kinder. Wenn ich die Wahl hätte, würde ich es genauso wieder machen. Ich habe den Unfall überlebt und so viele wären gestorben, wenn Marcus nicht die PRO gegründet hätte.«

»Hätte nicht jemand anderes deinen Platz einnehmen können?« Ich öffnete den Verschluss meiner Sodadose und trank einen Schluck.

Er zuckte mit den Schultern. »Vielleicht. Aber sie wären nicht so gut gewesen wie ich und vielleicht nicht so erfolgreich darin, jene Frauen und Kinder zu lokalisieren. Marcus hat auch meinen Bruder Carter gefragt, ob er nicht mitmachen wolle, doch das war nicht Carters Ding. Ich bin gut allein zurechtgekommen.«

Ich dachte, wie interessant es doch war, dass Jett die meisten Komplimente hinwegfegte, während er verdammt eingebildet war, wenn es um seine technischen Fähigkeiten ging. Er betonte stets, der beste Hacker der Welt zu sein.

Da er besonders begabt war, hatte er wahrscheinlich recht.

Ich lehnte mich im Stuhl zurück und verschränkte die Arme. »Du bist also der Beste? *Niemand* ist besser als du?«

Jett und ich hatten uns seit Neuestem angewöhnt, uns gegenseitig herauszufordern und über Kleinigkeiten herumzualbern.

Er warf mir ein schelmisches Lächeln zu. »Ohne Zweifel. Ich bin noch niemals auf ein System gestoßen, das ich nicht knacken konnte. Deshalb bin ich auch so gut darin, Systeme zu entwerfen, die vor einem Cyberangriff geschützt sind.«

Sein dreistes Lächeln fuhr mir bis in die Zehenspitzen und wühlte auf seinem Weg dorthin meinen ganzen Körper auf. Mein Herz machte einen Satz und ich versuchte, das Flattern in meinem Magen zu ignorieren, während ich ihn ansah.

Jett war mir immer noch ein Rätsel. Er unterschied sich von jedem Mann, dem ich jemals begegnet war. »Wann wirst du damit anfangen, mich in deine Arbeit einzuweihen? Ich würde mich gern mit deiner Firma vertraut machen, da ich dir doch helfen soll.«

»Damit werden wir warten, bis wir wieder in Seattle sind«, erwiderte er.

»Ich habe damit begonnen, mich mit den Grundlagen der Computerprogrammierung zu beschäftigen. Es ist vielleicht hilfreich, mir ein paar grundlegende Kenntnisse zu erwerben.« Die Bedienung eines Computers gehörte nicht gerade zu meinen starken Seiten, hatte ich doch als Erwachsene sehr wenig Zeit gehabt, mit Computern zu arbeiten. Doch ich kannte bereits die Grundlagen und ich konnte dazulernen.

»Ruby, ich möchte, dass du alles tust, wozu du Lust hast. Sobald du erst einmal einen Highschool-Abschluss hast, wirst du das College besuchen können, falls du das möchtest, und das sollte an erster Stelle stehen«, knurrte er, während er ebenfalls seine Sodawasserdose öffnete und einen großen Schluck hinunterkippte.

»Ich kann beides gleichzeitig«, widersprach ich. »Und dir alles zurückzuzahlen, was du für mich ausgegeben hast, steht für mich an erster Stelle.«

»Das Geld ist mir scheißegal«, grollte er, als er meinen Blick auffing.

»Für mich ist es wichtig, Jett«, erwiderte ich ehrlich. »Ich muss mich wohl in meiner Haut fühlen und das wird nicht geschehen, solange ich nichts tue, um meine Schulden bei dir zu begleichen.«

»Kannst du nicht einfach einmal jemanden etwas für dich tun lassen und einfach Danke sagen?«, fragte er barsch. »Ich führe nicht Buch über das, was ich ausgebe, Ruby. Und ich würde kein Geld von dir annehmen, selbst wenn du *versuchen* würdest, es zurückzuzahlen.«

»Dann werde ich einfach keinen Gehaltscheck von dir annehmen und mit der Zeit werde ich genug gearbeitet haben, um meine Schulden auszugleichen«, beharrte ich dickköpfig.

»Du putzt, kümmerst dich um die Wäsche und kochst meine Mahlzeiten. Ich hoffe, du rechnest dir all diese Stunden als Arbeit an«, schnappte er und klang leicht verletzt.

»Das ist doch nicht der Rede wert. Das würde ich doch auch tun, wenn wir Zimmergenossen wären oder wenn ich allein wohnen würde.«

»Zähle es zu deinen Arbeitsstunden!«, forderte er in gereiztem Tonfall. »Ich glaube, du wirst diese Stunden brauchen, denn ich nehme an, du wirst mir *dies* hier auch um die Ohren schlagen.«

Er griff in seine Tasche und warf mir ein schmales Buch in der Größe meiner Hand zu.

Ich fing es auf und erkannte es sofort.

»Ich habe es auf der Küchenanrichte gefunden«, erklärte er. »Da es sich um eine nationale Bank handelt, musste ich lediglich dort vorbeischauen und eine Einzahlung vornehmen.«

Ich drehte das zerschlissene Papier in meiner Hand herum. Obwohl ich mir ziemlich sicher war, dass die Bank solche Bücher nicht mehr ausgab, hatte ich es seit meiner Kindheit bis heute aufbewahrt. »Das ist mein Sparbuch, aber ich habe kein Guthaben mehr.« Ich hatte jeden einzelnen Penny vom Konto abgehoben, als ich aus Ohio weggegangen war. Es waren lediglich ein paar hundert Dollar gewesen, doch am Anfang hatte es mir geholfen, Essen und ein paar andere notwendige Dinge zu kaufen.

»Jetzt ist Geld auf dem Konto«, brummte er.

Ich öffnete es, aber ich konnte keine vor Kurzem vorgenommene Einzahlung erkennen, was mich in meiner Annahme bestätigte, dass solche Kontobücher veraltet waren. Er hatte wahrscheinlich lediglich die Kontonummer benötigt.

Ich sah ihn erstaunt an. »Warum?«

Er stand auf, doch sein smaragdgrüner Blick nagelte mich mit seiner Intensität auf meinem Stuhl fest. »Weil ich wissen muss, dass du versorgt bist, falls mir etwas zustoßen sollte. Deine Tage auf der Straße sind Vergangenheit, Ruby. Falls ich morgen von einem Laster überfahren werde, wird es dir trotzdem gut gehen.«

Ich wollte ihm sagen, dass es mir *nicht* gut gehen würde, wenn ihm etwas zustoßen würde. Ich wäre am Boden zerstört. Weil *er selbst* mir viel wichtiger war als *sein Geld.*

»Du bist nicht für mich verantwortlich, Jett. Ich bin eine erwachsene Frau.« Meine Reaktion fiel ziemlich schroff aus, weil mich immer noch der Gedanke quälte, ihm könne etwas Schlimmes widerfahren.

»Ich übernehme die Verantwortung für dich, weil ich es so *will*«, antwortete er verblüfft. »Und ich muss wissen, dass es dir gut gehen würde, auch wenn ich nicht da wäre.«

»Warum?«, fragte ich zögernd. Ich wollte noch nicht einmal einen Tag ohne Jett in Erwägung ziehen.

»Weil ich mir, verdammt noch mal, Sorgen um dich mache, Ruby! Verstehst du das nicht?«

Ich schüttelte den Kopf. »Ich glaube nicht, dass ich das *wirklich* verstehe.«

Mir kam in den Sinn, was Dr. Romain mir während unserer ersten Sitzung gesagt hatte.

Mein Onkel hatte mich nicht beschützt, sondern mir sogar wehgetan, obwohl wir verwandt waren.

Jett jedoch, der mich erst seit ein paar Wochen kannte, sorgte sich um meine Zukunft?

Ich wusste nicht, wie ich das miteinander in Einklang bringen sollte.

Schließlich antwortete ich: »Bitte versteh doch, dass *niemand* sich je um mich gekümmert hat, seitdem meine Eltern gestorben sind, Jett. Während all der Jahre meiner Obdachlosigkeit hat *niemand* je versucht, mich zu beschützen. *Niemandem* war ich wirklich wichtig.«

»Mir bist du verdammt wichtig«, erwiderte er in schneidendem Bariton. »Du kannst das akzeptieren oder nicht. Du musst das Geld ja nicht ausgeben, wenn du nicht willst. Aber behalte es, denn es bedeutet mir etwas. Es schenkt mir Seelenfrieden.«

Ich musterte sein angespanntes Gesicht. Die Muskeln seines starken Kiefers zuckten gereizt, kurz bevor seine Miene vollkommen ausdruckslos wurde. Er machte eine Bewegung, als wolle er sich vom

Tisch entfernen, wahrscheinlich hatte er vor, in sein Büro zu gehen, wo sein Computersystem stand.

Ich hatte ihn verletzt. Ich wusste es.

Und das war das Letzte, was ich Jett antun wollte.

Mein Herz tat mir weh, als ich aufschrie: »Warte! Lauf bitte nicht weg!« Ich sprang von meinem Stuhl auf und stellte mich vor ihn hin. Mein Stolz und meine Verwirrung waren längst nicht so wichtig wie das, was er für mich getan hatte. Mit tränenverschleiertem Blick sah ich zu ihm auf, weigerte mich jedoch zu weinen. »Ich gebe zu, dass ich nicht weiß, wie ich mit jemandem umgehen soll, der sich um mich sorgt. Aber was du für mich getan hast – niemand hat jemals so etwas für mich getan außer meine Eltern, die vor zwei Jahrzehnten dieses Konto für mich eröffnet haben. Ich danke dir.«

»Haben deine Proteste nun ein Ende, Aschenputtel?«, erkundigte er sich und hob mit seinen Fingerspitzen sanft mein Kinn in die Höhe.

»Ich werde das Geld nur ausgeben, wenn es unbedingt nötig ist«, warnte ich ihn.

Er nickte knapp. »Damit kann ich leben.«

»Aber du musst wissen, dass es mir viel bedeutet«, beteuerte ich, während ich seine Hand von meinem Gesicht nahm und sie fest drückte.

Er verschlang unsere Hände miteinander. »Ich habe es auch getan, damit du dich sicherer fühlst. Ich glaube, ich wollte, dass du weißt, dass du stets eine Sicherheit hast. Niemand kann dir das wegnehmen, Ruby.«

Mein Herz raste, als ich seinen warmen Atem auf meinem Gesicht spürte. Ich wollte in Jett versinken und dort bleiben, seine Stärke in mich aufsaugen.

Einer seiner Beweggründe, Geld auf mein Bankkonto einzuzahlen, bezog sich ganz allein auf mich. Ich sollte erkennen, dass ich immer abgesichert sein würde, selbst wenn etwas Außergewöhnliches geschehen sollte und er mich loswerden wollte.

Ja, wieder auf die Straße gesetzt zu werden war eine meiner größten Ängste, doch ich gewöhnte mich mehr und mehr an den Gedanken, dass Jett so etwas niemals tun würde. »Das hättest du nicht tun müssen«, flüsterte ich und meine Stimme brach, als ich in die Augen des freundlichsten Mannes blickte, den ich je kennengelernt hatte.

»Ich *wollte* es so«, korrigierte er heiser.

Sein Whisky-weicher Bariton jagte meine Wirbelsäule hinab und landete direkt zwischen meinen Schenkeln. In diesem Augenblick wünschte ich mir nichts sehnlicher, als von Jett geküsst zu werden. Seine Lippen waren nur Zentimeter von meinen entfernt und ich war wie hypnotisiert, ihm so nahe zu sein. So standen wir für einen Moment regungslos. Als ich erkannte, dass er sich nicht bewegen würde, ergriff ich die Initiative.

Ich schlang meine Hand um seinen Nacken und zog ihn zu mir herunter, während ich mich auf die Zehenspitzen stellte.

Unsere Lippen trafen ungeschickt aufeinander, doch Jett übernahm sofort die Führung. Er löste unsere Finger voneinander und schlang seine Arme um meine Taille. Dann zog er mich näher an sich heran, während er meinen Mund plünderte.

Ich stöhnte gegen seine Lippen und legte ihm meine Arme um den Hals. Gierig presste ich mich an ihn, um in seine Hitze einzutauchen. Als er schließlich seinen Mund von meinem löste, war ich enttäuscht. Doch als er begann, die empfindliche Haut meines Halses zu erkunden, entfuhr mir ein animalischer Laut der Begierde, den ich noch niemals aus meinem Mund vernommen hatte.

»Mein Gott, Ruby. Ich begehre dich so sehr«, gestand er heiser. Sein Atem strich über mein Ohr und weckte in mir das Verlangen nach so viel mehr. »Ich muss dich berühren«, bettelte ich und zerrte am Saum seines T-Shirts.

Ich war nur noch von dem Wunsch besessen, sein nacktes Fleisch zu erkunden, und zog so lange, bis er endlich sein T-Shirt über den Kopf zerrte und es zu Boden warf. Meine Hände waren überall, eilten über jeden fantastischen Muskel seines Oberkörpers und gaben sich trunken dem Gefühl hin, seinen harten Körper zu spüren, bevor er mich wieder an sich zog.

Seine Hände streichelten meinen Rücken hinunter, bis sie auf meinem jeansbekleideten Hinterteil landeten und es drückten.

Ich erstarrte. Mein Geist wurde plötzlich von Erinnerungen überflutet, die ich einfach nur vergessen wollte.

»Nein!«, rief ich panisch. »Ich kann das nicht. Ich kann mir die Narben nicht ansehen –« Ich brach ab, um mich von ihm abzuwenden, und versuchte verzweifelt, mich aus seiner Umarmung zu lösen.

In dem Moment, in dem er erkannte, dass etwas nicht stimmte, ließ er mich los. Keuchend starrten wir einander an.

»Es tut mir leid«, stieß ich atemlos hervor, bevor ich in mein Schlafzimmer rannte, sodass ich allein sein und versuchen konnte, wieder einen klaren Kopf zu bekommen.

Doch ich hatte Angst, meinen Gedanken nicht entfliehen zu können und dass keine Zeit der Welt, die ich allein verbrachte, sie aus meinem Hirn vertreiben konnte.

Kapitel 10

Ruby

»Morgen können wir nach Seattle aufbrechen«, informierte mich Jett in höflichem, aber distanziertem Tonfall ein paar Tage, nachdem ich so ausgerastet war. Nach dem Vorfall hatte ich es zwar geschafft, wieder einen klaren Kopf zu bekommen, doch meine Beziehung zu Jett hatte sich unwiderruflich verändert und ich weinte immer noch dem ruppigen, aber süßen Jett hinterher, der er gewesen war, *bevor* ich ihn abgewiesen hatte.

Wir hatten gerade das Abendessen beendet und ich stellte einen Dessertteller vor ihn hin, auf dem ein ziemlich schlichtes Gebäck lag, das ich am Nachmittag selbst hergestellt hatte.

»Ich dachte, wir würden abwarten, ob wir noch weitere Aussagen machen müssen.«

Er schüttelte den Kopf, sah mich jedoch nicht an. »Deine Entführer haben ein Abkommen getroffen. Sie haben zugestimmt, sich gegen Strafmilderung schuldig zu bekennen. Sie sagen als Zeugen gegen einen der größeren Fische aus, der in der Nahrungskette über ihnen steht.«

Ich setzte mich ihm gegenüber an den Tisch, da meine weichen Knie mich scheinbar nicht mehr tragen wollten. »Also ist es … vorbei?«

»Es ist vorbei«, bestätigte er. »Die beiden kommen so schnell nicht aus dem Gefängnis heraus, aber aufgrund des gemilderten Strafmaßes werden sie vielleicht noch das Tageslicht zu sehen bekommen, bevor sie sterben.«

»Gott sei Dank«, sagte ich mit zitternder Stimme und wischte mir mein dunkles Haar aus dem Gesicht. »Ich möchte nicht gern als Zeugin aussagen. Ehrlich, ich möchte nicht einmal mehr eine weitere Aussage machen.«

»Jetzt hast du bekommen, was du wolltest«, sagte er knapp. »Kannst du bis morgen früh fertig zur Abreise sein?«

»Ja«, entgegnete ich, dankbar, in der Lage zu sein, an einem anderen Ort ein neues Leben beginnen zu können. Da ich wirklich auf keinen Fall meine ganze Geschichte mit einem zweiten Therapeuten durchkauen wollte, hatte Dr. Romain, die ich jetzt auf ihren Wunsch Annette nannte, sich bereit erklärt, Videositzungen mit mir abzuhalten, wenn ich mit Jett nach Seattle umgezogen wäre, sodass ich meine Therapie ohne Unterbrechung fortsetzen konnte.

»Bist du dir sicher, dass du mich immer noch willst?«, fragte ich zögernd.

»Natürlich bin ich mir sicher«, antwortete er brüsk.

»Ich weiß, du bist böse –«

»Ich bin *dir* nicht böse, Ruby. Ich ärgere mich ziemlich über mich selbst. Das hätte niemals passieren dürfen«, stellte er mit fester Stimme klar.

»Ich habe es so *gewollt*«, erklärte ich ihm ruhig.

Annette und ich hatten meine unfreiwillige Reaktion bereits besprochen und sie hatte mir erklärt, sie sei normal. Doch für mich fühlte es sich unnatürlich an, Jett auf irgendeine Art abzuweisen. Mittlerweile.

Endlich sah er auf und fixierte mich mit einem stürmischen Blick. »Nein, du hast es nicht so gewollt. Ich glaube, du hast das Gefühl, mir etwas zu *schulden*, und vielleicht möchtest du mir auch nicht das Gefühl geben, mir abgewiesen vorzukommen. Aber ein Fick aus Mitleid ist das Letzte, was ich von dir will.«

Geschockt schwieg ich. *Das denkt er? Dass ich bereit bin, mit ihm zu schlafen, um mein Überleben zu sichern?*

Für einen Augenblick herrschte Stille in der Küche.

Ich brachte keinen Ton heraus ... weil ich noch versuchte herauszufinden, was genau Jett mit seiner Bemerkung gemeint hatte.

Und Jett auch nicht ... weil er das Gebäck verschlang, das ich vor ihn hingestellt hatte.

»Mein Gott, ist das gut. Was ist das?«, erkundigte er sich.

»Das ist lediglich ein simples Blätterteiggebäck mit Früchten und einer Frischkäsemischung, bestreut mit Puderzucker.«

Er zeigte auf die halbverspeiste Süßspeise. »An diesem Dessert ist nichts simpel. Es ist verdammt lecker.«

Eigentlich hatte ich darauf eingehen wollen, was er in Bezug auf meine Zurückweisung gesagt hatte, doch wir führten gerade die erste lockere Unterhaltung seit Tagen und die wollte ich nicht verderben.

»Ich kann noch viel bessere Sachen backen, doch hier gibt es nicht alles, was ich brauche, um Komplizierteres herzustellen.«

»Ich werde dir in Seattle alles besorgen, was du brauchst, wenn du mehr solcher Kuchen backen möchtest«, sagte er noch, bevor er den Rest der süßen Köstlichkeit verschlang.

Ich lächelte ihn an. »Ich liebe es zu backen. Ich werde dir zubereiten, was immer du willst. Auch wenn du nur eine kleine Küche hast. Mit den richtigen Zutaten und ein paar mehr Formen und Accessoires kann ich bereits eine Menge anfangen.«

Er legte die Gabel auf seinem leeren Teller ab und griff nach der Kaffeetasse, die ich ihm gereicht hatte, bevor ich den Nachtisch serviert hatte. Ich war der festen Überzeugung, dass Gebäck am besten mit einer Tasse frischen Kaffees schmeckte.

Nachdem er in einem Zug die Hälfte der Tasse geleert hatte, stellte er sie wieder auf ihren Platz zurück. »Meine Küche ist nicht gerade klein«, erklärte er vorsichtig.

Ich hatte ihn in keiner Form beleidigen wollen. »Seattle ist ein teures Pflaster. Ich habe ein wenig recherchiert, da ich doch nun dorthin ziehe. Die durchschnittliche Miete für eine Einzimmerwohnung beträgt über zweitausend Dollar. Ich bin

mir sicher, ein Durchschnittsmensch verfügt nicht über eine Gastronomieküche oder etwas ähnlich Anspruchsvolles.«
Er betrachtete mich mit einem schuldigen Gesichtsausdruck. »Ich bin nicht gerade ein Durchschnittsmensch«, stellte er fest.

Ich verschränkte meine Arme und fragte mich, ob er jetzt wieder mit seiner Angeberei beginnen würde, was für ein großartiger Techniker er doch sei. »Und was bist du dann?«

Er blickte mich durchdringend an und sagte: »Ich habe wirklich eine Gastronomieküche, Ruby. Ich habe ein Penthouse in der Innenstadt, das sich über zwei Etagen erstreckt und größer ist als die meisten Häuser in Seattle. Einige der Fenster gestatten einen umwerfenden Blick auf die Space Needle, das Wahrzeichen von Seattle, während man durch die restlichen Fenster auf die Puget Sound Bucht blickt.«

Ich sah ihn verwirrt an. »Aber das muss eine Wohnung sein, die eine siebenstellige Summe kostet. Ich wusste nicht, dass dein Unternehmen *so* groß ist.«

»Sie ist eine achtstellige Summe wert und ich kann es mir locker leisten.«

»Was versuchst du mir zu sagen?« Ich wusste, Jett machte mir nichts vor, trotzdem war ich verwirrt.

»Ruby, was für einen Computer habe ich dir gekauft?«, fragte er behutsam.

»Einen Lawson«, antwortete ich wahrheitsgemäß. »Einer der besten Laptops auf dem Markt, laut Aussage fast aller Quellen.«

»Es *ist* der Beste«, verbesserte er unwirsch. »Ich sollte es wissen, denn meinen beiden Brüdern und mir gehört das Unternehmen. Ich, mein Bruder Carter und mein Bruder Mason sind Partner und Eigentümer von *Lawson Technologies*.«

Mein Verstand versuchte zu verarbeiten, was Jett mir mitteilte, doch mein Geist sträubte sich dagegen. Ja, sein Nachname *lautete* Lawson, aber dieser Name war recht gebräuchlich. Doch wenn er einer der Eigentümer von *Lawson Technologies* war, war er einer der reichsten Männer der Welt. Lawson war ein internationales Technologieunternehmen und gehörte zu den Giganten.

Ich durchforstete mein Gedächtnis nach Informationen über diese Firma. Ich wusste nicht viel über Lawson, aber ich erinnerte mich, gelesen zu haben, einer der Hauptsitze befände sich in Seattle.

»Du bist wirklich einer *jener* Lawsons?«, kreischte ich.

Er nickte, ohne mein Gesicht aus den Augen zu lassen.

»Dann bist du einer der reichsten Männer der Welt?«, erkundigte ich mich.

Er nickte wieder.

»Warum hast du mir das nicht gesagt?«, fragte ich und fühlte mich ein bisschen verletzt, dass er mir nicht *alles* erzählt hatte. Ein *Lawson* von *Lawson Technologies* zu sein war ein ziemlicher Hammer.

Er zuckte mit den Achseln. »Ich denke, ich wollte, dass du mich auch *ohne* dieses ganze Milliardärs-Zeug gernhast.«

»Ich *mag* dich sowieso«, stellte ich klar. »Du bist ein recht liebenswürdiger Mensch. Aber irgendwie wirft es mich total um, dass du *so* reich bist. Und es verletzt mich, dass du mich für so oberflächlich gehalten hast.«

»Aber das ist nicht wahr«, verteidigte er sich. »So habe ich doch nur ganz am Anfang empfunden und mit der Zeit schien es nicht mehr so wichtig zu sein. Es tut mir leid. Ich hätte es dir früher sagen sollen.«

Ich blitzte ihn an. »Ich hätte mich um einiges besser gefühlt, wenn ich gewusst hätte, dass ich dich nicht in eine schwierige Lage gebracht habe, weil du so viel Geld für mich verschleudert hast. Nicht dass es etwas an der Tatsache geändert hätte, dass ich dir etwas schulde, aber ich hätte mich nicht ganz so schuldig gefühlt, wenn ich gewusst hätte, dass du auch ohne das Geld zurechtkommst, bis ich es zurückzahlen kann. Ich hatte Angst, du hättest all deine Rücklagen verbraucht.«

»Ich habe dir doch gesagt, es würde mich nicht ruinieren«, wandte er ein.

»Ich dachte, du hättest das nur aus Nettigkeit gesagt«, gab ich zu.

Er grinste mich an. Da war es wieder, das eingebildete Grinsen, das ich während der letzten Tage nicht mehr zu Gesicht bekommen hatte.

»Muss ich mich dafür entschuldigen, super-superreich zu sein?«

Ich verschränkte die Arme vor meiner Brust. »Ich denke nicht. Du hast dich bereits dafür entschuldigt, es mir nicht früher erzählt zu haben.«

Ich dachte darüber nach, was er mir alles erzählt hatte, und jetzt verstand ich alles, einschließlich seines Anspruchs, der beste Cybersicherheitsmensch der Welt zu sein. Da ihm *Lawson* gehörte, die als *die Besten* galten, war sein Anspruch definitiv gerechtfertigt.

Ich fühlte mich ein wenig dumm, dass ich die Zusammenhänge nicht früher erkannt hatte, aber wer vermutete einen einflussreichen Kerl wie Jett auf einer Rettungsaktion?

Also gut, das war vielleicht nicht fair, aber die meisten Männer in seiner Position pflegten Umgang mit anderen Reichen und halfen bestimmt nicht persönlich Obdachlosen.

»Spielt das wirklich eine Rolle?«, erkundigte er sich.

Ich dachte einen Moment nach. *Hat das einen Einfluss auf meine Gefühle für Jett?* Nach reiflicher Überlegung kam ich zu dem Schluss, dass es wirklich unwichtig war. Doch es war gut zu wissen, dass es ihn nicht ruinierte, wenn er mich unterstützte.

Ich schüttelte den Kopf. »Nicht für mich. Aber ich hoffe doch sehr, in Seattle ein Zimmer mit Ausblick zu bekommen«, scherzte ich.

Er nickte und sah erleichtert aus. »Die beste Aussicht in der Stadt«, gab er zu. »Ist mir also verziehen?«

Ich zuckte mit den Schultern. »Ich werde es dich wissen lassen. Im Augenblick versuche ich immer noch zu begreifen, dass ich mich mit einem der reichsten Männer der Welt herumtreibe.«

»Du wirst dich daran gewöhnen«, erwiderte Jett ernst.

»Wie ist es in Seattle? Regnet es wirklich die ganze Zeit?«

Jett wirkte ziemlich glücklich, dass ich das Thema wechselte. »Nein. Während des größten Teils des Winters ist der Himmel zwar bewölkt, doch es regnet höchstens fünf Prozent der Zeit«, antwortete er mit Humor in der Stimme. »Der Verkehr ist entsetzlich, das Essen fantastisch, besonders wenn du Meeresfrüchte magst. Und wenn du gern Kaffee trinkst, findest du fast überall in der Stadt ein Café. Es gibt sehr viel Wasser und auf der anderen Seite der Stadt liegen die Berge, sodass man fast alle Aktivitäten betreiben kann, die man sich wünscht.«

»Gefällt es dir dort?«

»Ja«, gab er zu. »Das Leben dort unterscheidet sich sehr von dem in Colorado, aber Seattle hat einen ganz eigenen Charakter und es wimmelt dort von Computerfreaks.«

Ich lachte. »Dann passt du ja gut dorthin«, neckte ich ihn.

Er zuckte mit den Schultern. »Ziemlich gut.«

Ich stand auf und begann, den Tisch abzuräumen. Jett erhob sich ebenfalls, um mir zu helfen, so wie immer.

Ehrlich, Jett erschien mir reichlich normal für einen Mann mit so viel Geld. Vielleicht hatte ich deshalb niemals die richtigen Schlüsse gezogen.

Während ich die Spülmaschine belud, versuchte ich mich mit der Tatsache anzufreunden, dass ich bei einem der einflussreichsten Geschäftsmänner der Welt lebte.

Doch konnte ich nichts anderes in ihm sehen als ... Jett. Da ich seinen Charakter kennengelernt hatte, bevor ich von seinem Reichtum erfuhr, spielte es wirklich keine Rolle, dass er mehr Geld besaß als Gott.

Nachdem ich die Spülmaschine in Gang gesetzt hatte, drehte ich mich herum und fing Jetts wunderschönen grünäugigen Blick auf. Ich erkannte, dass das, was er mir gerade mitgeteilt hatte, nichts an meinen Gefühlen ihm gegenüber änderte. Als Milliardär war er genauso hinreißend, wie er es als Kleinunternehmer gewesen war. Er war immer noch derselbe Jett, der alles in seiner Macht Stehende getan hatte, um mir zu helfen. Derselbe nette Kerl, dem ich jeden Tag mehr und mehr zu vertrauen begann.

Und außerdem war er *immer noch* der Mann, der mich geküsst hatte, als ob er mich wirklich begehrte.

Ich werde ihm verraten müssen, was geschehen ist, als er mich geküsst hat.

Ich wusste, ich würde ihm erzählen müssen, was mich *in Wirklichkeit* dazu veranlasst hatte auszuflippen.

Und das würde eines der schwersten Dinge werden, die ich jemals hatte tun müssen.

Kapitel 11

Jett

Am nächsten Morgen erfuhr ich während eines Telefongesprächs Neuigkeiten, die ich Ruby mitteilen musste. Die Brust schnürte sich mir zu, denn ich fragte mich, was es Ruby kosten würde, sie anzuhören.

Ich schob mein Mobiltelefon in meine Tasche zurück und verließ mein Schlafzimmer, in dem meine gepackten Koffer für unsere Abreise nach Seattle standen.

Im Flur hielt ich inne, als ich Ruby sah, die ihren Koffer aus ihrem Zimmer zerrte, ein Anblick, der mich an jedem anderen beliebigen Tag amüsiert hätte, da ich ihr gesagt hatte, diese Arbeit meinem Angestellten zu überlassen.

Aber heute war eben *kein beliebiger anderer Tag*.

»Lass das!«, forderte ich Ruby auf und ergriff ihre Hand. »Wir müssen uns unterhalten.«

Sie warf mir einen fragenden Blick zu, ließ den Koffer aber im Flur stehen und folgte mir.

Die Verbindung, die zwischen Ruby und mir bestand, kam mir seltsam vor, war mir aber nicht unwillkommen. Sie schien stets meine Stimmung zu spüren und verfügte über die unheimliche Fähigkeit, anhand meines Gesichtsausdrucks beurteilen zu können, wann es angebracht war, etwas zu sagen, und wann sie besser nicht mit mir stritt.

»Stimmt etwas nicht?«, fragte sie, als wir mit dem Aufzug ins Erdgeschoss fuhren.

»So kann man es nicht gerade ausdrücken«, wich ich aus.

Mein Gott! Eigentlich wollte ich auf keinen Fall mehr mit ihr über ihre Vergangenheit reden, aber jetzt war es unvermeidlich.

»Wir müssen einen Stopp in Ohio einlegen, Ruby. Oder besser gesagt, wir werden einen Stopp einlegen, falls du dein Erbe antreten willst.« Ich hoffte verzweifelt, sie würde sagen, sie vertraue darauf, dass ich für sie sorgen würde, sodass sie sich im Augenblick nicht mit dieser Angelegenheit hätte herumschlagen müssen. Andererseits war es nicht fair ihr gegenüber, ihr etwas vorzuenthalten, das ihr zustand.

»Dein Onkel ist tot, Ruby. Er starb vor ein paar Monaten an einem Herzinfarkt. Offensichtlich *hatten* deine Mutter und dein Vater eine Lebensversicherung abgeschlossen und dich als einzige Begünstigte eingesetzt. Als deine Eltern starben, musste dein Onkel das Geld für dich in einem Treuhandfond anlegen. Das Einzige, was jemals vom Konto abgehoben wurde, waren ein paar geringere Summen für deine Highschool. Für etwas anderes durfte dein Onkel das Geld nicht anrühren und mit deinem einundzwanzigsten Geburtstag gehörte das Geld dir.« Ich versuchte, ihr die Sachverhalte so kurz wie möglich darzulegen, sodass sie nicht zu viel auf einmal verdauen musste.

Ich beobachtete, wie ihr Mienenspiel von Verwirrung zu Erkenntnis wechselte und schließlich vollkommen ausdruckslos wurde. »Er hat gelogen«, stellte sie stoisch fest. »Mir hat er gesagt, ich sei eine Last für ihn und dass ich mich glücklich schätzen könne, ein Dach über dem Kopf zu haben. Er sagte, meinen Eltern wäre es gleichgültig gewesen, was aus mir werde, und dass sie gewollt hätten, ich solle für mich selber sorgen, weil ich für sie ebenfalls nur eine Last dargestellt hätte. Ich hätte sie nur noch ärmer gemacht. Er hat tatsächlich behauptet, Schulden für sie beglichen zu haben.«

»Er hat gelogen«, erwiderte ich.

In mir schrie alles danach, Vergeltung für sie zu üben, doch das konnte ich nicht. Ich konnte ihr lediglich helfen, die Scherben aufzusammeln, nachdem ihr Onkel sie zerstört hatte, bevor sie alt genug gewesen war, um wegzugehen.

Seit dem Tag, an dem ich Ruby kennengelernt hatte, hatte ich nach dem Hurensohn gesucht. Als seine Nichte ihm davongelaufen war, hatte er seinen Wohnsitz auf die andere Seite von Ohio verlegt, doch ein paar Leute meines persönlichen Teams hatten schließlich die Information ausgegraben, dass er gestorben und in seine Heimatstadt zurückgebracht worden war, um auf demselben Friedhof begraben zu werden wie Rubys Eltern.

Sein Besitz hing quasi in der Luft, da er keine direkten Verwandten besaß. Allerdings hatte Rubys Onkel nicht sehr viel zu vererben, nachdem er begraben worden war. Zum größten Teil handelte es sich um das Geld, das für Ruby in dem Treuhandfond verwaltet worden war.

»Wie viel?«, fragte sie.

»Zweihundertfünfzigtausend wurden ausgezahlt«, erzählte ich ihr. »Er hat es geschafft, für deine Ernährung und deinen Lebensunterhalt etwas davon zu ergattern. Doch der Großteil befindet sich noch im Fond.«

Obwohl Rubys Eltern knapp bei Kasse gewesen waren, hatten sie stets dafür gesorgt, dass ihre einzige Tochter abgesichert war, da sie keine große Familie hatten. Offensichtlich war es ihr Wunsch gewesen, dass für Ruby gesorgt war, falls sie nicht mehr da waren, um das selbst zu tun.

In Wahrheit hatten sie augenscheinlich die Sicherheit ihrer Tochter über ihre eigene Bequemlichkeit gestellt.

»Was gibt es in Ohio zu erledigen?«, erkundigte sie sich, ihre Miene immer noch unlesbar.

»Du wirst einige Papiere unterschreiben müssen, um an deinen Fond zu gelangen«, erklärte ich.

Sie nickte. »Dann schlage ich vor, dass wir nach Ohio fahren.«

»Ist alles in Ordnung?«, fragte ich besorgt, denn sie hatte nicht viel gesagt. »Wird schon werden«, erwiderte sie ausweichend.

Ich beschleunigte die Angelegenheit, sodass wir uns nur kurz in Ohio aufhalten mussten. Es gab dort nichts mehr, was Ruby etwas bedeutete, doch sie würde sich ein weiteres Mal mit ihrer Vergangenheit auseinandersetzen müssen.

Während wir uns auf dem Weg zum Flughafen befanden, schwor ich, *dieses* Mal würde das letzte sein.

»Ich bin froh, dass es vorbei ist«, sagte Ruby mit der gleichen monotonen Stimme, die sie den ganzen Tag über benutzt hatte.

Mittlerweile begann sie, mir Angst einzujagen.

Sie hatte die Papiere bezüglich ihres Treuhandfonds unterschrieben, als handelte es sich lediglich um eine weitere Pflicht, die sie erfüllen musste. Die nötigen Fragen hatte sie beinahe emotionslos gestellt.

Wir befanden uns in dem Wagen, den ich gemietet hatte, und fuhren zum Flughafen, nachdem wir mit dem Anwalt, der die Aufgabe übernommen hatte, Rubys Treuhandfond auf ihr Bankkonto zu überführen, alles durchgesprochen hatten.

Noch immer hatte sie fast gar nichts gesagt. Gerade hatte sie zum ersten Mal gesprochen, seitdem wir wieder in den Wagen gestiegen waren, hinter dessen Steuer ich gerade saß.

»Kannst du bitte hier links rausfahren?«, bat sie.

Es war eine kleine Stadt und wir näherten uns der Stadtgrenze. Es bedurfte keiner großen Anstrengung, den Wagen in die geforderte Richtung zu lenken.

Sie beugte sich im Sitz vor und für einen Augenblick nahm ihre Miene einen nachdenklichen Ausdruck an, bevor sie feststellte: »Ich glaube, es ist die nächste rechts.«

Ich wusste genau, wohin sie wollte, und hatte ihre Absicht vorausgesehen. Inzwischen hatte ich Ruby sehr gut kennengelernt, daher wusste ich, dass sie die Stadt nicht verlassen würde, ohne ihre Eltern zu besuchen.

»Ich weiß, wo sich der Friedhof befindet«, erklärte ich ihr schlicht, damit sie wusste, sie konnte sich die Mühe sparen, mir den Weg zu weisen.

Ihr Bedürfnis, einen Weg zu finden, eine Verbindung zu ihren toten Eltern herzustellen, verstand ich gut. Zwar hatte ich die letzte Ruhestätte meiner eigenen Eltern seit geraumer Zeit nicht mehr aufgesucht, doch während der ersten paar Jahre nach ihrem Tod war ich ziemlich oft nach Rocky Springs geflogen, um ihre Gräber zu sehen.

Sobald wir das Friedhofstor passiert hatten, leitete sie mich sicher zur richtigen Stelle. Dann sprang sie aus dem Wagen.

Ich passte sie auf der Beifahrerseite ab.

»Ich wünschte, ich hätte ein paar Blumen oder sonst irgendetwas mitgebracht«, bemerkte sie wehmütig.

Ich ergriff ihre Hand. »Ich habe mir die Freiheit erlaubt, Blumen zu bestellen. Ich hoffe, es ist dir recht.«

Schweigend gingen wir zusammen zu dem Platz, an dem Rubys Eltern zur letzten Ruhe gebettet worden waren. Ich hatte zwar den genauen Ort nicht gekannt, aber veranlasst, dass Blumen auf ihren Grabstein gelegt wurden.

Ich stoppte, als Ruby stehen blieb. »Hier ist es«, informierte sie mich, während sie auf den einzelnen Stein hinabblickte, der die Stelle markierte.

»Ich wollte damals etwas Größeres für sie, aber mein Onkel behauptete, sich mehr nicht leisten zu können«, murmelte sie.

Ich drückte ihre Hand. »Er hat den Stein nicht bezahlt. Die Lebensversicherung hat die Kosten übernommen, dann wurde die restliche Summe in deinen Treuhandfond überführt. Deine Eltern hatten alles in ihrem Testament festgelegt. Sie wollten keinen großen Stein. Ihr einziger Wunsch bestand darin, dich abzusichern, falls ihnen etwas zustieß.«

»Ja, das sieht ihnen ähnlich«, sagte sie und jetzt begann ihre Stimme zu zittern. »Keiner von beiden hat sich je viel mehr gewünscht, als mit dem anderen zusammen sein zu können.«

»Ja, das war alles, was sie wollten, selbst nach ihrem Tod«, bemerkte ich ruhig.

»Ich hasse meinen Onkel dafür, dass er mich an ihrer Liebe hat zweifeln lassen«, stellte sie fest. »Sie haben mir alles bedeutet. Sie waren alles, was ich hatte. Doch er hat mir gesagt, sie hätten mich nie gewollt und ich hätte ihnen die Möglichkeit auf ein besseres Leben genommen. Er zwang mich dazu, alles, was ich bisher als wahr empfunden hatte, neu zu überdenken. Und ich glaubte ihm, denn er zwang mich dazu, ihm zuzuhören. Und ich denke, nach einiger Zeit beginnt man dann selbst, daran zu glauben, wenn man es nur oft genug gehört hat.«

Ich drückte ihre Hand noch einmal, doch in meinem Inneren tobte die Wut. »Sie wussten, dass du sie liebst, Ruby. Das weiß ich. Du hast sie auch dann geliebt, als du dir ihrer Liebe nicht mehr vollkommen sicher warst«.

»Aber sie haben mich doch geliebt, Jett. Sie haben mich geliebt. Aber ich habe alles Schlechte geglaubt, das mein Onkel über sie gesagt hat.«

Ich ergriff sie bei den Schultern und drehte sie zu mir herum. »Nein, das hast du nicht«, knurrte ich. »In deinem Herzen hast du immer die Wahrheit gewusst. Dass du zu zweifeln begonnen hast, ist doch vollkommen normal, wenn dir jeden Tag dieser Mist in den Kopf gehämmert wurde. Du warst noch ein Kind, Ruby, ein Teenager, der die Menschen verloren hatte, die er am meisten liebte. Gönn dir eine Pause. Deine Eltern hätten dich verstanden.«

Sie blickte mit ihren schimmernden dunklen Augen zu mir auf und es brach mir das Herz, die Stürme in deren Tiefen zu sehen.

»Sie haben mich geliebt Jett. Immer. Und mein Onkel war einfach nur … teuflisch. Doch sie hatten niemals die Chance, das zu erkennen, denn diese Seite hat er ihnen nie gezeigt.«

Ich nickte, erleichtert, dass sie endlich die Wahrheit erkannte. »Oh Gott«, stieß sie hervor, während sie meinen Blick erwiderte.

Ich zog die gebrochene Frau in meine Arme und sie tat etwas, das ich noch nie zuvor gesehen hatte.

Sie begann, an meiner Schulter zu schluchzen, und weinte, als ob sie niemals wieder würde aufhören können.

Ich hielt sie an mich gedrückt, tröstete sie in ihrer Trauer und erkannte, dass Ruby Kent mir endlich vertraute, auch wenn sie es selbst noch nicht wusste.

Kapitel 12

Ruby

»Jett, das ist unglaublich«, stieß ich atemlos hervor, während ich meine kleine Handtasche auf einem Stuhl im Wohnzimmer ablegte.

Mein erster Blick auf Jetts Penthouse in einem riesigen Hochhaus hatte mir die Fassung geraubt.

Inzwischen hatte ich mich langsam mit seinem enormen Reichtum angefreundet, zuerst auf dem Flug nach Ohio und dann nach Seattle in seinem Privatflugzeug, doch sein Penthouse warf mich um.

Jett lehnte mit der Hüfte gegen die Küchenanrichte und beobachtete, wie ich in dem riesigen Wohnzimmer herum flitzte. »Ich dachte, materielle Dinge bedeuten dir nichts.«

Ich wusste, er neckte mich. Seine Stimme troff vor Belustigung.

Endlich ließ ich mich auf einen Fensterplatz sinken, von dem aus ich einen perfekten Blick auf den oberen Teil der Space Needle hatte. Das Penthouse war geringfügig höher, doch das Monument wirkte wie ein von dem Fenster eingerahmtes Bild.

Aber dafür war es viel zu realistisch.

»Ich bin nicht materialistisch«, widersprach ich. »Aber wie sollte ich *nicht* von dem Entwurf des Architekten oder von den fantastischen Ausblicken begeistert sein?«

Ich stand auf und wanderte zu einem anderen großen Fenster mit einem Sitz davor und schaute auf Wasser. »Ist das Puget Sound?«

Das Haus befand sich auf der Spitze einer Anhöhe, daher blickten wir auf eine berauschende Meereslandschaft hinab.

»Theoretisch ist das wahrscheinlich die Elliott Bay, die aber Teil des Sounds ist.«

»Können wir zum Wasser gehen?«, fragte ich aufgeregt.

»Warum müssen wir näher heran? Du kannst doch alles von hier aus sehen.«

»Als Kind bin ich nicht einmal in die Nähe des Meeres gekommen. Und als ich erst im Süden war, hat es mich immer in die Nähe der Strände gezogen.«

In Miami hatte ich stets versucht, mich unauffällig zu benehmen und Schwierigkeiten zu vermeiden.

Unglücklicherweise war ich *trotz alledem* den Lügen von Menschenhändlern zum Opfer gefallen.

Jett lachte leise. »An einer Anlegestelle nicht weit von hier gibt es ein Fischrestaurant. Morgen Abend können wir es ausprobieren. Viel näher kommst du dem Wasser nicht, ohne zu schwimmen.«

Ich strahlte ihn an, erleichtert, dass wir wieder so freundschaftlich miteinander umgingen. Es war nicht leicht gewesen, mit den Enthüllungen über meine Eltern und der Tatsache, dass mein Onkel mich angelogen hatte, fertigzuwerden, doch Jett hatte mir mit seiner Unterstützung sehr geholfen. Nachdem ich mich auf dem Friedhof an seiner Schulter ausgeweint hatte, hatten wir über einige glückliche Erinnerungen an meine Eltern gesprochen und waren wieder in die lockere Kameradschaft verfallen, die ich so vermisst hatte.

Meine Erbschaft würde ich nicht so bald zu Gesicht bekommen, nicht bis all die juristischen Angelegenheiten erledigt waren. Doch zumindest hatte ich die Gewissheit, dass meine Familie für meine Zukunft vorgesorgt hatte und ich nicht vollkommen von jemandem abhängig war.

Ich drehte mich herum und baute mich mit verschränkten Armen vor ihm auf. »Das heißt, du wirst schon *wieder* ein Abendessen bezahlen.«

Er nickte und in seinen Augen tanzte der Schalk. »Das kommt mir vernünftig vor, da du doch noch kein Geld hast.« Er hob seine Hand, um mich vom Sprechen abzuhalten. »Und bevor du anfängst zu diskutieren: Du kannst übermorgen kochen und das macht bei Weitem den Preis für jedes Restaurant wett, das wir besuchen, insbesondere wenn du dieses herrliche Gebäck machst. Ich kann überhaupt nicht kochen, daher wirst du mir Geld einsparen. Damit sind wir quitt. Können wir uns darauf einigen? Ich würde dir gern Seattle zeigen, vielleicht sogar aus der Stadt herausfahren und die Weingüter und die Berge besuchen. Aber ich will auf keinen Fall jedes Mal, wenn ich für etwas zahle, einen Kampf ausfechten müssen.«

Ich senkte den Kopf und brach absichtlich unseren Augenkontakt. Ich wollte gern mit ihm zusammen sein. Und ich sehnte mich danach, den Nordwesten zu erkunden. »Es tut mir leid. Es ist nur, ich fühle mich so schlecht, wenn du immer zahlen musst. Für alles. Es wird mir guttun, wenn ich mir tatsächlich werde erlauben können, dir etwas zurückzuzahlen, und etwas eigenes Geld habe, um mich durchzubringen, bis ich einen Job finde.«

»Es wird nicht für immer sein«, sagte er barsch. »Sobald in Ohio alles geregelt ist, wirst du auf eigenen Füßen stehen. Gestatte dir einfach noch für eine Weile, Aschenputtel zu sein. Du hast es verdient, Ruby.«

Ich warf ihm einen zweifelnden Blick zu, sagte aber nichts mehr.

»Du wirst es also akzeptieren, wenn ich für uns beide bezahle?«, hakte er nach.

»Wenn du zustimmst, dass ich an den meisten Tagen koche.« Ich wies mit meinem Kopf in Richtung Küche. »Ich kann es kaum erwarten, in diese spektakuläre Küche zu kommen.«

»Abgemacht«, bestätigte er eilig. Dann machte er ein paar Schritte, um meinen Koffer zu nehmen.

»Jetzt zeige ich dir die Schlafzimmer und du kannst dir das aussuchen, welches dir am besten gefällt.«

Ich folgte ihm. Ich wusste, die restlichen Koffer würden von einem Bediensteten nach oben gebracht werden.

Wir nahmen den Aufzug, um zur zweiten Ebene hochzufahren, eine Extravaganz, über die ich mich Jetts Knie zuliebe freute.

Ich wählte ein wunderschönes Zimmer, ganz in hellblau gehalten und mit einer hinreißenden Aussicht auf das Meer.

»Ich werde meine Sachen auspacken und mich dann ums Abendessen kümmern«, erklärte ich und bedeutete ihm, den Koffer auf das Doppelbett zu legen.

»Das Auspacken kann meine Assistentin erledigen«, korrigierte er mich. »Und wir können Pizza bestellen. Es war ein langer Tag.«

Ich blickte ihn überrascht an. »Du hast bereits eine Assistentin?« Ich hatte gedacht, ich würde seine Assistentin sein.

Er grinste. »Ich habe mehrere. Aber du bist die einzige, die hier bei mir wohnt.«

Ich verdrehte die Augen. »Also brauchtest du überhaupt nicht so dringend meine Hilfe oder sonst etwas.«

Sein Gesichtsausdruck wurde lebhaft, als er mich von Kopf bis Fuß musterte, dabei aber nicht verriet, was er gerade dachte.

Schließlich sagte er: »Ich brauchte *dich*.«

In meinem Bauch entzündete sich ein Funke, als ich seinen ernsten Blick auffing, unfähig wegzuschauen. Ich brauchte *ihn* ebenfalls auf eine Weise, die ich wirklich nicht mit Worten erklären konnte. Am liebsten hätte ich mich in seine Arme geworfen und ihn um Verzeihung gebeten, die einzige Möglichkeit, ihm näherzukommen, vermasselt zu haben.

Früher am Tag war er mir ein Freund gewesen und hatte mir seine Schulter geliehen, um mich auszuweinen, als ich es brauchte. Doch ich wollte so viel mehr.

Ich bereute es bitterlich, ihn in meiner dummen Panik abgewiesen zu haben, doch ich war nicht in der Lage gewesen, die unwillkürliche Reaktion zu unterdrücken.

Nicht zu jener Zeit.

Und wahrscheinlich jetzt auch nicht, wenn ich nicht langsam anders an die Dinge heranging. Ich *sehnte* mich immer noch danach, ihn zu berühren. Ich sehnte mich danach, eine Verbindung zu Jett herzustellen, etwas viel Intimeres als das, was im Moment zwischen uns bestand.

Ich trat einen Schritt vor und gab ihm einen kleinen Kuss auf die Wange. »Danke«, murmelte ich, als ich wieder zurücktrat. »Danke für alles, was du für mich getan hast.«

Er hielt seine Fäuste seitlich an seinen Körper gepresst und antwortete: »Gern geschehen, Aschenputtel.«

Dann drehte er sich herum und lief aus dem Zimmer, als ob sein Hintern in Flammen stünde. Ich wusste, der Grund dafür war, dass er es nicht mehr aushalten konnte, mir körperlich so nahe zu sein. Außer ich weinte mich an seiner Schulter aus. Schließlich war ich bereits einmal ausgerastet und hatte ihn abgewehrt und offensichtlich verhielt er sich jetzt äußerst vorsichtig.

Und ich konnte ihm das nicht gerade zum Vorwurf machen.

»Da wären wir«, meldete sich plötzlich eine weibliche Stimme von der Schlafzimmertür. »Ihre Koffer.«

Unser Fahrer und eine gut gekleidete ältere Frau betraten mein Schlafzimmer. Ihre Effizienz war beeindruckend. Ich beobachtete, wie die Dame ein paar Kofferständer aus dem Schrank holte, auf die der Fahrer die Koffer stellte, bevor er den Raum verließ, wahrscheinlich um Jetts Taschen in dessen Schlafzimmer zu bringen.

Ich machte einen Schritt vorwärts, als die Frau begann, den ersten der beiden Koffer zu öffnen. »Das kann ich auch machen«, wandte ich ein, denn es machte mich nervös, dass jemand tatsächlich annahm, meine Koffer für mich auspacken zu müssen.

»Oh nein, Liebes«, wies mich die Frau mit mahnender Stimme zurecht, sodass ich mich wie ein zweijähriges Kind fühlte. »Mr. Lawson hat mich speziell gebeten, das für Sie zu tun.«

»Ich bin Ruby«, erklärte ich. »Ich packe meine Sachen stets selbst aus.«

Sie lächelte mich geduldig an und nickte mit dem Kopf. »Nett, Sie kennenzulernen, Ruby. Ich bin Shirley, Mr. Lawsons Assistentin, und er bezahlt mich sehr gut dafür, ihm und seinen Gästen beim Auspacken behilflich zu sein.«

Sie war zwar nett, aber doch unnachgiebig und ich wollte mit jemandem, der so eng mit Jett zusammenarbeitete, auf gutem Fuße stehen.

Als sie die Koffer öffnete, schnappte ich mir meine Unterwäsche. »Darf ich zumindest meine Unterwäsche selbst wegräumen?«, fragte ich.

Ich besaß zwar keine besonders aufreizenden Stücke, doch trotzdem schien es mir nicht recht, jemand anderen mit meiner Unterwäsche herumhantieren zu lassen.

»Natürlich. Sie können mir so viel helfen, wie sie wollen. Und sagen Sie mir doch bitte, wo sie Ihre Sachen haben wollen«, erwiderte sie freundlich.

»Ehrlicherweise muss ich zugeben, dass ich es nicht weiß«, gestand ich. »Ich bin noch niemals hier gewesen.«

»Es ist ein entzückendes Heim«, bemerkte sie, während sie die Kleidungsstücke aufhängte, die Jett mir gekauft hatte, von denen ich die meisten noch nicht einmal getragen hatte. »Ich denke, Sie werden sich hier wohlfühlen.«

Wie um alles in der Welt sollte ich mich in diesem millionenteuren Apartment *nicht* wohlfühlen? »Da bin ich mir sicher«, antwortete ich. »Wie lange arbeiten Sie schon für Jett?«

»Seit fünf Jahren«, antwortete Shirley. Als ich einen Schritt in ihre Richtung machte, reichte sie mir die auf einen Bügel gehängten Kleider, damit ich sie in den Schrank räumen konnte. »Ich glaube, dass er zu Beginn auch niemanden seine Unterwäsche anfassen lassen wollte, genau wie Sie, doch am Ende war er zu beschäftigt, um alles selbst zu machen.«

Ich musste lachen. Shirley war sachlich und professionell und ich mochte ihren recht trockenen Humor. »Er ist wahrlich ein beschäftigter Mann. Ich nehme an, er braucht wirklich jemanden, der seine Kleider wegräumt«, bemerkte ich.

»Der beste Chef, den ich je hatte, und ich hatte bereits einige. Alle drei Lawson-Jungs sind gute Kerle.«

Ich grinste, denn ich wusste nicht genau, wie Jett reagieren würde, wenn man ihn einen *Jungen* nannte.

»Dann kannten Sie ihn also bereits, bevor er verwundet wurde?«
Ich war neugierig, wie sehr sein Unfall Jett verändert haben mochte.
»Wie war er, *bevor* das geschehen ist?«

Während Shirley die Koffer in einem weiteren Schrank verstaute,
antwortete sie mir: »Er war immer der sensibelste der Brüder und
seine Persönlichkeit ist dieselbe geblieben. Doch seine Seele scheint
gebrochen zu sein, seitdem seine Verlobte ihn abserviert hat. Die
hätte ihn niemals glücklich gemacht. Er kann sich *glücklich* schätzen,
dass sie ihn verlassen hat, aber es tut weh, einen Mann, der so schwer
verletzt war wie Mr. Lawson, noch einen weiteren Schlag einstecken
zu sehen. Seine Seele hatte bereits genug abbekommen.«

»Wie lange hat er gebraucht, um seine Lebensenergie
*zurück*zugewinnen?«, erkundigte ich mich.

»Ich bezweifle, dass er überhaupt schon so weit ist«, entgegnete
sie gedankenverloren. »Oh, ich hege keine Zweifel, dass er erkannt
hat, noch einmal mit heiler Haut davongekommen zu sein, und
bestimmt wird er sich von dieser Verlobten, die ihm so wehgetan
hat, fernhalten. Doch er hat sich … verändert. Er lacht nicht mehr
so viel und er hat einiges an Selbstvertrauen eingebüßt.«

»Außer es hat mit seinen Computerkenntnissen zu tun«,
verbesserte ich. »Bei diesem Thema ist er recht angeberisch.«

Shirley kicherte, während sie zur Tür ging. »Er hat das Recht
darauf. Gute Nacht, Ruby. Ich bin mir sicher, wir laufen uns recht
bald wieder über den Weg.«

»Danke, Shirley«, rief ich ihr hinterher, als sie das Zimmer verließ.
Ich setzte mich nachdenklich aufs Bett.

Da ich Jett vor seinem Unfall nicht gekannt hatte, gab es für mich
keine Möglichkeit herauszufinden, ob er etwas verloren hatte, das
er nicht wiedergewinnen konnte.

Sein Selbstbewusstsein? Sein Selbstwertgefühl?

Da ich selbst niemals viel von beidem besessen hatte, war ich
wahrscheinlich nicht der richtige Mensch, ihm zu helfen, es
zurückzugewinnen.

Da Jett es aber auf jeden Fall verdiente, glücklich zu sein, war ich
bereit, mein Bestes zu geben.

Kapitel 13

Ruby

Ich will doch nur gut aussehen. Mit dieser simplen Tatsache schlug ich mich am nächsten Tag herum, weil ich wusste, Jett würde mich in ein Restaurant am Strand ausführen, und da wollte ich wirklich keine Jeans tragen. Seattle war Jetts Stadt und offensichtlich kannte er hier eine Menge Leute. Ich wollte auf keinen Fall an Jetts Seite irgendjemand Einflussreichem über den Weg laufen und immer noch wie eine Obdachlose wirken.

Ja, ich roch jetzt nicht mehr schlecht und mein Körper und meine Kleidung waren sauber, trotz alledem war ich nicht der Typ Frau, der normalerweise in Gesellschaft eines Milliardärs gesehen wurde.

Nicht dass ich mich selbst runtergemacht hätte, nein, ich lernte jetzt, mich den Menschen gegenüber, die über mehr Geld verfügten als ich, *nicht* minderwertig zu fühlen. Nur leider war das beinahe *jeder* gewesen, bevor ich von meinem Erbe Kenntnis erhielt.

Aber manchmal wollte ich mich einfach *normal* fühlen. Ich wollte gut aussehen, einfach nur für mich selbst. Also gut und *vielleicht* für Jett.

Infolge meiner Sitzungen mit Annette begann ich zu glauben, dass ich es wert war, mich selbst zu lieben und Dinge zu tun, einfach nur weil ich sie tun wollte.

Ich mochte vielleicht noch zögern, die Hand auszustrecken und mir einfach zu nehmen, was ich wollte, doch ich begann zu glauben, dass ich verdiente zu bekommen, was ich niemals gehabt hatte.

Im Erdgeschoss verließ ich den Aufzug und sah mich nach Jetts Fahrer um.

Am Ende fand er mich.

»Miss Kent?«

Ich drehte mich herum und erblickte das Gesicht, das zu der Stimme gehörte, die mich bei meinem Namen gerufen hatte.

Es war ein distinguiert aussehender, silberhaariger Gentleman in einem eleganten Anzug mit Krawatte.

»Bitte nennen Sie mich Ruby«, bot ich ihm an und streckte ihm die Hand entgegen. »Wirklich freundlich von Ihnen.«

Ich hatte den Morgen damit verbracht, Jett zu helfen, sein Büro zu organisieren, nachdem er so lange fort gewesen war. Danach hatte ich ihn gefragt, ob ich seinen Wagen mitsamt Fahrer benutzen könne, da ich noch keinen gültigen Führerschein besaß.

Ich glaube, er nahm an, ich wolle die Stadt besichtigen, denn er bot mir an, mich zu begleiten. Doch ich sagte ihm, ich würde wirklich gern ein bisschen Zeit allein verbringen.

Er hatte sofort aufgegeben und obwohl er enttäuscht ausgesehen hatte, hatte er für mich eine Verabredung mit seinem Fahrer in der Eingangshalle getroffen.

Ich hatte nicht vor, die Stadt zu besichtigen, der Nachmittag sollte mir allein gehören.

Ich hatte mir den Kopf zerbrochen, was ich anziehen sollte, und hatte mir schließlich eingestanden, dass keines der Kleider wirklich meinem Stil entsprach. Sie waren viel zu modern und in keinem hatte ich mich wohlgefühlt, obwohl ich jedes einzelne Kleid aus der Garderobe, die Jett mir geschenkt hatte, anprobiert hatte.

Ich sagte mir zwar, es sei Verschwendung, noch ein Kleid zu kaufen, aber meine Selbstüberredungskünste hatten versagt. Ich wollte ein Kleid, das *mir* entsprach, und ich wollte es selbst aussuchen.

»Sie können mich Pete nennen«, sagte der Gentleman und schüttelte mir höflich die Hand. »Es gibt keinen Grund, die Tatsache zu würdigen, dass ich meinen Job mache«, sagte er freundlich.

Ich zuckte mit den Schultern. »Tut mir leid, aber es ist trotzdem sehr nett von Ihnen«, erwiderte ich mit einem Lächeln. »Sie werden dafür bezahlt, Jett herumzufahren.«

Ich runzelte die Stirn, als ich meine Hand zurückzog und bemerkte, wie ungepflegt und rau meine Hände und Nägel aussahen.

»Und jeden, den er mir aufträgt herumzufahren«, fügte Pete lächelnd hinzu. »Wohin soll es heute gehen?«

Ich kramte in meiner Umhängetasche und fand schließlich, was ich suchte. »Ich muss zu einer von diesen Banken, falls Sie wissen, wo ich die finden kann.« Ich schlug mein Sparbuch auf, um es ihn sehen zu lassen. »Heute Abend will mich Jett in ein Restaurant am Strand ausführen und ich habe kein passendes Kleid. Ich muss etwas Geld abheben.«

Er nickte. »Nicht weit von hier gibt es eine Filiale. Ich werde Sie dorthin fahren.«

Ich folgte ihm nach draußen, wo er die hintere Tür einer luxuriösen Limousine öffnete.

Das Fahrzeug musste speziell nach Jetts Wünschen hergestellt worden sein. Der rückwärtige Teil beherbergte einen großen Raum, in dem man quasi alles tun konnte, vom Konsumieren eines Getränkes bis hin zu einem Schläfchen.

»Darf ich vorne bei Ihnen sitzen?«, fragte ich zögernd. »Ich bin an all dies nicht wirklich gewöhnt. Ich wollte einfach nur eine Mitfahrgelegenheit in die Stadt.«

»Das ist normalerweise nicht üblich«, gab er zu bedenken.

Ich verschränkte meine Arme und warf ihm einen skeptischen Blick zu. »Sie wollen mir doch nicht etwa erzählen, dass Jett nicht vorne sitzt? Er ist nicht gerade der Typ, der stets alle Regeln einhält.«

Pete brachte ein kleines Lächeln zustande. »Manchmal leistet er mir vorne Gesellschaft«, gab er zu, während er die hintere Tür schloss und mir die Beifahrertür öffnete.

Seufzend vor Erleichterung hüpfte ich hinein. Für mich lief etwas falsch, wenn man einen Fahrer hatte und trotzdem allein hinten saß. Als Pete seinen Platz hinter dem Lenkrad eingenommen hatte, sagte er: »Sie scheinen Mr. Lawson ziemlich gut zu kennen.«

»Gut genug, um behaupten zu können, dass er Sie nicht allein hier sitzen lassen würde, außer er hätte Dringendes zu erledigen. Für einen so reichen Mann steht er doch recht fest mit beiden Beinen auf der Erde.«

»Um ehrlich zu sein, eigentlich zieht er es vor, selbst zu fahren, außer sein Bein quält ihn.«

Ich nickte. »Das klingt schon eher nach ihm.«

Schon bald nachdem wir Jetts Penthouse verlassen hatten, bogen wir auf den Parkplatz einer Bank ein.

Nachdem ich Pete versprochen hatte, mich zu beeilen, und ihn hatte sagen hören, das sei nicht notwendig, sprintete ich in die Bank und stellte mich in die Schlange vor einen Schalter.

Als ich an der Reihe war, trat ich vor, um mit der fröhlichen blonden Kassiererin zu sprechen, die mich anlächelte.

»Ich möchte bitte eine Auszahlung veranlassen«, sagte ich atemlos.

Sie nahm mein Sparbuch entgegen und gab die Kontonummer ein.

»Wie viel möchten Sie abheben?«, erkundigte sie sich höflich, während sie offensichtlich darauf wartete, dass die Kontoinformationen auf dem Bildschirm erschienen.

»Können Sie mir vielleicht sagen, wie viel ein guter Haarschnitt, Maniküre, ein bisschen Make-up und ein Kleid, das sich für ein Abendessen am Strand eignet, kosten werden?«, fragte ich. Okay, vielleicht stellte ich merkwürdige Fragen, doch war es nicht besser, sich sonderbar zu verhalten als vollkommen ignorant? Wenn ich in Seattle zurechtkommen und mir hier ein neues Leben aufbauen wollte, musste ich mich an meine Umgebung gewöhnen. Schließlich lebte ich nicht mehr auf der Straße und meine Lage war jetzt alles andere als hoffnungslos – dank meiner Eltern.

»Ich kenne einen großartigen Laden für ein neues Styling. Dort dürfen Sie auch das Make-up ausprobieren, bevor Sie es kaufen«, erklärte sie mit gespielter Begeisterung. »Außerdem bieten sie Haarpflege, Pediküre und Maniküre an. Sie können sich von Kopf bis Fuß verwöhnen lassen für einen ziemlich vernünftigen Preis.«

Der Gedanke, mich bis zu einem gewissen Grad neu zu erfinden, war wirklich verlockend. Eigentlich hatte ich das von Jett hinterlegte Geld nicht anrühren wollen, doch andererseits hatte ich ihn auch definitiv nicht um Geld bitten wollen, obwohl ich wusste, er hätte es mir liebend gern gegeben.

Ich dachte mir, wenn ich etwas Geld von dem Bankkonto benutzen würde, könnte ich es einfach ersetzen, sobald ich mein Erbe erhalten und zu arbeiten begonnen hätte. Jett würde sein Geld sowieso auf keinen Fall von meinem Konto zurückholen. Nicht bis ich eigenes Geld haben würde.

»Habe ich genügend Geld auf meinem Konto, um ein neues Outfit zu bezahlen?«, fragte ich hoffnungsvoll.

Die Frau wandte sich schließlich dem Bildschirm zu. Doch als ihre Augen immer länger prüfend auf meinem Konto verweilten, begann ich zu fürchten, etwas stimmte nicht.

Vielleicht habe ich nichts auf dem Konto. Vielleicht hat die Bank Jetts Einzahlung verschlampt. Vielleicht wird es kein neues Styling für mich geben.

Meine Schultern sackten vor Enttäuschung in sich zusammen. Das war zwar nicht das Ende der Welt, doch es war der erste kühne Schritt, den ich in meinem Leben unternahm, und jetzt sah es so aus, als bekäme ich einen Schlag ins Gesicht.

»Möchten Sie gern Ihren Kontostand erfahren?«, fragte sie.

»Ja, bitte«, antwortete ich.

»Dürfte ich Ihren Ausweis sehen? Hier steht, dass Sie wahrscheinlich einen abgelaufenen Führerschein aus Ohio besitzen, bis sie eine gültige Fahrerlaubnis für Washington erhalten.«

Ich kramte in meiner Tasche und zog meinen Ausweis heraus.

»Der ist noch von Ohio.«

Jett musste der Bank Instruktionen und Informationen gegeben haben, also hatte er offensichtlich vorgehabt, etwas Geld auf dem Konto zu hinterlegen.

Er hatte bereits so viel für mich getan, dass es eigentlich keine Rolle spielte, ob ich ein neues Kleid kaufen konnte oder nicht. Ich hatte lediglich auf eine kleine Veränderung gehofft, eine symbolische Geste, dass ich ab jetzt ein normales Leben führen und aus meiner Therapie als ein gesünderer Mensch hervorgehen würde.

Ich hatte noch niemals einen richtigen Haarschnitt erhalten, geschweige denn ein Styling, um herauszufinden, wie ich aussehen würde, wenn man das Beste aus meinem Aussehen machte. Als ich jünger war, hatte mir meine Mutter stets mein dichtes, dunkles Haar geschnitten und als ich allein und auf der Straße lebte, hatte ich mir über weitaus wichtigere Dinge Sorgen machen müssen.

Niemals hatte ich ein schönes Kleid besessen oder etwas Modernes. Ich wusste zwar, dank Jett hatte ich jetzt einen ganzen Schrank voll, doch die hatte ich nicht *ausgesucht*. Und ich wollte endlich wirklich ich sein und mein neues Leben umarmen.

Wenn ich Jett das Geld zurückgezahlt haben würde, das er für mich auf der Auktion ausgegeben hatte, würde ich nicht gerade wohlhabend sein, das wusste ich. Doch ich würde genug besitzen, um sicherzugehen, niemals wieder obdachlos sein zu müssen.

Niemand, der mich betrachtete, würde mich je als hübsch bezeichnen.

Aber vielleicht hoffte ich darauf, dass Jett mich mit Lust in den Augen anblicken würde, mit demselben Begehren, das ich empfand, wenn ich ihn ansah.

Die Kassiererin nahm einen Stift und ein kleines Stück Papier zur Hand, schrieb meinen Kontostand darauf und schob es mir über den Tresen zu. »Sie können sich so viele neue Outfits leisten, wie sie wollen«, sagte sie.

Ich starrte auf den Zettel hinunter. Mein Magen brummelte und meine Knie drohten nachzugeben, als ich all die *Nullen* sah.

Jett hatte wahrlich dafür gesorgt, dass ich abgesichert war, falls ihm jemals etwas zustoßen sollte.

Er hatte mir mehr als nur einen Notgroschen hinterlegt. Das Konto, dessen Stand bis auf null heruntergegangen war, als ich Ohio verlassen hatte, wies nun etwas über zwei Millionen Dollar auf.

Mein Märchen wurde langsam immer verrückter und mein Spitzname *Aschenputtel* passte immer besser zu mir.

Ich wusste nicht, ob ich entsetzt oder glücklich sein sollte, doch dieses Problem hob ich mir für später auf.

Ich hob genügend Geld ab, um meine voraussichtlichen Ausgaben zu decken, und ein bisschen extra, sodass ich ein paar Sachen kaufen konnte, die ich benötigte, um Jett eine Tonne Gebäck zubereiten zu können.

Ich zitterte immer noch am ganzen Körper, als ich wieder in den Wagen stieg.

»Ist alles in Ordnung, Miss Ruby?«, erkundigte sich Pete, als ich mit meinem Sicherheitsgurt kämpfte.

Ich war viel zu aufgeregt, um ihm zu sagen, er müsse mich nicht so formal anreden. Kostete es mich doch bereits all meine Aufmerksamkeit, den Sicherheitsgurt zu schließen. »Nein, eigentlich ist *nicht* alles in Ordnung«, platzte es aus mir heraus. »Ich war obdachlos und jetzt habe ich mehr Geld auf meinem Konto, als ich wahrscheinlich jemals dort sehen würde, nachdem ich ein Leben lang in verschiedensten Jobs gearbeitet hätte. Ganz zu schweigen von der Tatsache, dass meine Eltern mich für die Zeit nach ihrem Tod abgesichert haben. Also kommt noch mehr Geld dazu.«

»Und das ist so schlimm?«, erkundigte sich Pete verwirrt.

»Das Geld, das sich jetzt auf dem Bankkonto befindet, ist nicht *mein Geld*, Pete. Ich habe es nicht verdient. Es gehört Jett.«

Er wandte mir den Kopf zu und machte keine Anstalten, den Wagen zu starten. »Wenn es sich auf Ihrem Konto befindet, gehört es jetzt Ihnen«, stellte er fest.

»Ich kann das Geld nicht annehmen. Jett hat mir bereits so viel geholfen. Sie haben ja keine Ahnung«, erwiderte ich ungestüm.

»Ich denke, ich habe sehr wohl Ahnung«, widersprach er. »Mr. Lawson hat vielen Menschen geholfen, einschließlich mir.«

Heftig drehte ich meinen Kopf, um ihn anzusehen. »Was meinen Sie damit?«

»Sie sagten, Sie seien obdachlos gewesen?«

Ich nickte bedächtig.

»Das war ich auch eine Zeit lang«, vertraute er mir an. »Vor Jahren habe ich meine Frau und meine drei Kinder bei einem Unfall verloren. Von einem Mann, der alles hatte, wurde ich zu einem Mann, der nichts mehr besaß, für das es sich zu leben lohnte. Es war mir vollkommen gleichgültig, was aus mir wurde. Ich trank, um den Schmerz zu töten, und mit der Zeit endete ich auf der Straße.«

»Oh mein Gott«, keuchte ich. »Das tut mir wirklich leid.«

»Danke, Miss Ruby, aber jetzt geht es mir viel besser. Ich traf Mr. Lawson in einer Bar. Durch Betteln hatte ich ein bisschen Geld eingenommen und mich direkt in eine Bar begeben, um einen Drink zu kippen, da ich bereits Entzugserscheinungen hatte. Und obwohl ich wie ein Ausgestoßener aussah, begann Mr. Lawson ein Gespräch mit mir. Bis zum heutigen Tage weiß ich nicht genau, warum ich all mein Leid einem Mann anvertraut habe, den ich gerade erst getroffen hatte, doch er hörte mir aufmerksam zu, bevor er mir ein Geschäft vorschlug.«

»Was?«, fragte ich, so fasziniert von seiner Geschichte, dass ich nichts anderes hervorbrachte.

»Er schlug mir vor, falls ich mich zusammennehmen könne und erfolgreich einen Entzug absolvieren würde, wollte er dafür sorgen, dass ich wieder ein Dach über dem Kopf und genügend Geld bekäme, um für den Rest meines Lebens ausgesorgt zu haben. Nur ein Narr hätte ein solches Angebot ausgeschlagen. Und obwohl ich einige dumme Sachen gemacht hatte, war ich kein Narr.«

»Und offensichtlich haben Sie es geschafft«, bemerkte ich.

»Ja, und noch einiges mehr. Ich denke, ich war bereit, mich mit meiner Trauer auseinanderzusetzen, doch zu jener Zeit war niemand für mich da, außer Mr. Lawson. Ich arbeitete also hart, um nüchtern zu werden, und danach arbeitete ich hart für ihn. Er half mir bei all den juristischen Angelegenheiten, die ich in die Wege leiten musste, um die Lebensversicherung und die Entschädigung von der Spedition zu erhalten, die meine Familie getötet hatte. Danach hatte ich mehr als ein gutes Auskommen, aber Mr. Lawson weigerte sich, irgendeine Art von Rückzahlung für meinen Entzug und all die anderen Kosten, die ich verursacht hatte, bis alle juristischen Probleme gelöst waren, anzunehmen.«

»Arbeiten Sie deshalb immer noch?«, fragte ich, da ich wusste, wie stur Jett sein konnte, wenn es darum ging, sich Schulden zurückzahlen zu lassen.

Pete schüttelte den Kopf. »Nein, das hat damit nichts zu tun. Glauben Sie wirklich, Mr. Lawson würde mich jemals für ihn arbeiten lassen, ohne mir einen Gehaltscheck auszustellen?«

»Aber was ist dann der Grund?«

»Vielleicht hoffe ich, dass sich eines Tages irgendwie die Gelegenheit ergibt, mich für seine Hilfe zu revanchieren. Vielleicht nicht gerade mit Geld, denn er hat weiß Gott mehr davon als irgendjemand anderes auf dieser Welt. Aber Geld ist nicht alles. Er *möchte*, dass ich mich zur Ruhe setze und mein Leben genieße. Aber ich möchte lieber auf eine Chance warten, ihm zu helfen, und beschäftigt bleiben. Meine liebe Frau, die seit einem Jahr ihr Leben mit mir teilt, arbeitet noch, also würde ich mich sowieso langweilen, wenn ich in Rente ginge.«

Ich lächelte ihn an. »Sie haben wieder geheiratet?«

»Ja, in der Tat. Und sie ist eine gute Frau. Das Leben geht weiter, selbst wenn wir es nicht unbedingt wollen, und manchmal müssen wir es einfach mit beiden Händen packen, wenn unsere Trauerarbeit getan ist.«

Ich nickte heftig. Ich erinnerte mich noch gut an den Tag, an dem ich meine eigene Familie verloren und mich gewundert hatte, wie alles um mich herum unverändert schien, obwohl meine Welt in Stücke zerfallen war. »Also bin ich nicht der einzige Vagabund, den Jett gerettet hat?«, fragte ich.

»Nein, Miss Ruby. Und er betrachtet uns nicht als minder wertvoll als sich selbst. Er sieht seine Hilfe als einen Weg an, etwas von seinem Reichtum abzugeben.«

»Ich weiß«, bestätigte ich. Jett hatte mir niemals das Gefühl gegeben, *weniger* wert zu sein, weil ich Hilfe brauchte. »Aber es fiel mir trotzdem immer schwer, etwas von ihm anzunehmen.«

»Weil Sie ein guter Mensch sind«, erklärte Pete. »Aber jetzt können Sie ruhig zulassen, dass er sich um Sie kümmert, jetzt, da Sie so verletzlich sind. Später können Sie alles zurückgeben, sobald Sie Ihr Leben auf die Reihe bekommen haben. Ich persönlich engagiere mich für ein paar Obdachlosenprojekte mit Spendensammlungen und ehrenamtlicher Arbeit.«

»Kann ich helfen?«, erkundigte ich mich, begierig, anderen zu helfen, die immer noch in der Lage steckten, in der ich mich befunden hatte.

Er strahlte mich an. »Noch nicht. Aber in Zukunft würde ich Ihre Hilfe begrüßen. Sie können niemand anderem helfen, solange Sie noch nicht für sich selbst sorgen können.«

»Wenn das so ist, können Sie mir helfen, ein Geschäft zu finden, wo ich ein nicht so teures Kleid kaufen kann? Jett wird mich heute Abend zum Essen in ein Restaurant am Wasser ausführen. Und ich würde nicht gern wie ein Vagabund aussehen«, scherzte ich.

Er blinzelte mir zu. »Ich kenne ein solches Geschäft. Ich bin einer der Menschen, die tatsächlich in dieser Stadt aufgewachsen sind. Ich verfüge über viele Beziehungen.«

Ich lachte und fühlte mich so gut wie noch nie seit dem Tag, an dem Jett mich gerettet hatte.

Pete hatte recht. Ich *musste* mich selbst auf die Reihe bringen und darauf musste ich mich vorerst konzentrieren. Mithilfe der Therapie machte ich langsame Fortschritte. Ich hatte einen Termin vereinbart, um meinen Führerschein und meinen Highschool-Abschluss zu bekommen, daher war ich in der Lage zu entscheiden, wie ich meine Zukunft gestalten wollte.

Für Jett würde ich erfolgreich sein.

Wenn ich schon nichts anderes tun konnte, so wollte ich ihm zumindest die Gewissheit geben, dass ich es wert gewesen war, gerettet zu werden.

Kapitel 14

Ruby

»Ich sehe … ganz okay aus«, flüsterte ich unsicher vor mich hin, als ich vor dem Spiegel in meiner Schlafzimmersuite stand. Ich hatte Jett noch nicht zu Gesicht bekommen, doch als ich ins Penthouse zurückgekehrt war, hatte er aus seinem Büro heraus gebrüllt, dass unser Tisch für neunzehn Uhr reserviert sei. Ich war fertig und es war gerade erst viertel nach sechs. Ich wusste aber, dass wir wahrscheinlich ein wahnwitziges Verkehrsaufkommen zu erwarten hatten.

Als ich noch einmal in den Spiegel schaute, sah ich schließlich die Frau, die ich sein konnte, wenn ich fähig wäre, für mich selbst zu sorgen.

Die Stylistin hatte mein dunkles Haar beachtlich gekürzt, um ihm ein gesünderes Aussehen zu verleihen. Jetzt berührte es kaum meine Schultern, doch die großen, dichten Locken, die sie in mein ansonsten glattes Haar gezaubert hatte, ließen mich älter und eleganter erscheinen. Und die rötlichbraunen Farbakzente ließen mein Haar schimmern.

Meine Haut glühte von dem Make-up, das die Verschönerungskünstlerin auf mein Verlangen nur sparsam aufgetragen hatte.

Wollte ich doch mein Aussehen nicht ändern, sondern nur *hervorheben*, was ich bereits hatte.

Sie hatte meine dunklen Augen mit einem rauchfarbenen Lidschatten aufgehellt, sodass meine langweiligen, dunklen Augen jetzt etwas geheimnisvoller wirkten.

Pete hatte mich zu dem Geschäft gebracht, in dem seine Frau arbeitete, und ich hatte mir ein Kleid ausgesucht, das herabgesetzt gewesen war, weil der Sommer sich dem Ende zuneigte. Es war der erste Tag im Herbst, doch es war noch warm genug, um ein Sommerkleid zu tragen, also hatte ich das wunderschöne Kleid erstanden, wohl wissend, dass ich es immerhin im folgenden Jahr tragen konnte, falls das Wetter schon bald verrücktspielte.

Ich hatte mich beinahe sofort in die Schlichtheit des kleinen schwarzen Kleides verliebt. Es war schulterfrei, woran ich mich erst gewöhnen musste, doch ich liebte den leicht asymmetrischen Schnitt. Die Vorderseite, die genau über dem Knie endete, war ein wenig kürzer als die Rückseite und dieser feine Unterschied führte dazu, dass das weiche Material auf eine unübliche, äußerst elegante Art meinen Körper umfloss.

Ich wirbelte herum, denn ich liebte es, wie der Rock stets auf seinen Platz zurückfiel, wenn ich anhielt.

Das Kleid mochte für die meisten Frauen vielleicht nichts Besonderes sein, doch für mich war es das, weil es das erste Kleid war, das ich mir selbst ausgesucht hatte.

Ein scharfer Ausruf von der Tür riss mich aus meinen Fantasien. »Hallo Aschenputtel. Bist du fertig?«, rief Jett durch die Tür.

»Schon auf dem Weg«, erwiderte ich, während ich mit meinen Füßen in ein Paar Sandalen schlüpfte. Ich hatte mir schwarze Schuhe mit niedrigen Absätzen gekauft, denn ich wollte keinen Narren aus mir machen und in Stilettos stolpern.

Als ich meine Handtasche an mich nahm, runzelte ich die Stirn. Ich wusste, sie passte nicht gerade gut zu einem Kleid. Es war dieselbe kleine, schwarze Umhängetasche, die ich jeden Tag benutzt hatte, doch sie musste genügen.

Ich holte tief Luft und stolzierte aus meinem Zimmer bis ins Wohnzimmer im Erdgeschoss, wo Jett auf mich warten würde, wie ich wusste.

Er saß auf der Couch und hielt sein Handy in der Hand. Offensichtlich beantwortete er SMS-Nachrichten, erkennbar an der Art, wie er mit geneigtem Kopf wild auf die Tasten einhämmerte.

Mir blieb das Herz stehen, als ich sah, dass er einen wunderschönen dunklen Anzug mit einer grün-grauen Krawatte trug. Jett war der Typ, an dem alles so wirkte, als wäre er hineingeboren worden. Er schien sich in einem Anzug ebenso wohl zu fühlen wie in einer Jeans und ich war mir ziemlich sicher, dass die Krawatte genau zu seinen Augen passte.

Ich erstarrte, als er schließlich aufsah und ich erkannte, dass ich recht hatte. Das hinreißende Grün seiner Krawatte spiegelte exakt seine Augenfarbe wider.

Er schob sein Telefon in die Tasche, dann stand er langsam auf, ohne seinen intensiven Blick von mir abzuwenden.

»Was zum Teufel hast du getan?«, fragte er mit kehliger Stimme.

»Es gefällt dir nicht«, stellte ich fest, als ich mich endlich bewegte und mit hängenden Schultern auf ihn zuging. »Ich wollte etwas Neues ausprobieren, etwas Netteres als Jeans, aber weniger aufgetakelt als das, was sich in meinem Schrank befindet«, fügte ich hinzu und versuchte, aufgekratzt zu klingen, obwohl ich mich deprimiert fühlte.

Er streckte seine Hand aus und berührte eine meiner dichten Locken, als ich bei ihm angekommen war. »Mission erfüllt«, bemerkte er mit seinem tiefen, sexy Bariton. »Du siehst umwerfend aus, Ruby.«

»Aber?«, erkundigte ich mich, denn ich wusste, irgendetwas stimmte nicht.

»Aber … ich werde mit jedem Mann den Kampf aufnehmen, der es wagt, dich zu betrachten«, erklärte er heiser. »Weil ich weiß, dass sie nur daran denken, dich auszuziehen, wenn sie so viel von deiner wunderschönen Haut zu sehen bekommen.«

Mein Herz donnerte gegen meine Rippen und mein Körper begann zu beben, als er mit einem Finger über meine nackte Schulter fuhr.

»Der einzige Mann, dessen Aufmerksamkeit ich erregen will, bist du«, sagte ich atemlos. »Ich wollte, dass du auf die Frau in deiner Begleitung stolz sein kannst. Ich habe jedes einzelne Kleid aus meinem Schrank anprobiert, aber keins davon fühlte sich so an, als ob es wirklich meins wäre.«

Er hob mein Kinn in die Höhe, sodass sich unsere Blicke trafen. »Meine Aufmerksamkeit hattest du *immer* schon«, stellte er bestimmt fest. »Und du bist *immer* wunderschön gewesen. Aber heute Abend – verschlägt es mir den Atem. Und ich hätte wissen müssen, dass ich nicht versuchen sollte, dir Kleider zu kaufen. Ich kann sie alle zurückschicken.«

Ich seufzte und ließ mich in seine wunderschönen Augen sinken, unfähig, meinen Blick abzuwenden. »Ich fürchtete, du würdest den neuen Look nicht mögen. Nicht dass ich mich jetzt jeden Tag so anziehen werde«, versicherte ich eilig. »Ich bin keine Frau, die sich gern auftakelt. Aber die Maniküre hat mir gefallen. Meine Nägel waren eine Katastrophe.«

Er nahm eine meiner Locken zwischen seine Finger. »Und was haben sie mit deinem Haar angestellt?«

»Sie haben es geschnitten, damit es wieder gesund aussieht. All meine Spitzen waren gesplisst und trocken.«

»Ich werde für all das bezahlen, Ruby. Ich hätte schon früher daran denken sollen«, sagte er bedauernd.

Ich lächelte ihn an. »Du *hast* es bezahlt. Ich musste Geld von meinen Rücklagen nehmen. Aber ich werde es wieder ausgleichen. Und wir müssen unbedingt über die Höhe der Summe reden, die du auf mein Bankkonto eingezahlt hast«, informierte ich ihn. »Ich hatte beinahe einen Herzanfall.«

»Nicht heute Abend«, wehrte er heiser ab und sein Blick klebte immer noch an mir. »Ich werde die schönste Frau der Welt an meinem Arm haben. Das möchte ich auskosten.«

Ich schlug ihm spielerisch auf den Oberarm. »Okay, jetzt trägst du aber etwas zu dick auf«, neckte ich ihn. »Aber ich bin froh, dass du mein Aussehen akzeptabel findest. Es ist schön, sich einmal wie eine Frau zu fühlen.«

»Du wirst einen Mantel brauchen«, wandte er ein. »Wir werden am Wasser sitzen.«

»So weit habe ich nicht gedacht«, gestand ich. »Und in Miami habe ich keinen gebraucht.«

»Oben am Ende des Flurs gibt es noch einiges an Frauenkleidung. Aber ich bin mir nicht sicher, ob sie einen Mantel hiergelassen hat«, sagte er nachdenklich.

»Ich weigere mich, etwas anzuziehen, das diese Schlampe zurückgelassen hat«, entfuhr es mir, bevor ich meine Worte zensieren konnte.

Doch eigentlich tat es mir nicht leid, sie ausgesprochen zu haben. Ich wäre lieber erfroren, als etwas anzuziehen, das Jetts Ex in seiner Begleitung getragen hatte.

Er nahm mich bei der Hand und zog mich zum Aufzug. »Ich halte Dani eigentlich nicht für eine Schlampe. Obwohl meine Schwester definitiv auch ihre bösen Momente hat.« Sobald wir uns im Aufzug befanden, betätigte er den entsprechenden Knopf.

»Oh Gott. Entschuldige bitte. Ich glaube, ich habe sofort an …« Vor Verlegenheit brach meine Stimme.

Er aber grinste mich an. »Mein Kätzchen zeigt seine Krallen«, frohlockte er.

»Es gefällt mir ganz und gar nicht, was sie dir angetan hat«, sagte ich mit Bestimmtheit.

Er beugte sich näher zu mir herüber. »Versuchst du etwa, mich zu beschützen, Ruby?«

Ich runzelte die Stirn. »Und wenn es so wäre?«

Er holte tief Luft, bevor er erwiderte: »Ich denke, es würde mir gefallen.« Dann machte er eine Pause, bevor er hervorstieß: »Verdammt! Was ist das für ein Duft? Er riecht wie Zuckerplätzchen oder Vanille.«

»Ein Parfum, das ich in dem Salon ausprobiert habe. Mir hat er gefallen. Er duftet leicht und süß, ist aber nicht zu aufdringlich.«

»Es weckt in mir den Wunsch, dich anzuknabbern«, knurrte er.

Ich erbebte und wünschte mir, er würde seine Drohung wahr machen und so viele Bissen von mir nehmen, wie er wollte. Als ich in seine fiebernden Augen blickte, reagierten meine Brustwarzen und verhärteten sich. Mein Körper war so hungrig nach ihm, dass ich bereits das Abendessen vergessen hatte und direkt zum Nachtisch hier zu Hause übergehen wollte.

»Jett, ich –«

»Entschuldige!«, unterbrach er mich und trat zurück. »Ich bin zu weit gegangen. Das scheint mir bei dir ständig zu passieren.« Frustriert fuhr er sich mit einer Hand durch sein Haar. Dann öffneten sich die Aufzugtüren.

Er trat aus dem Fahrstuhl und führte mich zu dem Schlafzimmer, in dem offensichtlich einige von Danis Habseligkeiten gelagert wurden.

Als er die Schranktüren öffnete, warnte er mich: »Einiges ist älteren, anderes jüngeren Datums. Ihre Sachen schienen am Ende immer in meiner Wohnung zu landen, wenn sie zu irgendwelchen Aufträgen in Übersee aufbrach. Ich habe ihr Zeug tonnenweise gesammelt. Jetzt, da sie Marcus heiraten wird, werde ich das alles zu ihm bringen lassen.«

»Sie wird heiraten?«, fragte ich aufgeregt, während ich sorgfältig die Kleider durchsuchte und einen hinreißenden, schwarzen Wollmantel wählte.

Er nickte.

»Liebt sie ihn?«, fragte ich leise.

Jett nahm mir den Mantel aus der Hand und half mir, ihn anzuziehen. »Das hoffe ich doch, da sie jetzt den Bund der Ehe schließen. Sie kennt Marcus und alle anderen Colters seit unserer Kindheit und ich glaube, Marcus war immer schon ihr Auserwählter. Sie haben lediglich eine Weile gebraucht, um das zu erkennen.«

»Das freut mich für sie«, sagte ich ernst. »Sie verdient einen Mann, der sie liebt.«

»Sie möchte gern, dass du zu ihrer Hochzeit kommst, falls du es einrichten kannst«, sagte er. »Es würde sie glücklich machen, wenn du mit mir kommen würdest.«

»Ja, gern«, stimmte ich zu. »Wenn ich nicht im Weg bin.«

»Die Colters besitzen ein riesiges Resort. Ich denke, dort gibt es Platz genug«, stellte er trocken fest. Dann nahm er mich bei der Hand und führte mich zum Aufzug zurück.

»Ich hoffe, es stört sie nicht, dass ich ihren Mantel trage«, bemerkte ich.

Jett lachte schnaufend. »Aschenputtel, ich kann dir *garantieren*, dass sie sich noch nicht einmal daran erinnert, dass es den Mantel überhaupt gibt.«

»Ich kann mir nicht vorstellen, *so* viel Kleidung zu besitzen«, überlegte ich.

Wir fuhren mit dem Aufzug ins Erdgeschoss und im Nu waren wir aus der Tür hinaus. Jett meinte schließlich: »Das Komische daran ist, dass Dani niemals wirklich verrückt nach Kleidern war. Ich glaube, sie kauft sich die Klamotten, wenn sie sie braucht, und dann vergisst sie sie sofort wieder. In Übersee hat sie die ganze Zeit so ziemlich dasselbe getragen und das war definitiv nichts Ausgefallenes.«

Als wir auf die Straße traten, öffnete Pete die Tür der Limousine. »Guten Abend«, grüßte er uns. »Sie sehen beide sehr elegant aus heute Abend.«

Bevor Jett in den Wagen stieg, hielt er inne und sah seinen Fahrer böse an. »Haben Sie Ruby herumgefahren und sie dabei unterstützt, sich so *elegant* herauszuputzen?«, fragte er Pete gereizt.

Der Fahrer strahlte seinen Chef an. »Gewiss.«

»Ich werde Sie später entlassen«, drohte Jett.

Ich sah zu Pete hinüber, beunruhigt, weil Jett seinen Job in Frage stellte.

Der Fahrer zwinkerte mir zu und antwortete fröhlich: »Ich glaube, das habe ich bereits ein paar Mal gehört, Boss, und ich bin immer noch hier.«

»Dieses Mal mache ich meine Drohung wahr«, stellte Jett fest, während er in den Wagen stieg.

»Er macht seine Drohung niemals wahr«, sagte Pete leise. »Es gefällt ihm lediglich, mich daran zu erinnern, dass er mich feuern kann, wenn er will.«

Als ich erkannte, dass dies die Art war, wie die beiden Männer miteinander umgingen, entspannte ich mich, denn beide schienen es zu genießen.

Ich lächelte Pete an und stieg in den Wagen, froh, dass der Fahrer seinen Job nicht verlieren würde und dass Jett zumindest noch eine weitere Person hinter sich stehen hatte, die ihm immer den Rücken stärken würde, ob er es nun wollte oder nicht.

Kapitel 15

Jett

Ich war kein Trinker, aber Ruby vor Augen zu haben, die so zurechtgemacht war und aussah wie eine Frau, die ich verzweifelt in mein Bett holen wollte, brachte das Fass zum Überlaufen. Ich kippte den Rest meines Whiskys herunter und bedeutete dem Kellner, mir ein weiteres Glas zu bringen, während ich die Frau anstarrte, die mir gegenübersaß.

Zugegeben, ich hatte sie vom ersten Moment an begehrt, als ich sie oben auf der Bühne hatte stehen sehen, wo sie an den Meistbietenden verkauft werden sollte. Aber abgesehen von dem einen Fehltritt hatte ich dem primitiven Trieb widerstanden, sie mir auf die elementarste Weise anzueignen, die ich mir vorstellen konnte. Und meine Fantasie war recht wild, wenn es um Ruby ging.

Ich hatte eine Fülle von Gründen gefunden, um mich von ihr fernzuhalten, und obwohl es mir nicht leichtgefallen war, hatten diese Entschuldigungen ihren Zweck erfüllt.

Erstens, sie hatte Angst vor mir und meiner physischen Erscheinung. Es hatte mir noch eine Weile zu schaffen gemacht, dass sie vor meinen Narben zurückgeschreckt war. Doch vielleicht war ihre Reaktion nur zu unserem Besten.

Zweitens, sie war jung – viel zu jung. Neun Jahre und eine Menge Erfahrung lagen zwischen uns beiden. Ruby hatte noch keine Möglichkeit gehabt, ein Leben als Erwachsene zu führen. Sie war von einer schlechten Kindheit direkt in die Obdachlosigkeit geschlittert. Sie brauchte Zeit, um sich einzugewöhnen.

Drittens, sie war noch Jungfrau, um Gottes willen. Was zum Teufel wusste ich über Jungfrauen!

»Alles in Ordnung?«, erkundigte sich Ruby vorsichtig.

Meine Augen wandten sich ihr zu, was ich versucht hatte zu vermeiden. Jedes Mal wenn ich sie ansah, spürte ich eine noch größere Versuchung, ihr zu helfen, sich an meine verdammten Narben zu gewöhnen und sie zu überzeugen, dass sie unbedingt in das Vergnügen des hemmungslosen Liebesspiels eingeweiht werden musste.

Rubys Augen erschienen mir noch dunkler und faszinierender als damals auf der Bühne während der Auktion. Und sie ließen mich an mehr denken als nur daran, sie zu retten.

Ich wollte sie ficken.

Heftig.

Aber ich mochte sie auch. Mehr als ich zugeben wollte, selbst mir gegenüber. »Alles in Ordnung«, erwiderte ich mit weniger Wärme, als ich ihr eigentlich entgegenbringen wollte.

Mein Gott! Ich war dabei, meinen Verstand zu verlieren.

Wenn ich wirklich ehrlich war, musste ich zugeben, dass ich, seitdem ich sie geküsst hatte, gegen das Verlangen ankämpfen musste, sie zu berühren. Ich hatte Entschuldigung Nummer eins, zwei und drei benutzt, um mich unter Kontrolle zu halten.

Unglücklicherweise funktionierte das aber nicht mehr so gut.

Nicht seitdem mich Ruby heute Abend daran erinnert hatte, dass sie zwar jung, aber *so jung* nun auch wieder nicht war.

In Kürze würde sie dreiundzwanzig Jahre alt werden. Es war jedoch nicht ihr Alter, das mich im Zaum hielt, sondern ihre entsetzte Miene, als sie vor mir und meinem vernarbten Körper die Flucht ergriffen hatte.

Ich hatte mich bereits gefragt, ob ich mir nicht einfach eine Frau suchen und mir Erleichterung verschaffen sollte, selbst wenn ich dafür bezahlen musste. Doch ich wusste nur zu gut, dass das nicht helfen würde. Jeden einzelnen Moment wäre Ruby trotz allem bei mir und würde mich daran erinnern, dass ich nur sie allein begehrte. Wenn ich mich selbst befriedigte ... war sie *immer* präsent. Daher hatte ich keinen Grund zu glauben, sie wäre nicht ebenfalls anwesend, wenn ich Sex mit einer anderen Frau hätte.

Um die Wahrheit zu sagen, ich war erledigt und ich hatte keine Ahnung, wie ich von einem Tag zum nächsten kommen sollte, ohne Dampf abzulassen.

Also befriedigte ich mich weiter selbst, während ich von einer Frau träumte, die mir zur Besessenheit geworden war.

Ich war ein Bild des Jammers. Das war mir sehr wohl bewusst.

Aber ich hatte keine Ahnung, wie ich das hätte ändern können.

»Also, ich überlege, nach Afrika zu ziehen und Wildhüterin zu werden«, erklärte Ruby, bevor sie an ihrem Wein nippte.

Ich nickte und schluckte den Kloß in meiner Kehle hinunter. »Das ist großartig«, antwortete ich mechanisch, zu gefangen in ihren wollüstigen Augen, um irgendetwas Intelligentes von mir zu geben.

»Glaubst du, ich könnte von einem Tiger gefressen werden?«

Ich runzelte die Stirn. »Was? Es gibt keine Tiger in Afrika, Ruby.«

Ihre Lippen formten sich zu einem Lächeln. »Ich weiß. Ich habe mich lediglich gefragt, ob du jemals aus deinem Koma erwachen würdest«, sagte sie schelmisch.

Ich hüstelte. »Es tut mir leid. Ich war unaufmerksam.«

Es kam selten vor, dass ich bei einem Gespräch mit Ruby nicht voll bei der Sache war. Doch seitdem ich gesehen hatte, dass sie so viel Haut zeigte, hatte ich mich nicht mehr konzentrieren können.

»Ich sagte, ich überlege, nach Afrika zu gehen und Wildhüterin zu werden. Ich hatte dich gefragt, ob ich von einem Tiger gefressen werden könnte.«

»Wildhüterin und Afrika kommen nicht in Frage«, erklärte ich. »Zu gefährlich.«

Und der Einzige, von dem sie vielleicht gefressen werden würde, war *ich*, falls ich meine tierischen Triebe, sie zu der Meinen zu machen, nicht unterdrücken konnte.

»Also, was denkst du, sollte ich tun?«, fragte sie.

Ich zuckte mit den Schultern. »Eins nach dem anderen, Ruby. Besorg dir deinen Führerschein. Mache deinen Highschool-Abschluss. Und dann kannst du weitere Entscheidungen treffen.«

Der Gedanke, sie könnte irgendwo hingehen, machte mich verrückt. Ich war mir ziemlich sicher, dass ich sie stalken würde, falls sie versuchen würde wegzugehen.

»Ich weiß, dass ich jetzt klarkomme, Jett. Ich kann doch nicht für immer in deinem Gästezimmer wohnen«, erklärte sie leise.

Nein. Das konnte sie nicht. Zumindest stimmten wir in einer Sache überein. Sie konnte nicht im *Gäste*zimmer bleiben. Ich brauchte sie in *meinem* Zimmer … in meinem Bett.

Das Tier in mir, das ich nicht kontrollieren zu können schien, wollte nicht wahrhaben, dass sie in Sicherheit war.

Ich würde sie niemals für sicher halten, außer sie gehörte zu mir.

»Mach dir darüber doch jetzt keine Sorgen, Ruby. Lass uns einfach versuchen, uns darauf zu konzentrieren, dein Leben so einzurichten, wie es hätte sein sollen.«

»Ich glaube nicht, dass ich hier leben kann«, überlegte sie. »Seattle ist zu teuer.«

Mist! Auf keinen Fall wollte ich, dass sie ihre Zukunft *ohne mich* plante. Das wilde Tier in mir richtete sich auf und knurrte.

»Du kannst bei mir leben«, schlug ich eindringlich vor. Vielleicht *zu* eindringlich. »Ich *möchte*, dass du bei mir bleibst.«

Gewiss, sie würde ihr eigenes Geld haben, doch das war mir gleichgültig.

»Ich glaube, du bist ein Masochist«, stellte sie lachend fest.

Verdammt, langsam glaubte ich das auch.

Ruby um mich zu haben und sie nicht ficken zu wollen war ein Ding der Unmöglichkeit und so saß ich in der Klemme, denn ich wollte auch nicht, dass sie wegging.

Kein Wunder, dass ich so schlechte Laune hatte.

»Ich werde aber bald über meine Zukunft nachdenken müssen«, sagte sie gerade. »Ich werde demnächst mein Erbe ausgezahlt bekommen und du hast schon so viel für mich getan.«

Das Geld *hatte* alles verändert, trotzdem bereute ich es nicht, Ruby ihre Freiheit gegeben zu haben, indem ich die Wahrheit herausgefunden hatte. Obwohl ich gern wollte, dass sie blieb, wünschte ich mir ebenso sehr, dass sie glücklich war.

»Wir werden gemeinsam über deine Zukunft nachdenken«, erklärte ich, wobei mir bewusst war, dass ich am Schluss tun würde, was immer sie wollte.

»Ich werde deine Hilfe benötigen«, bestätigte sie. »Ich muss überlegen, wie eine angemessene Zukunft für mich aussehen soll. Die Therapie war mir eine große Hilfe, aber es gibt noch so viel, das ich herausfinden muss.«

Ich sah ihren ängstlichen Gesichtsausdruck und all meine wollüstigen Gedanken verloren an Bedeutung.

Letzten Endes würde ich für sie da sein, weil ich Ruby zu sehr mochte, um *nicht* ihr Glück zu wollen. »Ich werde dir helfen«, versprach ich. »Alles wird gut werden.«

Ich fühlte mich wie ein Gott, als sie mich anlächelte. Vielleicht brauchte sie eine Vaterfigur.

Vielleicht brauchte sie einen Freund.

Vielleicht brauchte sie einfach jemanden in ihrer Nähe, der sie umsorgte.

Was auch immer sie brauchte, ich würde mich auf den Kopf stellen, um es ihr zu geben.

Sie hatte bereits viel zu viel durchgemacht.

Kapitel 16

Ruby

»Ich glaube, das war die leckerste Mahlzeit, die ich jemals zu mir genommen habe«, sagte ich zu Jett, während wir uns auf dem Heimweg vom Restaurant befanden.

Ich fühlte mich angenehm satt und von dem Wein, den ich zu meinen Meeresfrüchten getrunken hatte, vollkommen entspannt.

Jett hatte sich heute Abend ein bisschen seltsam verhalten, aber vielleicht war er einfach müde. Er hatte viel Zeit in seinem Büro verbracht.

»Das kann ich kaum glauben«, antwortete Jett belustigt. »Die Gerichte, die du gekocht hast, haben mir besser geschmeckt.«

»Aber normalerweise bereite ich keinen Fisch zu, da ich nicht in der Nähe des Meeres aufgewachsen bin. Rindfleisch und Huhn waren bei uns weitaus gebräuchlicher. Für mich war es großartig, frische Meeresfrüchte zu bekommen. Danke, dass du mich mit dorthin genommen hast«, erklärte ich. Mittlerweile gelang es mir immer besser anzunehmen, was Jett mir gab, und ihn wissen zu lassen, dass ich es genoss, anstatt andauernd mit ihm zu diskutieren, wie viel Geld er für mich ausgab.

Annette hatte gut daran getan, mich daran zu erinnern, dass Jett sich alles sehr gut leisten konnte, was immer er auch verschenkte, und dass er das gern tat, weil es ihm wichtig war.

Ich war es leid, allen Aktivitäten, die Jett und ich unternahmen, den Spaß zu nehmen, indem ich mich wegen des Geldes schuldig fühlte. Und arm zu sein war eine Tatsache, der ich mich im Moment stellen musste. Ich würde mein Geld nicht über Nacht erhalten. Und außerdem würde ich mit der Zeit einen Job finden oder einen Beruf ergreifen, sodass ich alles würde wiedergutmachen können.

»Gern geschehen«, erwiderte Jett schließlich mit heiserer Stimme, als der Wagen vor seinem Wohnhaus hielt.

Er stieg aus und griff nach meiner Hand, um mir beim Aussteigen zu helfen, während er mit Pete ein paar Beschimpfungen austauschte. Diesmal war es viel offensichtlicher, dass die beiden es liebten, sich Wortgefechte zu liefern.

In behaglicher Stille fuhren wir im Aufzug nach oben und Jett sagte kein Wort, bis wir wieder in seiner Wohnung waren. »Möchtest du noch ein Glas Wein?«, erkundigte er sich, zog seine Anzugjacke aus und warf sie über einen der Küchenstühle.

Ich entledigte mich des geliehenen Mantels und hängte ihn in den Schrank neben der Tür. »Ich bin mir nicht sicher«, gab ich zu, während ich in die Küche schlenderte. »Ich habe noch nicht viel Alkohol in meinem Leben getrunken und ich kann bereits jetzt die Gläser spüren, die ich zum Abendessen genossen habe.«

Er entkorkte die Flasche, die er seinem Weinkühler entnommen hatte, schenkte mir ein halbes Glas ein und schob es über die Arbeitsplatte zu mir hinüber. »Lebe ein bisschen!«, forderte er mich grinsend auf. »Dies ist ein wirklich guter Jahrgang.«

Ich nippte vorsichtig an dem Weißwein und wurde mit einer Explosion von Geschmacksnuancen belohnt, als die Flüssigkeit über meine Geschmacksknospen perlte. »Du hast recht«, stellte ich fest, sobald ich geschluckt hatte. »Er ist wirklich gut.«

Jett wählte üblicherweise etwas Stärkeres, daher war ich überrascht, als er sich selbst ein Glas Wein einschenkte und die Küche verließ, um es sich auf der Couch bequem zu machen.

Ich bemerkte, dass er seine Beine hochlegte. »Ist alles in Ordnung mit dir?«, erkundigte ich mich, besorgt, er könnte vor und nach dem Abendessen zu viel gelaufen sein.

Ich setzte mich ihm gegenüber in den Sessel.

»Ja, es geht mir gut. Warum?«

»Wir sind viel gelaufen und du solltest dein Knie eigentlich immer noch so viel wie möglich schonen.«

Er zog eine seiner dunklen Augenbrauen in die Höhe und erwiderte: »Ich bin eigentlich noch nicht so alt und gebrechlich, Ruby. Auch wenn einunddreißig dir vielleicht alt erscheinen mag. Ich habe lediglich ein lahmes Knie.«

Ich verdrehte die Augen. »Ich weiß, dass du nicht alt bist. Aber ich habe die Verletzung verursacht. Und ich weiß, was dir der Arzt verordnet hat.«

Jett schien es besser zu gehen, trotzdem machte ich mir immer noch Sorgen.

»Es geht mir schon wieder gut. Und du hast kein Recht zu nörgeln, da du mich nicht heiraten wolltest«, scherzte er. »Doch andererseits ist das vielleicht auch ganz gut so, da du es nicht erträgst, wenn ich dich berühre.«

Wir schwiegen beide. Ich hatte nicht erwartet, dass er das Thema anschneiden würde, weil er es bisher vermieden hatte. Doch vielleicht war das gut so. Seit dem Vorfall hatte ich ein klärendes Gespräch mit ihm führen wollen, war aber nicht in der Lage gewesen, den Mut dafür aufzubringen. Aber jetzt, da ich wusste, dass er dachte, ich hätte ihn abgewiesen, wollte ich mich nicht mehr vor allem Schmerzlichem oder Demütigendem drücken, wenn es Jett betraf.

Selbst wenn ich ihn nur ein wenig verletzt hatte, wollte ich mein Verhalten klarstellen. Ich wusste, ich war dazu bereit.

Unsere Beziehung war mir inzwischen viel wichtiger geworden als die Wahrung meiner Geheimnisse.

»Es hat an jenem Abend nicht an *dir* gelegen, Jett«, begann ich und stellte mein leeres Weinglas auf das Beistelltischchen.

»Es war aber niemand anderes im Raum«, spottete er. »Aber es ist nicht deine Schuld, dass ich dir nicht gefalle, Ruby. Ich wünschte, ich könnte dasselbe über dich sagen, aber mein Schwanz ist immer noch hart, jede einzelne Sekunde, die ich mit dir verbringe.«

Seine Worte verursachten ein Flattern in meinem Bauch, doch ich durfte mich nicht ablenken lassen, gleichgültig, wie sehr es mich drängte, die quälende Wahrheit zu erkunden, die er mir gerade enthüllt hatte.

»Es *war* noch jemand anderes im Raum. Nämlich ich«, wandte ich ein und strich mir nervös die Haare aus dem Gesicht.

Er wandte mir ruckartig den Kopf zu. »Was soll das heißen? Ruby, ich habe dich sagen hören, du könntest meine Narben nicht anschauen. Du hattest nichts Eiligeres zu tun, als von mir wegzukommen. Wir sollten uns nicht länger gegenseitig etwas vormachen. Wünsche ich mir, du fändest mich so anziehend wie ich dich? Zum Teufel, ja. Trotzdem werde ich dein Freund bleiben.«

Ich stand auf, wütend auf mich selbst, weil ich ihm nicht direkt nach dem Vorfall die Wahrheit gesagt hatte.

Jett fühlte sich von mir angezogen. Obwohl er mich mit Worten von sich stieß, wusste ich, das Gegenteil war der Fall. Und mit meinem Verhalten *hatte* ich ihm wehgetan.

»Und was geschah vor meiner Abwehrreaktion? Habe ich dich abgewiesen? Oder habe ich deinen Kuss erwidert?«, forderte ich ihn heraus.

Er zuckte mit den Schultern. »Ich nehme an, du bist am Ende zur Besinnung gekommen.«

»Es. Geht. Nicht. Um. Dich.« Ich betonte jedes einzelne Wort. »Als du meinen Hintern umfasst hast, bin ich in alte Erinnerungen verfallen. Blitzartig zuckten Szenen aus meiner Vergangenheit vor mir auf. Es hatte nichts mit *deinem* Körper zu tun. Es ging um *meinen.*«

»Dein Körper ist perfekt, Ruby«, polterte Jett.

»Oh, glaubst du das?« Meine Stimme wurde lauter und meine Angst größer, doch es war bereits viel zu spät, um irgendetwas zurückzuhalten. Jett musste verstehen, warum ich so reagiert hatte. »Ich habe selbst ein paar Narben. Die meisten sind psychologischer Natur, doch es gibt auch einige sichtbare.«

Ich ging zu ihm hinüber und hob langsam mein Kleid bis zur Taille, drehte mich herum und schob den schwarzen Slip hinunter, sodass er schließlich verstehen würde, was ich versuchte, ihm zu erklären. Ich hatte nicht die richtigen Worte finden können und mir gedacht, eine Veranschaulichung würde schneller zu Klarheit führen. Jett sog laut die Luft ein, dann herrschte Stille.

Ich wusste, er sah gerade die Überbleibsel der Prügel, die ich während meiner Kindheit und Jugend eingesteckt hatte.

»Als du nach meinem Hintern gegriffen hast, *bin* ich ausgeflippt, aber nicht wegen dir«, erklärte ich. »Die alten Male sind noch sichtbar, doch die Wunden auf meiner Seele sind viel schlimmer. Mein Onkel hat mich belästigt, Jett. Und jedes Mal, wenn er mich angefasst hat, schlug er mich und sagte, es sei alles meine Schuld. Jetzt beginne ich langsam zu verstehen, dass er nicht *mich* schlug, sondern seine eigenen Dämonen. Es hat in der Grundschule begonnen und wurde immer schlimmer. Er schien eine Schwäche für Hintern zu haben und wenn er mich betatscht hat, tat es weh, besonders als ich noch jünger war.«

Ich ließ den Saum meines Kleides fallen und setzte mich wieder in meinen Sessel, mein Gesicht hochrot vor Scham.

Ich erinnerte mich daran, dass *er* sich hätte schämen sollen und nicht *ich*, doch ich versuchte immer noch, das vollkommen zu verinnerlichen.

»Erzähl mir alles«, knurrte Jett.

Ich senkte den Kopf, nahm mein Weinglas vom Tisch und spielte damit. Ich war vielleicht nicht in der Lage, Jett ins Gesicht zu blicken, doch ich würde vollkommen ehrlich zu ihm sein. »Ich habe es niemals meinen Eltern erzählt. Mein Onkel drohte mir, meine Eltern würden alles verlieren, falls ich es ihnen erzählte. Und ich war nicht wirklich alt genug, um zu verstehen, dass man ihnen mehr als die halbe Teilhaberschaft hätte wegnehmen müssen, um sie zu ruinieren. Damals wusste ich lediglich, dass ich fürchterliche Angst hatte, meiner Familie könnte etwas zustoßen. Als ich älter wurde, war ich wahrscheinlich bereits darauf programmiert, ihm zu glauben.«

»Mein Gott!«, explodierte Jett. »Wie konnte so etwas geschehen, wenn deine Eltern in der Nähe waren?«

»Als sie noch lebten, geschah es nur, wenn er mich allein erwischen konnte, und das versuchte ich zu verhindern. Doch da meine Eltern nichts von der Sache wussten und mein Onkel, abgesehen von meiner Großmutter, unser einziger naher Verwandter war, kam es doch gelegentlich dazu, dass ich mit ihm alleine war. Manchmal bekam er jedoch monatelang keine Gelegenheit. Doch das spielte keine Rolle, denn er behielt *immer* die Kontrolle. Ich hatte *ständig* Angst vor dem nächsten Mal.«

»Kein Kind sollte jemals so leben müssen«, ächzte er. »Was geschah, nachdem deine Eltern gestorben waren, Ruby?«, fragte er mit rauer Stimme.

Ich schauderte, als ich mich an den Vorfall erinnerte, der mich gezwungen hatte wegzugehen. »Er begann, über das Begrapschen hinauszugehen, nachdem meine Eltern gestorben waren. Schließlich *musste* ich gehen, weil er versucht hat, mich zu vergewaltigen, Jett. Ich konnte ihm entkommen, aber ich wusste, ich konnte niemals zurückgehen.«

Ich sah eine Träne auf mein Kleid tropfen und als ich meine Hand an mein Gesicht hob, merkte ich, dass meine Tränen *in Strömen* flossen. Ich hatte gedacht, ich hätte mich längst ausgeheult, denn während der Therapiestunden der letzten Wochen hatte ich mein Herz zur Gänze ausgeschüttet. Offensichtlich lag ich falsch.

»Hast du mit Annette über all das gesprochen?«, erkundigte sich Jett.

»Zuerst nicht. Doch nach und nach habe ich alles mit ihr besprochen. Es ist nicht leicht, meine Erlebnisse jemandem anzuvertrauen. Du und Dr. Romain seid die Einzigen, die etwas davon wissen.«

Ich hatte gesehen, dass Jett sich aus meinem Blickfeld heraus bewegt hatte, daher war ich nicht überrascht, als ich plötzlich seine beruhigende Stimme über mir hörte: »Sieh mich an, Ruby!«, verlangte er in überzeugendem Tonfall.

Ich warf meine Haare zurück und hob den Kopf, um ihm endlich ins Gesicht zu blicken.

Seine Miene spiegelte Myriaden von Gefühlen wider, von Besorgnis bis Wut.

Er streckte die Hand aus und ich ergriff sie ohne Zögern. Er zog mich auf meine Füße, seine Augen fest auf mein Gesicht gerichtet.

»Ich möchte dich gern berühren, aber nur, falls du es auch willst«, sagte er in gleichbleibendem Tonfall.

Meinerseits war es mehr als nur ein *Wollen*; ich *gierte* danach.

Ich schlang ihm meine Arme um den Hals. »Ich habe dich niemals *nicht* gewollt«, gestand ich. »Versprich mir, was auch immer geschehen mag, du wirst wissen, dass es nicht an dir liegt. Ich trage eine große Last mit mir herum und es wird Zeit brauchen, das alles abzulegen.«

»Jetzt habe ich es verstanden«, erklärte er mit Bedauern. »Ich war einfach zu verstrickt in meine eigenen enttäuschten Gefühle, um deine Angst als solche zu erkennen. *Das* wird nicht wieder passieren.«

Ich bettete meinen Kopf an seine Schulter und er streichelte mir beruhigend über den Rücken. »Ich habe das hier vermisst. Ich habe es so sehr vermisst, deine Nähe zu spüren«, flüsterte ich. »Ich empfinde so viel, wenn ich mit dir zusammen bin, und ich will so viel. Aber dann übernehmen meine Dämonen die Kontrolle und ich stoße dich weg. Und ich war mir auch nicht sicher, wie ich darüber reden soll, bis ich mit Annette darüber gesprochen hatte.«

»Ich hätte dir Zeit lassen sollen«, bemerkte er.

»Du hast doch von all dem nichts gewusst«, erwiderte ich schlicht.

»Was empfindest du jetzt?«, wollte er wissen.

»Es tut weh, Jett. Ich möchte so viel mehr, aber ich weiß nicht, wie ich darum bitten soll. Alles ist so verwirrend. Ich habe nicht damit gerechnet, den Wunsch zu verspüren, von jemandem berührt zu werden, aber … dich will ich. Ich weiß nicht, ob du das Gleiche empfindest.«

»Ich habe die gleichen Gefühle. Mehr als du je wissen wirst.«

»Außerdem war ich mir nicht sicher, ob du mich noch würdest haben wollen, nachdem ich dir erzählt hätte, was mir widerfahren ist. Obwohl ich technisch gesehen noch Jungfrau bin, fühle ich mich doch irgendwie … beschmutzt.«

»Nicht, Ruby«, krächzte er mit rauer Stimme in mein Ohr. »Du bist perfekt. Nichts davon war jemals deine Schuld.«

»Ich glaube, ich beginne gerade zu verstehen, dass ich nur ein Objekt war. Für meinen Onkel war ich keine *Person* oder ein *Familienmitglied*. Ich war ein *Gegenstand*, der seinen kranken Geist in Versuchung geführt hat. Deshalb hat er mich danach geschlagen. Er musste jemandem die Schuld geben, also gab er sie mir.«

Ich konnte fühlen, dass Jett mich behutsam hin- und herwiegte, offensichtlich um mich zu trösten.

»Nie wieder, Ruby. Nie wieder«, wiederholte er, als ob es ein Schwur wäre.

»Ich bin frei, Jett. Du hast mir geholfen, mich selbst wiederzufinden. Ich kann dir nicht versprechen, dass ich nie wieder reflexartig reagiere, aber ich mache Fortschritte in meiner Heilung.«

»Du brauchst Zeit, mein Herz«, summte er.

»Und warum begehre ich dich dann so sehr? Warum verzehre ich mich so sehr nach dir, dass es wehtut?« fragte ich und erlaubte mir so, Jett meine Gefühle anzuvertrauen. »Ich will dir nahe sein.«

»Das will ich auch«, erwiderte er mit vor Gefühl rauer Stimme.

»Sieh mich noch einmal an, Liebes«, schmeichelte er.

Ich blickte auf, drehte aber den Kopf zur Seite.

»Sieh mich an, Ruby. Schau nicht weg! Wenn es dir auch nur im Geringsten unbehaglich wird, musst du es mir sagen.«

Ich stimmte mit einem heftigen Nicken zu.

Seine beruhigenden Hände glitten immer weiter über meinen Rücken hinunter, bis sie schließlich den Ansatz meines Hinterns streichelten. Mir stockte der Atem, doch ich hielt Blickkontakt mit ihm und erinnerte mich daran, dass ich von jemandem berührt wurde, dem ich vertraute, jemandem, der mir *niemals* wehtun würde.

Ich sah mit den Augen einer erwachsenen Frau und alles, was ich wahrnehmen konnte, war Jett.

Er ging sehr behutsam vor und als er dann schließlich mein Hinterteil zärtlich umfasste, fühlte ich mich vollkommen wohl.

»Dies ist ein Hintern, der hätte angebetet werden müssen, sobald du alt genug warst, deine Sexualität zu erkunden«, bemerkte er mit gequälter Stimme. »Du bist so süß, Ruby. Niemand hätte je etwas anderes mit dir tun sollen, als dich zu lieben. Das weißt du jetzt, oder?«

Ich nickte. »Rational verstehe ich das, aber ich war darauf programmiert, etwas anderes zu glauben. Ich dachte immer, es sei meine Schuld und dass ich etwas Böses getan hätte und solch eine Behandlung verdiente. Seitdem ich aber mit der Therapie begonnen und Bücher gelesen habe, weiß ich, dass das nicht so ist. Ich muss lediglich mein Gehirn anders programmieren und das wird nicht über Nacht zu bewerkstelligen sein.«

Ich versank in seinem wilden Blick und hatte noch nicht einmal bemerkt, wann er mein Kleid hochgezogen und seine Hände auf meine nackte Haut gelegt hatte.

Die Wahrheit war, ich wusste, es war Jett, und meine Angst verflog langsam vollkommen.

Ich *wollte*, dass er mich berührte.

Ich *wollte*, dass er mich wieder so küsste, als ob es keine andere Frau auf der Welt gäbe, die er begehrte.

Ich *wollte* … alles.

»Wirst du mir helfen?«, fragte ich, unfähig, das Verlangen in meiner Stimme zu unterdrücken.

»Bei allem, was du brauchst, Baby«, versprach er.

»Ich möchte, dass du mir dabei hilfst, meine Sexualität zu erkunden. Ich denke, ich bin weit zurückgeblieben. Ich hasste meinen Körper so sehr, dass ich mich noch nicht einmal selbst befriedigt habe. Ich habe keine Ahnung, wie sich Lust und ein Orgasmus überhaupt anfühlen.«

In seinen Augen flammte ein Feuer auf und er blickte mich ungläubig an. »Ruby, ich weiß nicht, ob das –«

»Bitte«, unterbrach ich ihn. »Ich weiß, du bist keine Jungfrau. Aber wenn ich es nicht mit dir tue, glaube ich nicht, dass ich es mit jemand anderem schaffe. Ich möchte lernen zu leben, Jett. Ich möchte nicht mehr zulassen, dass meine Vergangenheit definiert, wer ich bin. Ich will kein Opfer sein. Ich will eine begehrenswerte Frau sein.« Das Streicheln seiner Hand auf meinem nackten Hintern fühlte sich alles andere als unbehaglich an und ich konnte spüren, dass mein Körper mit einer Begierde auf ihn reagierte, die ich bis jetzt nicht gekannt hatte.

Sein Gesichtsausdruck wandelte sich zu einem Grinsen. »Ich möchte nicht lügen, Ruby. Ich mag Sex. Ich habe Sex *immer* gemocht. Und ich hatte auch keine Probleme damit, meine Sexualität zu erkunden, seit dem Zeitpunkt, an dem ich meinen Schwanz entdeckt habe und dass es sich gut anfühlt, damit zu spielen.«

Jett war unverfroren offen. Ihn darüber reden zu hören, wie er als Kind seine Sexualität erkundete, half tatsächlich.

»Dann kannst du mir helfen«, schloss ich.

»Da bin ich mir nicht so sicher.«

Ich hatte stets in Erwägung gezogen, dass Jett vielleicht einfach keinen Sex mit mir haben wollte. »Du willst mich nicht mehr«, stellte ich traurig fest.

Er schüttelte den Kopf. »Ich glaube nicht, dass ich jemals jemanden mehr begehrt habe als dich. Aber du bist eine Jungfrau, Ruby.«

»Ich verstehe. Es ist wahrscheinlich nicht sehr reizvoll, wenn ich dich nicht befriedigen kann.«

»Das ist mir vollkommen gleichgültig«, knurrte er. »Es geht mir darum, ob ich weiß, wie man einer Jungfrau Vergnügen bereitet. Und ob ich der Richtige bin, um dir deine Jungfräulichkeit zu nehmen.«

»Ich habe dich ausgewählt«, widersprach ich leise. »Und du kannst sie mir nicht nehmen, denn ich habe sie dir bereits angeboten.«

Er gab einen kurzen, kehligen Laut von sich, als er den Kopf auf meine Schulter neigte und sagte: »Dann helfe mir Gott, denn ich werde der Mann sein, der dich entjungfert.«

Jett

Ich wusste, ich war vollkommen und total aufgeschmissen. Für mich würde es kein Zurück mehr geben, sobald Ruby mein geworden wäre.

Ich hob den Kopf, mein Körper immer noch angespannt, als ich mich wieder auf die Couch setzte und Rubys weichen, fraulichen und willigen Körper auf meinen Schoß zog.

Es würde nicht *heute Abend* geschehen und vielleicht auch nicht in den *nächsten Wochen*.

Aber irgendwann *würde* Ruby Kent die Meine sein.

»Ich möchte dein Bein nicht quetschen«, sagte Ruby, während sie es sich bequem machte, dabei aber versuchte, nicht auf meinem lahmen Knie zu sitzen.

Mein Bein tat mir im Augenblick nicht einmal annähernd so weh wie mein geschwollener, gieriger Schwanz.

»Alles gut. Halt still!«, verlangte ich. Falls sie nicht aufhören würde, ihren wunderschönen Hintern an meinem Ständer zu reiben, würde es mir schwerfallen, geduldig zu sein.

Und Ruby würde mir alle Raffinesse abverlangen, die mir zur Verfügung stand.

Als Erstes wollte ich, dass sie sich wohlfühlte, wenn ich sie berührte, und sie ihre Intimsphäre mit mir teilte.

Danach würde ich improvisieren müssen.

Ich wusste lediglich, dass ich mir wünschte, sie möge mir vertrauen, und das würde nicht geschehen, wenn ich sie über das nächstbeste Möbelstück legen und ficken würde, bis mein verzehrendes Verlangen nach ihr befriedigt wäre.

Ich wünschte, ihr Onkel wäre noch am Leben und ich könnte ihm für all das, was er Ruby angetan hatte, einen qualvollen Tod bereiten. Aber jetzt ging es nicht um *mich*. Es ging um *sie*. Und was Ruby jetzt brauchte, war jemand, dem sie vertraute, und jemand, der sie umsorgte.

Und mit mir bekam sie beides.

Allein der Gedanke, jemand könnte ihr ein Haar krümmen, machte mich verrückt, daher konnte ich nicht einmal daran denken, was ihr als unschuldiges Kind angetan worden war.

Sie ist so verdammt hübsch!

Wenn ich ehrlich sein sollte, musste ich zugeben, dass ich bereits verloren gewesen war, als ich sie zum allererrsten Mal gesehen hatte. Und das hatte nicht nur daran gelegen, dass ihr wunderschöner Körper zur Schau gestellt worden war. Was mich bei meinen Eiern gepackt und sie gedrückt hatte, bis es schmerzte, war die Art, wie Ruby ihr Kinn in die Höhe gereckt hatte und *niemandem* ihre Gefühle hatte zeigen wollen. Sie hatte entsetzliche Angst gehabt, doch niemandem die Genugtuung gegeben zu wissen, wie verängstigt sie war.

Seit dem ersten Tag hatte ich ihren Mut bewundert, bis heute. Doch jetzt liebte ich außerdem ihre Intelligenz, ihren Humor und fast alles an ihr.

Sie hätte mir wahrscheinlich sagen können, ich solle mich verpissen, und ich hätte auch das geliebt. »Werden wir heute Abend Sex miteinander haben?«, fragte sie.

Ich liebte ihre neuentdeckte Offenheit und mein Schwanz war mehr als bereit, mit ihr zu schlafen. Doch mein Verstand war es *nicht*.

Ich legte meine Hand um ihren Hals und zog sie zu mir herunter, um die hinreißenden Lippen zu küssen, die mich den ganzen Abend gelockt hatten.

Ein kleiner Aufschrei der Lust vibrierte gegen meinen Mund und ich konnte nur noch daran denken, ihr Verlangen bis zum Wahnsinn zu treiben. Ich wollte sie stöhnen hören, während ich sie näher und näher zum Höhepunkt trieb.

Als ich ihren Mund freigab, sagte ich: »Wir werden langsam machen, Ruby. Jemandem Lust zu bereiten beinhaltet so viel mehr als nur ficken.«

Sie hatte keine Ahnung, wie gut sich ein Orgasmus anfühlen konnte, und ich wollte ihr alle Wege zeigen, wie sie dorthin gelangen konnte.

»Ich habe Bücher gelesen«, erklärte sie seufzend. »Aber die erklären nur die körperlichen Sachverhalte.«

»Du berührst dich immer noch nicht selbst?«, erkundigte ich mich.

»Nur ein paar Mal, seitdem ich bei dir bin. Ich habe das Gefühl, als ob mein Körper zu neuen Gefühlen erwacht, die ich niemals zuvor verspürt habe. Aber ich weiß nicht genau, was ich tun muss.«

»Kein Vorspiel in der Highschool? Nicht einmal ein bisschen küssen und rumfummeln?«

»So weit bin ich nie gekommen«, erwiderte sie unglücklich. »Ich war nicht der hübsche Cheerleadertyp, daher machten die meisten Jungs einen großen Bogen um mich. Und selbst wenn es nicht so gewesen wäre, bevor ich nicht sechzehn Jahre alt war, durfte ich mich nicht verabreden, und das war genau das Jahr, in dem meine Eltern gestorben sind. Und ehrlich, ich hatte kein Verlangen, irgendeinem männlichen Wesen nahe zu kommen, außer meinem Vater.«

Und wieder dachte ich an ihren Onkel, doch schnell verdrängte ich diesen Gedanken, sodass ich meine Aufmerksamkeit dorthin wenden konnte, wo sie gebraucht wurde – zu ihr.

Ruby rutschte von meinem Schoß herunter, presste ihren Körper jedoch an mich und legte ihren Kopf auf meine Schulter.

»Ich glaube, ich kann immer noch nicht verstehen, warum niemand bemerkt hat, dass du misshandelt wurdest. Es muss doch Anzeichen gegeben haben, Ruby.«

»Die Leute sehen nur, was sie zu sehen erwarten. Unser Haus lag außerhalb der Großstadt in einer kleineren Stadt. Mein Onkel war Experte im Manipulieren. Die meisten mochten ihn.«

Sie hatte recht. Missbrauch blieb oft unentdeckt. Seitdem ich Ruby kannte, hatte ich großen Wert darauf gelegt, mich näher damit zu beschäftigen. Ich war mir ziemlich sicher, dass Ruby sich in der Schule unauffällig verhalten hatte, und die Einzigen, die sie vielleicht hätten retten können, waren ihre Eltern – wenn sie davon gewusst hätten.

Unglücklicherweise hörte es sich so an, als ob Rubys Onkel ihr so große Angst eingeflößt hatte, dass ihre Familie zerbrechen und ihren Eltern ein Leid hätte geschehen können, falls sie es ihnen erzählt hätte.

Ich schlang meine Arme ganz fest um Ruby, froh, dass sie *meinen Weg* gekreuzt hatte, auch wenn es für sie traumatisch gewesen war. Ich wollte nicht einmal daran denken, wo sie vielleicht wäre, wenn ich sie nicht gefunden hätte.

»Jetzt bist du in Sicherheit«, erklärte ich, nachdem ich den großen Kloß in meiner Kehle heruntergeschluckt hatte.

Sie rieb sich an mir wie ein Kätzchen. »Ich weiß.«

Ruby hatte, ohne zu zögern, geantwortet und es beschämte mich zu wissen, dass sie sich mit mir sicher fühlte. Sie hatte so viel durchgemacht. Ich wusste nicht, ob ich so vertrauensvoll hätte sein können, wenn ich ein solches Leben hinter mir gehabt hätte.

»Wie viel Arbeit hast du morgen für mich?«, erkundigte sie sich.

»Ehrlich?«, fragte ich.

»Natürlich.«

»Nicht viel«, gab ich zu. »Shirley hilft mir, wenn es nötig ist. Ich habe viel zu tun, doch das meiste ist technischer Art. Ich habe dir den Job nur angeboten, um dich hierher zu bekommen. Ich wollte dir helfen, auf die Füße zu kommen und zu entscheiden, was du mit deinem Leben anfangen willst. Aber ich wusste, du würdest dich weigern, einfach so meine Hilfe anzunehmen.«

Stirnrunzelnd blickte sie zu mir auf. »Du hast mich angelogen?«

Verdammt! Ich mochte nicht glauben, dass ich mich tatsächlich schuldig fühlte, sie an der Nase herumgeführt zu haben, damit ich ihr hatte helfen können. »Ich habe die Wahrheit etwas gedehnt. Und ich konnte deine Hilfe tatsächlich gebrauchen, indem du für mich kochst. Ich bin ein miserabler Koch und Fastfood habe ich satt.«

»Ich weiß, ich war nicht gerade vernünftig, Jett. Aber es fällt mir schwer, irgendetwas anzunehmen. Ich möchte auf eigenen Füßen stehen.«

»Das verstehe ich«, antwortete ich. »Aber du musst lernen, dass du manchmal auf deinem Weg die Hilfe annehmen musst, die du brauchst, um dorthin zu gelangen, wo du im Leben hinkommen willst.«

»Du hast recht«, lenkte sie ein. »Hab Geduld mit mir. Ich bin es nicht gewohnt, dass jemand mir Hilfe anbietet.«

Wenn ich Ruby betrachtete, sah ich eine freundliche Seele, die misshandelt und so schlimm verletzt worden war, dass sie nicht mehr genau wusste, wer sie war. Doch innerhalb der kurzen Zeit, die wir miteinander verbracht hatten, hatte sie sich bereits verändert. Ruby korrigierte erstaunlich schnell die Fehler in ihrem Leben. Und das wollte ich nicht vermasseln. »Ich hätte dich nicht anlügen sollen«, entschuldigte ich mich. »Aber ich war ziemlich verzweifelt.«

»Nicht«, sagte sie und legte einen Finger auf meine Lippen. »Du bist ein guter Mann, Jett. Ich weiß, du lügst nicht ohne einen Grund. Du möchtest also, dass ich koche. Was noch?«

Ich zuckte mit den Schultern. »Der Rest wird sich ergeben.«

»Ich würde wirklich gern einen Führerschein haben und mich für den Highschool-Abschluss anmelden.«

Ich nickte. »Das sollte an erster Stelle stehen. Was hast du schon immer sein wollen, Ruby? Falls du alles tun könntest, was du wolltest, was würdest du tun?«

»Ich glaube, darüber habe ich niemals richtig nachgedacht, weil ich schon immer Konditorin werden wollte.«

»Ich glaube, es gibt Konditorschulen hier«, mutmaßte ich.

Ruby schlug leicht auf meinen Arm. »Natürlich. Es gibt hier sogar ein paar gute.«

»Und ich rate dir definitiv, dich selbstständig zu machen«, erklärte ich ihr grinsend. »Für andere Leute zu arbeiten nervt.«

Sie verdrehte die Augen. »Sagt der Technikgigant, der so viel Geld besitzt, dass er nicht weiß, was er damit anfangen soll. Ich sollte vielleicht klein beginnen.«

Ich sagte ihr nicht, dass ich mehr als bereit war, ihr Partner zu sein, falls sie eine eigene Konditorei haben wollte. Verdammt, ich würde ihr eine Bäckerei kaufen. Doch ich wusste, das würde sie nicht akzeptieren. »Während du zur Schule gehst, kannst du herausfinden, was du tun willst. Du hast Zeit.«

»Auch wenn ich mich entscheide, eine Schule zu besuchen, werde ich arbeiten gehen«, stellte sie bestimmt fest.

»Du arbeitest für mich«, erinnerte ich sie.

»Ich muss anfangen, für mich selbst zu sorgen, Jett«, beharrte sie stur. »Und für dich zu kochen ist *keine* Arbeit. Schließlich muss ich auch essen. Und außerdem muss ich eine eigene Wohnung finden, sobald ich mein Erbe bekommen habe.«

»Das geht zu weit, Ruby«, knurrte ich.

Ich verstand, dass sie ihr Selbstwertgefühl stärken wollte, indem sie arbeitete und für sich selbst sorgte. Doch es war jetzt viel wichtiger für sie, zuerst ihre Ziele zu definieren.

»Na gut. Wir können später darüber reden. Stattdessen könnten wir Sex haben«, neckte sie mich.

»*Das* geht auch zu weit«, warnte ich sie.

»Aber küssen wirst du mich?«

Jeder Muskel in meinem Körper spannte sich an, als ich ihren lüsternen, hoffnungsvollen Gesichtsausdruck sah.

Ich hatte keine Chance, Nein zu sagen.

Kapitel 18

Ruby

Ich wurde immer dreister.

Denn ich verzehrte mich nach ihm.

Ich hielt den Atem an, bis Jetts Mund sich auf meinen senkte und jede einzelne Zelle meines Körpers Feuer fing.

Jett *küsste* mich nicht einfach nur. Alles, was er berührte, *gehörte* ihm. Ich versank in seiner Wärme und öffnete mich ihm, denn ich wollte alles, was er mir zu geben bereit war.

Er verschlang mich wie ein Mann, der viel zu lange hungrig gewesen war, und ich empfand die gleiche Begierde, als ich ihm meine Arme um den Hals legte.

Er musste mir *etwas* geben, denn mein Körper zwang mich, nach mehr zu suchen.

Hitze flutete zwischen meine Schenkel und irgendetwas in mir zog sich zusammen, bettelte um etwas schwer zu Fassendes, das ich nicht verstand.

»Jett«, keuchte ich, als er meinen Mund freigab und an der empfindlichen Haut meines Halses zu knabbern und zu lecken begann.

Ich ließ mich auf die Couch zurückfallen und er legte sich neben mich und kam dann mit einer so starken Präsenz über mich, dass ich mir noch verzweifelter wünschte, er würde mein schmerzvolles Verlangen stillen.

»Ich brauche …«, wimmerte ich und meine Stimme brach, weil ich nicht genau wusste, was ich brauchte.

»Ich weiß, was du brauchst, mein Herz«, sagte er mit heiserer Stimme neben meinem Ohr.

Ich erbebte, als seine Hand unter mein Kleid fuhr und an meinem Oberschenkel entlangglitt. Überall, wo er mich berührte, hinterließ er eine brennende Spur auf meiner Haut.

Ich fuhr beinahe aus meiner Haut, als seine Finger mein Höschen beiseiteschoben und die feuchte Stelle zwischen meinen Beinen fanden.

»Schau mich an, Ruby!«, verlangte er.

Ich hatte überhaupt nicht bemerkt, dass ich meine Augen geschlossen hatte, und als ich sie jetzt öffnete, blickte ich ihm direkt in die stählernen Augen.

»Schau nicht weg! Ich möchte, dass du dir bewusst bist, mit wem du zusammen bist, und nicht an die Vergangenheit denkst.«

Jede Berührung, jedes Wort, das er sprach, war so intensiv, dass ich glaubte, mein Verstand könnte nicht von *irgendetwas* anderem abgelenkt werden. Das konnte überhaupt nicht geschehen. Er war wie von Jett hypnotisiert.

»Zeig mir, was ich brauche!«, bettelte ich.

»Das hier«, ächzte er.

Ich stöhnte, als ich spürte, wie seine kräftigen Finger über meine Klitoris glitten. »Oh Gott«, wimmerte ich.

»Schließe deine Augen nicht!«, verlangte er.

Instinktiv wollte ich mich in die sinnliche Welt flüchten, die er erschuf, daher fiel es mir schwer, mich weiter auf sein Gesicht zu konzentrieren.

Seine Berührungen waren zärtlich, aber fordernd. Er erforschte mich und meine Beine spreizten sich, still um mehr bettelnd.

Mein Körper war unruhig, suchte nach etwas außerhalb meiner Reichweite, daher hob ich meine Hüften an und rieb mich heftig gegen seine plündernden Finger.

»Ich glaube, du solltest mich ficken«, schlug ich atemlos vor.

»Nein, das sollte ich nicht«, antwortete Jett mit rauer Stimme. »Vertraust du mir, Ruby?«

»Ja«, wimmerte ich und spürte, dass ich vor Begierde zitterte. Ich hatte Glück, dass Jett sich beinahe um alles kümmern konnte, einschließlich des Feuers, das er in mir entzündet hatte.

»Dann schließe deine Augen, erinnere dich daran, dass ich hier bei dir bin, und gestatte dir, dich ganz deinen Gefühlen hinzugeben. Denke an nichts, außer an deine Lust.«

Meine Augen schlossen sich und ich dachte, wenn seine Berührungen etwas weniger intensiv wären, würde mein Körper vielleicht weniger schmerzen.

Aber so war es nicht.

Ich fiel in eine Dunkelheit, die mich den Wahnsinn noch mehr spüren ließ. Sein Streicheln wurde dreister und härter und gab mir den heftigeren Druck, von dem ich instinktiv wusste, dass ich ihn brauchte.

»Bitte!«, schrie ich auf.

»Entspann dich!«, sagte er leise. »Gib dich einfach deinen Gefühlen hin.«

»Ich fühle zu viel«, keuchte ich.

»Weil es neu für dich ist. Es ist nicht zu viel. Du bist feucht und bereit zu kommen.«

Ich spürte, wie er mit einem seiner Finger in mich eindrang, und gab einen keuchenden Laut von mir. Ich begann, meinen Kopf frustriert hin und her zu werfen.

»Du bist so eng, Liebes«, stellte er leise fest.

Ich stöhnte laut auf und schob ihm drängend meine Hüften entgegen.

Ich war mir nicht sicher, wie lange ich die Lust und die stürmischen Gefühle noch aushalten konnte, die er in mir hervorrief.

Jetzt zog er sich zurück und konzentrierte sich ganz auf das kleine Nervenknötchen, das um seine Aufmerksamkeit bettelte.

Härter.

Schneller.

Und so überwältigend, dass ich spürte, wie sich das harte Knäuel in meinem Bauch aufzulösen begann, geradewegs zwischen meine Schenkel schoss und dort die schmerzhafte Begierde verstärkte, die beinahe unerträglich wurde.

»Ja, ja, bitte«, drängte ich ihn schamlos.

Mein Körper begann zu zucken und ich spürte nichts als Lust, die in Wellen über meinen ganzen Körper wogte, während ich hilflos versuchte, nicht den Verstand zu verlieren.

»Jett!«, schrie ich auf, als ich eine Art Gipfel erreichte.

Sein Mund fiel über meinen her, als ob er meine Befriedigung schlucken wollte. Ich küsste ihn wild, als mein Körper begann, sich aus den Höhen hinab zu schwingen. Niemals wieder wollte ich meinen wunderschönen Mann gehen lassen.

Ich keuchte immer noch, als er schließlich seine Hand von mir nahm.

Ich beobachtete, wie er seine Finger einen nach dem anderen in den Mund steckte und seine Fingerspitzen ableckte.

»Eines Tages werde ich deine Muschi schmecken und jeden einzelnen süßen Tropfen auflecken«, erklärte er barsch, während er mir tief in die Augen blickte.

Ich erbebte und mein Körper spannte sich schon wieder an. Ja, ich hatte von oralem Sex gehört. Ich war nicht ungebildet, was den menschlichen Körper betraf – nicht in der Theorie. Doch nach dem, was gerade mit mir geschehen war, konnte ich mir nicht vorstellen, wie intensiv eine solche Erfahrung sein würde.

Plötzlich wurde mein Mund trocken. Ich leckte über meine Lippen, bevor ich fragte: »Werde ich auch Gelegenheit haben, das Gleiche bei dir zu tun?«

Sein Blick wurde wild, als er antwortete: »Vielleicht. Einige Frauen mögen es nicht.«

»Ich denke, ich würde es lieben«, erwiderte ich gierig und fragte mich, wie es wohl sein würde, Jett Lust zu bereiten, bis er die Kontrolle verliert.

Er lächelte mich an und bettete uns gemütlich nebeneinander, die Gesichter einander zugewandt und seinen Arm fest um meine Taille geschlungen. »Baby, es gibt nicht viele Männer, die das ablehnen würden.«

»Ist es besser als Sex miteinander?«, erkundigte ich mich neugierig. Jetzt, da ich jemanden hatte, der über eine Fülle an Wissen verfügte und sich nicht schämte, offen über Sex zu reden, wollte ich alles wissen.

Er schüttelte leicht den Kopf. »Nicht besser. Lediglich anders.«

»Mit dir möchte ich alles ausprobieren«, gestand ich.

Er strich mir das Haar aus dem Gesicht. »Wir lassen es langsam angehen, Ruby. Und das ist nicht leicht, weil ich dich so sehr begehre, dass meine Eier ständig geschwollen sind. Aber ich muss das richtig machen. Hat dir das, was wir getan haben, Angst eingejagt?«

»Ich glaube, es ist lediglich eine reflexartige Reaktion, wenn ich mich für eine Sekunde beunruhigt fühle«, erklärte ich. »Ich glaube aber, dass ich mich so sehr danach sehne, mit dir zusammen zu sein, dass es vergeht, bevor ich es überhaupt bemerken werde. Ich möchte wissen, was ich verpasst habe und was herauszufinden ich wegen meiner Vergangenheit nie die Gelegenheit hatte. Und irgendwie weiß ich, dass ich das nur mit dir tun kann.«

Er fuhr sich, wie mir schien frustriert, mit einer Hand durchs Haar. »Nichts muss schnell gehen, Ruby. Und ich muss sicher sein, dass du mir sagst, wenn sich etwas falsch anfühlt.«

Ich lächelte ihn schelmisch an. »Was du gemacht hast, hat sich verdammt richtig angefühlt. Ich bedaure nur, dass du dabei zu kurz gekommen bist. Das scheint mir nicht fair zu sein.«

Ich wollte Jett auch Lust bereiten. Ich hatte mir meine Einführung in die Sexualität nicht vollkommen einseitig vorgestellt und außerdem wusste ich, wie es sich anfühlte, wenn man von Verlangen gequält wurde.

»Das wird irgendwann geschehen«, versprach er mir. »Und denke niemals, dass ich nichts davon habe, wenn ich dich meinen Namen schreien höre, wenn du kommst. Das befriedigt mich ungemein und ist verdammt gut für mein Ego.«

»Ich bin mir sicher, du wusstest bereits, dass du auf sexuellem Gebiet gut bist«, wandte ich trocken ein.

»So ist es«, stimmte er arrogant zu. »Aber es ist jetzt bereits eine Weile für mich her, Ruby. Seit meinem Unfall bin ich mit niemandem mehr zusammen gewesen.«

Ich runzelte die Stirn. »Warum nicht?«

»Lisettes Reaktion hat mein Selbstvertrauen gebrochen, denke ich. Ich wollte mich wegen meiner Narben nicht nackt zeigen. Und außerdem bin ich wegen meines Beins nicht mehr so athletisch, wie ich es früher war.«

Mein Herz schmerzte und wieder wünschte ich mir tatsächlich, Lisette wehzutun. »Ich wünschte, ich könnte ihr eine Ohrfeige verpassen«, sagte ich wütend. »Ehrlich, Jett. Ich verstehe, dass du ein wenig Selbstvertrauen verloren hast, aber du bist immer noch umwerfend attraktiv, durchtrainiert wie ein männliches Model und in unglaublich gutem körperlichen Zustand, dein Bein ausgenommen. Wen kümmern schon ein paar Narben, wenn du einer Frau so viel zu bieten hast? Du bist etwas Besonderes. Du hast gesagt, Lust zu finden ist weit mehr als nur ficken. Ich glaube nicht, dass viele Männer so denken.«

Jett lachte leise und küsste mich auf die Stirn. »Du tust meinem Ego gut, Aschenputtel«, erwiderte er mit einer vor Humor überquellenden Stimme.

»Du solltest eigentlich bereits ein gesundes Selbstvertrauen besitzen, und zwar in *allem*«, beharrte ich. »Du hast alles, was sich eine Frau nur wünschen kann, und ich spreche nicht von all deinem Geld. Das ist lediglich ein Bonus.«

»Die meisten Frauen denken aber nicht so wie du«, wandte Jett ernster ein. »Nicht in meiner Welt.«

»Dann musst du dir *eine andere Welt* suchen, denn ich glaube, deine ist voller oberflächlicher Dummköpfe«, erklärte ich überschwänglich.

Ich konnte mir nicht vorstellen, dass eine Frau Jett betrachten konnte, ohne ihn zu begehren.

Er grinste mich an. »Ich denke, ein paar gute Frauen gibt es, wie Dani und Harper. Sie haben jedoch nie wirklich in unserer Welt gelebt. Harper geht ihrem Beruf nach und baut im ganzen Land Obdachlosenheime und verschenkt ihre Fähigkeiten als Architektin, und wie Dani ist, weißt du ja.«

»Hast du Lisette geliebt?«, fragte ich. Ich wusste zwar, dass ich ihm diese Frage schon einmal gestellt hatte, doch ich hoffte, jetzt eine fundiertere Antwort zu erhalten.

»Ich dachte, ich hätte sie geliebt«, erklärte er nachdenklich. »Doch wenn ich unsere Beziehung rückblickend betrachte, hat sie so ziemlich alles nach ihren Vorstellungen gestaltet. Und ich habe es einfach akzeptiert. Ich besuchte Verlobungen und Veranstaltungen, die sie für wichtig erachtete, und erst jetzt erkenne ich, dass wir beinahe keinen Moment allein verbracht haben. Ich glaube nicht, dass wir uns jemals wirklich kennengelernt haben. Ich habe mich niemals mit jemand anderem getroffen und als sie andeutete, es sei an der Zeit zu heiraten, nahm ich das einfach als gegeben hin. Ich war ständig so beschäftigt mit der ehrenamtlichen Arbeit für die PRO und meinem Anteil am Wachstum des Unternehmens. Ich denke, ich habe meine Beziehung nie in Frage gestellt, weil ich mich an Lisette gewöhnt hatte. Jetzt wundere ich mich allerdings, warum ich niemals bemerkt habe, dass sie mir nicht einmal gesagt hat, dass sie mich liebt.«

Mein Herz zog sich schmerzhaft zusammen. »Ich weiß, sie hat dir wehgetan, aber ohne sie bist du so viel besser dran«, tröstete ich ihn und streichelte zärtlich sein Kinn. »Du kannst dein Ego wiederaufbauen.«

»Ich glaube, das wirst du für mich tun, Aschenputtel«, sagte er lachend.

»Und ich werde es solange tun, bis du genauso über dich denkst wie ich.«

Er zog eine Braue in die Höhe. »Ich glaube nicht, dass ich jemals ein Stück aus meinem eigenen Hintern beißen möchte.«

Ich lachte fröhlich auf, bevor ich erwiderte: »Aber du musst wissen, dass du nur das Beste verdienst.«

»Ich wünschte, das wüsstest du auch«, gab er zurück. »Dann würdest du vielleicht nicht mehr über Dinge streiten, die du im Moment dringend brauchst.«

»Ich arbeite daran«, sagte ich. »Ich bin es einfach gewohnt, allein für mich zu kämpfen. Es fällt mir schwer, Jett. Ich habe lange Zeit das Gefühl nicht gekannt, etwas verdient zu haben.«

»Aber praktisch gesehen bist du vorerst die Meine«, stellte er nachdenklich fest. »Würde es dir auch so schwerfallen, wenn wir ein richtiges Paar wären?«

Wenn Jett mir gehören würde, würde ich mich wie die glücklichste Frau auf Erden fühlen. »Aber wir sind nicht wirklich ein Paar.«

»Wir könnten es aber sein«, schlug Jett vor. »Und ich würde mich viel besser fühlen, in sexueller Hinsicht dein Lehrer zu sein, wenn wir versuchen würden, eine Beziehung aufzubauen. Ich mag dich, Ruby. Ich möchte mit dir als Paar zusammen sein. Du musst lediglich *Ja* sagen. Ich habe keine Ahnung, wohin das alles führen wird, aber wir haben mehr als andere Paare. Wir fühlen uns zueinander hingezogen und wir sind Freunde.«

Ich sah den Ernst in seinen hinreißenden Augen. »Das kannst du doch unmöglich ernst meinen.«

»Niemals ist mir etwas ernster gewesen«, widersprach er. »Ich schätze unsere Freundschaft, doch ich denke, wir wollen beide mehr. Lass uns einfach zusammen herausfinden, wie viel mehr.«

Nicht in einer Million Jahren hätte ich mir vorstellen können, dass Jett versuchen wollte, eine richtige Beziehung mit *mir* einzugehen. »Ich möchte dein Freund sein. Aber außerdem möchte ich dir nahe sein«, erwiderte ich ehrlich.

»Dann sei die Meine«, erklärte er eindringlich. »Wenn wir zusammen sind, macht es auch mehr Sinn, dass ich alles tue, um dir zu helfen, und andersherum. Das ist doch das, was Paare tun, oder?«

Er *war* doch schon einmal Teil eines Paars gewesen und ich fand es traurig, dass er diese Frage stellen musste.

»Was würdest du dabei gewinnen?«, erkundigte ich mich mit zitternder Stimme.

»Das ist leicht zu beantworten«, entgegnete er schnell. »Ich würde *dich* bekommen.«

»Eine obdachlose Frau ohne Zukunft, die noch nicht einmal einen Abschluss hat?«

»Rede nicht so«, sagte er wütend. »Ich würde die tapferste, schönste, intelligenteste und talentierteste Frau bekommen, die ich je kennengelernt habe. Mach dich wegen deiner Lebensumstände nicht selbst runter, Ruby. Das bist du nicht. Die Obdachlosigkeit war nicht deine Schuld. Ich bewundere deinen außerordentlichen Mut. Du hast nicht aufgehört zu kämpfen, weil niemand für dich da war. Aber jetzt bin ich hier. Und ich werde nirgendwo hingehen.«

Genau in diesem Augenblick erkannte ich, dass ich total, vollkommen und unwiderruflich in Jett Lawson verliebt war. Vielleicht war ich ihm schon länger verfallen gewesen, doch jetzt *fiel* ich nicht mehr. Ich war mit einem *Knall* gelandet und das Wissen, dass er immer der Mann sein würde, den ich begehrte, hatte mich wie mit einem Hammer auf den Kopf getroffen.

Und der Gedanke machte mir entsetzliche Angst.

»Was auch immer jetzt durch deinen wunderschönen Kopf schwirrt, befreie dich davon! Du siehst verängstigt aus«, knurrte Jett.

»Das bin ich auch«, gab ich zu. »Viel mehr als alles, was ich mir je gewünscht habe, möchte ich *Ja* sagen. Aber du spielst weit außerhalb meiner Liga.«

»Ja, also gut, ich glaube, da geht es mir mit dir genauso. Trotzdem frage ich dich.«

»Werden wir dann eine richtige Beziehung miteinander haben?«, fragte ich, da ich immer noch nicht verstand, warum er mich eigentlich wollte. Ich war inzwischen mehr als bereit, mit ihm Sex zu haben.

»So richtig, wie sie nur sein kann«, antwortete er mit fester Stimme. »Sag Ja, Ruby. Was haben wir zu verlieren?«

Mein Herz. Ich könnte mein Herz verlieren.

Ich holte tief Luft und erinnerte mich daran, was ich bis jetzt in meiner Therapie gelernt hatte.

Meine Realität entspricht nicht dem, was andere Menschen denken oder sehen. Sie ist aufgrund meiner Vergangenheit verzerrt.

Während ich darum kämpfte, mich nicht als den vollkommenen Versager zu sehen, der nichts Gutes verdiente, betrachtete mich Jett offensichtlich vollkommen anders.

Und Gott, wie gern wollte ich die Frau sein, die er jeden Tag sehen wollte.

Mein Glück lag zum Greifen nah. Ich musste nur die Hand ausstrecken. Das Problem bestand lediglich darin, dass ich es nicht wieder verlieren wollte. Ich wäre am Boden zerstört.

Er ist es wert.

Ich seufzte, als ich dem Mann, der mein Leben verändert hatte, ins Gesicht blickte.

So viel Angst ich auch haben mochte, wenn ich nicht versuchen würde, unsere Beziehung Realität werden zu lassen, würde ich es immer bereuen, das wusste ich.

»Ja«, stimmte ich schließlich begeistert zu.

»Du wirst es nicht bereuen«, rief Jett wild aus. »Ich werde alles in meiner Macht Stehende tun, um dafür zu sorgen, dass du niemals bereuen musst, mich gewählt zu haben. Und ich werde glücklich sein, dass du nicht mehr darüber streiten kannst, dass ich dir die Sachen kaufe, die du brauchst.«

»Ich denke nicht, dass das zu unserer Abmachung gehört«, erklärte ich eilig.

Zärtlich strich er mir eine Locke aus dem Gesicht. »Ruby, wenn du zu mir gehörst, teilst du mein Leben. Es wird ein Geben und Nehmen sein. Es geht gegen meine Natur, eine Frau zu haben und ihr nicht alles zu geben, um ihr Leben leichter zu machen.«

Ich seufzte. »Ich weiß«, lenkte ich ein. »Aber es ist nicht wirklich fair, weil ich nicht viel zu geben habe, außer mich selbst. Jedenfalls noch nicht.«

Irgendwann würde mir meine Erbschaft zur Verfügung stehen, aber bis jetzt hatte ich keinen einzigen eigenen Cent.

»Mehr will ich doch nicht«, antwortete er. »Ich denke, in einer guten Beziehung geht es hin und her. Ich kann dir garantieren, dass es in der Zukunft Zeiten geben wird, in denen ich dich mehr brauchen werde als umgekehrt. Und dann wirst du deine Chance bekommen, für mich da zu sein. Aber im Moment, lass einfach mal unserem neuen Leben seinen Lauf!«

Es fiel mir schwer, mir eine Zeit vorzustellen, in der Jett nicht der Stärkere in unserer Beziehung wäre. Doch ich wollte alles tun, um seine Worte wahr werden zu lassen. Ich würde für meinen Erfolg kämpfen und all das zurückgeben, was er mir an Gefühlen entgegengebracht hatte.

Ich schenkte ihm ein zartes Lächeln. »Ich denke, ich bin bereit.«

Er grinste. »Dass ich es bin, weiß ich längst«, erklärte er, bevor er unsere Abmachung mit einem verwirrenden Kuss besiegelte, der für den Rest der Nacht alle negativen Gedanken aus meinem Kopf wischte.

Kapitel 19

Ruby

»Oh mein Gott, Ruby. Die sind unglaublich«, rief meine neue Freundin Lia aus, nachdem sie in eins meiner Gebäckstücke gebissen hatte.

Die letzte Woche war die glücklichste und aufregendste meines Lebens gewesen. Nach einigen Tagen des Lernens und Unterrichts von Pete war ich zu meiner Fahrprüfung angetreten und hatte sie bestanden. Jetzt verfügte ich also über einen gültigen Führerschein.

Ich hatte gerade einen mörderisch anstrengenden Tag hinter mir, denn ich hatte die Tests für meinen Highschool-Abschluss absolviert und hoffte, gut genug gewesen zu sein, um einige Kurse am College belegen zu können.

Und ich hatte zwei neue Freunde gefunden, die Inhaber von *Indulgent Brews*, Lia und Zeke. Einen Tag nachdem Jett und ich das neue Kapitel in unserer Beziehung begonnen hatten, war ich in das Café gegenüber von Jetts Wohnung gegangen und hatte mit Lia eine Unterhaltung begonnen, während ich meinen Latte trank. Obwohl der Laden eher bekannt für seinen guten Kaffee war, hatte sie kürzlich beschlossen, Kuchen versuchsweise mit ins Angebot zu nehmen, was sich laut Lia als gewaltiger Fehlschlag herausgestellt hatte. Ich hatte ihr gesagt, ich könne helfen, ein besseres Angebot zu entwickeln, und hatte ihr einige meiner eigenen Kreationen vorbeigebracht, um ihr dabei zu helfen, ein Gefühl dafür zu bekommen, was sie wollte.

Lia hatte gerade die Mohntörtchen mit Orangenglasur verputzt und ging jetzt zu den Schokoladen-Karamell-Brownies über.

Ich hatte versucht, ihr verschiedenes Gebäck zu bringen, von dem ich dachte, es passe zu ihrem Kaffee und in ihren Laden. Was sie im Moment anbot, waren eher kleine süße Häppchen, die nicht wirklich für den Tag vorhielten. Und meiner Meinung nach waren sie einfach nicht groß genug. Wenn ich einen Kaffee trank, wollte ich ein Stück Kuchen dazu essen, das mich bis zur nächsten Mahlzeit sättigte. Ich bevorzugte etwas Gehaltvolleres als diese kleinen Häppchen.

»Ich brauche diese hier«, stöhnte Lia, während sie sich ihre Finger ableckte und dann losging, um sich die Hände zu waschen, nachdem sie den riesigen Brownie vertilgt hatte.

»Ich denke, ich kann dir helfen, den richtigen Lieferanten zu finden«, sagte ich. Ich kannte zwar nicht alle Konditoreien in Seattle, doch ich konnte mich durcharbeiten, bis ich die richtigen Produkte gefunden hätte.

Sie warf ihr Papiertuch in den Mülleimer und drehte sich zu mir herum. »Ich will *deine* Kuchen.«

Lia war eine hübsche, zierliche und kurvenreiche Blondine, die es liebte, sich mit ihren Kunden zu unterhalten. Normalerweise war ich nicht sehr gesellig, denn ich hatte nie ein sonderlich soziales Leben geführt. Doch Lias Nähe gab jedem ein behagliches Gefühl.

Als Teenager hatte ich es geliebt, mit den Lieferanten zu reden und meiner Mutter zu helfen, die Produkte zu bekommen, die sie brauchte.

»Ich bin nicht wirklich professionell«, wandte ich eilig ein.

»Dein Talent spricht für sich«, widersprach sie, während sie mich nicht aus den Augen ließ. »Als ich nach dem richtigen Gebäck gesucht habe, habe ich eine Menge davon gegessen, aber keins hat mir *so gut* geschmeckt wie deines.«

»Ich hatte eine gute Lehrerin«, erklärte ich. »Aber ich habe niemals eine Konditorschule besucht.«

»Es spricht einiges für natürliches Talent und eigene Erfahrung. Lass uns einen Vertrag aufsetzen«, versuchte sie, mich zu überzeugen.

»Verträge aufsetzen ohne mich?«, erklang eine männliche Stimme von der Türschwelle des kleinen Küchen- und Lagerraumes.

»Zeke!«, rief Lia aus. »Ich habe unser Gebäck gefunden.«

Ich beobachtete, wie Lias Partner und Freund das Lokal betrat. Zeke wirkte unglaublich attraktiv in seinem dunklen Anzug und der Krawatte, die sein normalerweise hellbraunes Haar heller erscheinen ließen.

Es war schwer zu glauben, dass Lia und Zeke kein Paar waren. Sie scherzten und lachten miteinander, als wären sie seit ewigen Zeiten zusammen. Aber Lia wollte einen anderen Mann heiraten, weshalb nichts Romantisches zwischen den beiden ablief, obwohl ich bemerkte, dass Zeke Lia ansah, als ob er sie anbetete.

Er schlenderte zu uns herüber und spähte in die Schachtel, die ich mitgebracht hatte. »Zwei fehlen bereits«, bemerkte er und nahm eine Zimtrolle heraus, das Einzige, das noch übrig geblieben war.

»Du kannst dich glücklich schätzen, dass ich nicht auf Zimt stehe«, neckte sie ihn. »Denn sonst wäre die Zimtrolle auch nicht mehr da.«

Zeke nahm einen großen Bissen und schluckte ihn hinunter, bevor er feststellte: »Ich bin an Bord. Wo können wir die bekommen?«

»Ruby stellt sie her. Ich versuche gerade, sie zu überreden, für uns zu backen.«

»Die sind wirklich gut, Ruby. Ich hoffe, du bist einverstanden«, sagte Zeke mit einem charmanten Lächeln.

»Ich habe Lia gerade erklärt, dass ich keine professionelle Konditorin bin.«

»Es zählt nur, was aus dem Ofen herauskommt«, wandte Zeke ein, nachdem er die Zimtrolle vollkommen verspeist hatte. »Und diese hier war perfekt.«

»*Alles* war perfekt«, fügte Lia hinzu.

»Da ich dich kenne, nehme ich an, Ruby kommt hier nicht raus, bevor sie sich nicht einverstanden erklärt hat«, neckte Zeke seine Partnerin.

»Du kennst mich gut«, erwiderte Lia.

»Ich kann nicht bleiben«, wandte Zeke ein, während er sich in die Küche begab. »Ich bin nur vorbeigekommen, um mein Handy zu holen, das ich heute Morgen hier vergessen habe.«

Ich erkannte Enttäuschung in Lias Miene. Sie war offensichtlich in ihren Geschäftspartner vernarrt. Zeke hatte jedoch einen Beruf und Lia hatte mir erzählt, dass er der stille Teilhaber war, der sein Kapital in das Café gesteckt hatte, während Lia den Laden betrieb. Aber für einen stillen Teilhaber schien sich Zeke bemerkenswert *oft* im Laden aufzuhalten.

»Nett, dich gesehen zu haben«, verabschiedete sich Zeke. »Und mach doch bitte weiter diese Zimtrollen für mich.«

Ich lächelte, als er durch die Hintertür verschwand. Er schien solch ein netter Mann zu sein.

»Er ist wirklich ein guter Partner«, stellte Lia wehmütig fest.

»Das ist er«, stimmte ich zu. »Es überrascht mich, dass ihr beide kein Paar seid. Und wie ist dein Verlobter so?«

»Oh, Stuart hat *nichts* mit Zeke gemeinsam«, erklärte sie und lehnte sich gegen den Tresen. »Stuart ist ziemlich organisiert. Er würde niemals sein Telefon vergessen. Er ist in jeder Hinsicht perfekt.«

Ehrlich, ich glaube, ich würde jemanden mit menschlichen Schwächen vorziehen, aber Lia fand offensichtlich Gefallen an der Perfektion ihres Verlobten. »Sind sie Freunde? Zeke und Stuart?«

»Oh Gott, nein. Stuart behauptet, Zeke sei dreist und lästig, aber er versteht Zeke nicht. Stuart hat so gar keinen Sinn für Humor und Zeke liebt es zu scherzen.«

»Ich glaube, dir gefällt das auch«, bemerkte ich.

»Nur mit Zeke«, erwiderte sie zögernd.

Lia war so lebhaft, dass ich kaum glauben mochte, dass es ihr nicht gefiel, mit dem Mann, den sie liebte, herumzualbern. Allerdings kannte ich sie nicht gut genug, um das zu beurteilen.

»Also, was dieses Kuchengeschäft anbelangt ...«, begann Lia.

»Zeke hat recht. Ich werde dich überzeugen müssen, uns diese Kuchen zu backen.«

Sie begann, über Details zu reden, und nannte mir einen Preis, der mir wie ein kleines Vermögen erschien.

»Lass mich darüber nachdenken«, erklärte ich, als sie mir ihren Plan dargelegt hatte. »Ich würde es wirklich gern tun, doch zuerst möchte ich mit Jett darüber reden.«

»Worüber möchtest du mit mir reden?«, erklang plötzlich Jetts Stimme von der Eingangstür. »Was auch immer du willst, du weißt, von mir wirst du immer ein *Ja* hören.«

Seufzend drehte ich mich herum und sah Jett an der Tür stehen. Er trug schwarze Jeans und ein grünes, durchgeknöpftes Hemd, das seine Augen noch heißer schimmern ließ, als sie es ohnehin taten.

»Alles in Ordnung?«, fragte ich, weil ich mich wunderte, warum er mich suchte.

»Jetzt ist alles gut. Ich habe mir nur langsam Sorgen gemacht. Es ist bereits nach sieben.«

Ich hatte Jett gesagt, ich würde noch ins Café gehen, wäre aber vor sechs Uhr zu Hause. »Es tut mir leid. Ich habe die Zeit vergessen.«

»Eigentlich«, schaltete sich Lia ein, »habe ich sie als Geisel hierbehalten, bis sie zugestimmt hat, ihre Kuchen für uns zu backen. Die sind unglaublich.«

Jett blieb vor mir stehen und küsste mich auf die Stirn. »Dem kann ich nur zustimmen. Und hast du es geschafft, ihre Einwilligung zu bekommen?«

»Bis jetzt noch nicht. Aber ich arbeite daran«, antwortete Lia.

»Sie braucht meine Zustimmung nicht«, erklärte Jett Lia. »Du musst also nur *sie* überzeugen.«

Lia strahlte ihn an und verschränkte ihre Arme. »Machen wir einen Probelauf?«, schlug sie vor. »Falls alles gut läuft, schließen wir den Vertrag ab.«

Ich nickte. »Also gut. Lass uns loslegen.«

Wir beschlossen, den Probelauf in der darauffolgenden Woche zu starten, und an ihrer Preisvorstellung hatte ich nichts auszusetzen.

Jett wartete geduldig, bis wir alle Einzelheiten besprochen hatten. »Ich bin stolz auf dich«, sagte er, als wir den Laden verließen. Gerade als wir hinausgingen, begannen Leute in das Café zu strömen, offensichtlich die Feierabend-Meute, vor der Mia mich bereits gewarnt hatte.

»Warum?«, hakte ich nach und ergriff seine Hand. Ich hatte mich immer noch nicht an Jetts ständige Komplimente gewöhnt, aber ich lernte, sie nicht mehr abzuwehren, wie ich es üblicherweise tat.

Die Therapie half mir dabei, durch die reale Welt zu navigieren und zu verstehen, dass meine eigenen negativen Gedanken und Selbstwahrnehmung mich sabotierten. Ich versuchte, alles zu tun, was ich konnte, um das zu ändern.

»Du hast keinerlei Geschäftserfahrung, trotzdem hast du es geschafft, einen Vertrag mit dem bekanntesten Café der Stadt abzuschließen«, erklärte er.

»Das war eine Art glücklicher Zufall«, wehrte ich ab.

»Spiel das nicht so runter, Ruby«, sagte Jett ernst. »Das ist ganz allein dein Verdienst. Du hast etwas gegeben, ohne zu erwarten, etwas zurückzubekommen. Du hast einfach nur versucht, Lia zu helfen. Dein Gebäck ist aber so fantastisch gut, dass es sich von allein verkauft. Das ist dein Verdienst, deine besondere Fähigkeit. Du solltest stolz auf dich sein.«

»Ich bin nervös«, gestand ich, während wir an der Ampel darauf warteten, die Straße überqueren zu können.

»Verständlich, obwohl du keinen Grund dazu hast. Du fabrizierst fantastische Sachen, die jeder haben will.«

»Ich werde deine Küche benutzen müssen«, warnte ich ihn. »Und ich werde ein paar Utensilien benötigen.«

»Da ich die Küche überhaupt nicht nutze, gehört sie ganz dir«, neckte er mich. »Und du kannst dein Bankkonto plündern oder aber ich kaufe dir alles, was du brauchst. Im Gegenzug kannst du mir von allem Gebäck eine Extraportion backen. Ich denke, somit schneide ich bei dem Geschäft am besten ab.«

Ich lächelte ihn an. Ich liebte es, wie er stets versuchte, es so aussehen zu lassen, als ob er der Gewinner wäre. »Ich nehme das Geschäft an«, stimmte ich lachend zu.

Die Ampel sprang auf Grün und wir überquerten die Straße. »Wie war der Test?«, erkundigte er sich.

»Ich denke, ich habe ganz gut abgeschnitten. Es schien nicht so schlecht. Es war einfach ein wirklich langer Tag.«

»Wie lange dauert es, bis die Ergebnisse freigegeben werden?«

»Sie sagten, sie würden wahrscheinlich am Abend eingestellt werden. Ich muss auf der Website nachschauen.«

»Wenn wir wieder oben in der Wohnung sind, werden wir gemeinsam nachschauen, aber ich möchte, dass du zuerst mit mir kommst«, sagte er geheimnisvoll, als wir den Aufzug betraten und er die Nummer für das unterirdische Parkhaus eintippte.

»Wohin gehen wir?«, fragte ich, bereit, ihn zu begleiten, wo immer er auch hingehen wollte.

»Das wirst du gleich sehen«, antwortete er mit einem schelmischen Grinsen.

Als wir das Parkhaus betraten, führte Jett mich ein Stückchen und blieb dann vor einem kleinen Geländewagen stehen, der brandneu wirkte. Ich bewunderte den prächtigen BMW, der eine dunkle, beinahe burgunderrote Farbe und innen eine luxuriöse beigefarbene Lederausstattung zu besitzen schien.

Jett griff in seine Tasche und reichte mir einen kleinen, schwarzen Gegenstand. Ich nahm ihn verwirrt entgegen. »Was ist das?«

»Der Schlüssel zu deinem neuen Wagen. Herzlichen Glückwunsch, Liebes.«

Ich betrachtete die Fernbedienung in meiner Hand und dann den wunderschönen BMW vor uns.

Und endlich zog mein Verstand die richtigen Schlüsse. »Er gehört mir?«, rief ich mit schriller Stimme.

»Ganz allein dir. Ich habe nicht zu viel Geld ausgeben wollen, weil ich wusste, du würdest das nicht mögen. Daher bin ich einen Kompromiss eingegangen. Der X3 hat im Sicherheitstest gut abgeschnitten.«

Ich öffnete den Mund, konnte aber nichts sagen. Schließlich klappten meine Lippen aufeinander wie bei einem Fisch auf dem Trockenen.

»Gefällt er dir?«, wollte Jett wissen.

Behutsam legte ich meine Hand auf die Motorhaube und streichelte das wunderschöne Fahrzeug. »Das ist zu viel«, stieß ich schließlich zwischen hyperventilierenden Atemzügen hervor. »Oh mein Gott. Das ist ein BMW!«

»Er ist nicht allzu teuer, Ruby. Und ich bezweifle, dass du meinen Bugatti fahren willst oder den Escalade, den ich für Bergtouren benutze. Und ich glaube auch nicht, dass Pete noch einmal die Limousine mit dir teilen will, nachdem du sie schon für deine Führerscheinprüfung benutzt hast.«

Ich wusste, er hatte wahrscheinlich recht. Pete hatte wie ein nervöses Wrack ausgesehen, als er mich zu meiner Prüfung begleitet und mir die Limousine geliehen hatte, die ich benötigte, um den geforderten praktischen Teil zu absolvieren.

Ich holte ein paar Mal tief Luft, um meine Atmung zu normalisieren und meinem Herz zu helfen, wieder in einem langsameren Rhythmus zu schlagen. »Er ist so wunderschön«, bemerkte ich, während ich langsam zur Tür ging und mit der Fernbedienung herumfummelte, um sie zu öffnen.

»Er ist sicher«, erklärte Jett. »Und zuverlässig.«

Endlich hatte ich die Fahrertür geöffnet und glitt hinein.

Der Wagen roch nach Leder und Luxus, was so weit außerhalb meiner Erfahrung lag, dass es beinahe berauschend auf mich wirkte. Ich liebkoste das weiche Leder und bestaunte jede Besonderheit.

»Wenn er dir nicht gefällt, tauschen wir ihn um«, bemerkte Jett, der in der geöffneten Tür stand. »Ich hätte dich fragen sollen, wollte dich aber doch zum Geburtstag überraschen.«

Ich hatte noch nicht einmal daran *gedacht*, dass ich Geburtstag hatte. Doch es rührte mich, dass Jett es gewusst und offensichtlich im Voraus dafür geplant hatte.

Ich kletterte aus dem Wagen und warf mich in seine Arme. »Er ist wunderschön«, stellte ich seufzend fest. »Ich liebe das Rot. Ich liebe die Größe. Ich liebe alles an ihm.«

»Warum weinst du dann?«, fragte er und schloss seine Arme fester um mich.

»Ich glaube, ich war einfach nur … überwältigt.«

Er streichelte über mein Haar, während er mir erklärte: »Du wirst ein Auto brauchen und dies ist tatsächlich ein Kompromiss für mich. Es ist ein preisgünstiges Fahrzeug.«

»Ein preisgünstiger *Luxusschlitten*«, verbesserte ich ihn, nicht wissend, ob ich lachen oder weinen sollte.

»Ich bin ein Mann, Ruby, und ich will wissen, dass meine Frau in einem sicheren Auto fährt. Schneid mir nicht wegen eines Wagens die Eier ab«, neckte er mich.

Ich begann, gegen seine Schulter zu lachen. Er hatte gewonnen. Auf keinen Fall würde ich ihm seine Eier abschneiden. Die wollte ich doch zu gern noch ausgiebig genießen.

Jett und ich hatten begonnen, in einem Bett zu schlafen, doch bis jetzt war er nicht darüber hinausgegangen, mich mit Berührungen zu befriedigen. Obwohl ich mich nach diesen intimen Zeiten mit ihm verzehrte, wollte ich so viel mehr.

»Danke«, murmelte ich. »Seitdem meine Eltern tot sind, habe ich keinen wirklichen Geburtstag mehr erlebt.«

»Ab jetzt wird es für dich keinen Geburtstag mehr geben, der kein besonderer Tag sein wird«, versprach er.

Ich nahm ihn fest in den Arm. Seitdem ich Jett kennengelernt hatte, gab es keinen einzigen Tag mehr, der sich *nicht* wie etwas Besonderes angefühlt hätte. Er ließ alles zu etwas Besonderem werden.

»Die Party findet oben statt«, sagte er leichthin.

Er hatte offensichtlich auf mich gewartet, weil ich Geburtstag und er eine kleine Feier vorbereitet hatte.

Ich wischte mir eine Träne weg und ging zu meinem wunderschönen Transportmittel zurück, um noch einen Blick darauf zu werfen.

Doch Jett zog mich zum Aufzug zurück und meine Seele fühlte sich leichter als jemals zuvor.

Mir war bewusst, der Grund hierfür lag nicht in dem *Geschenk*, sondern allein in der Tatsache, dass Jett sich überhaupt bemüht hatte, meinen Geburtstag herauszufinden und sich daran zu *erinnern*.

Langsam begann ich, mich wirklich als Teil eines Paares zu fühlen. Und es fühlte sich verdammt gut an.

Kapitel 20

Ruby

»Oh mein Gott. Oh mein Gott.« Ich legte mir eine Hand vor den Mund, noch unfähig zu glauben, was ich da auf meinem Laptop sah.

»Baby, stimmt etwas nicht?«, fragte Jett, der mir am Tisch gegenübersaß.

Gerade hatten wir ein Fünf-Sterne-Abendessen beendet, dessen köstliche Gänge uns nacheinander im Esszimmer der Wohnung serviert worden waren.

Jetzt stand nur noch die herrliche Torte in der Mitte des Tisches, nachdem Jett den Tisch hatte abräumen lassen.

Doch bevor ich die Torte anschnitt, wollte ich schnell nachsehen, ob ich meinen Highschool-Abschlusstest bestanden hatte.

»Jett, ich glaube, ich habe bestanden«, rief ich und prustete vor Lachen wie ein Idiot, so erleichtert war ich zu sehen, dass ich in allen Teilbereichen der Prüfung durchgekommen war.

»Daran habe ich niemals gezweifelt, Baby«, entgegnete er, langte über den Tisch hinweg und schnappte sich meinen Laptop.

Nach einigen Augenblicken hatte ich mich wieder beruhigt und bemerkte seine nachdenkliche Miene, während er meine Ergebnisse studierte.

»Was?«, stieß ich besorgt hervor. »Habe ich etwas übersehen? Ich habe doch bestanden, oder?«

»Oh ja, du hast bestanden«, gab er zur Antwort. »Ruby, du hast die volle Punktzahl erreicht. Du hast jeden einzelnen Test mit Leichtigkeit bestanden. Sie sagen, du darfst das College besuchen mit Anrecht auf einen Kredit, was bedeutet, dass du aufgrund deiner guten Noten wahrscheinlich ein Darlehen bekommen kannst, falls du diesen Weg einschlagen willst. Wie hast du das gemacht? Hast du vorher gelernt?«

Ich zuckte mit den Schultern. »Ich habe einige Beispielprüfungen durchgearbeitet, jedoch nicht wirklich konzentriert gelernt. Ich war immer schon eine gute Schülerin. Und ich nehme an, dass sich all meine Bibliotheksbesuche ausgezahlt haben.«

»Ich glaube, du bist begabt«, antwortete er. »Ich wusste ja, dass du intelligent bist, aber ich habe nicht bemerkt, wie klug du wirklich bist.«

Ich zog eine Grimasse. »Ach was. Ich habe lediglich eine schnelle Auffassungsgabe.«

Er warf mir einen skeptischen Blick zu. »In Mathematik, den Wissenschaften und Sprachen?«

»Davon gehe ich aus.« Ich hasste es, an all die Möglichkeiten zu denken, die mir entgangen waren. »Ich habe in der Schule viele Leistungskurse belegt. Deshalb habe ich mich mit einer Menge Collegestoff beschäftigt, bevor ich von zu Hause weglaufen musste.«

»Dann hattest du doch offensichtlich Träume, Ruby. Bestimmte Vorstellungen von deinem Leben.«

»Ich hatte viele *Träume*«, antwortete ich. »Doch nachdem meine Eltern gestorben waren, wusste ich, dass ich nicht mehr die Möglichkeiten haben würde, sie zu verwirklichen. Vor ihrem Tod hatte ich mich um Stipendien beworben, doch mein Onkel bestand darauf, dass ich dem College fernblieb, um mich vor dem Bösen auf der Welt zu schützen. Ich vermute, er hat niemals verstanden, dass er derjenige war, den ich am meisten fürchtete.«

»Was für Pläne hattest du?«, erkundigte er sich.

»Ich war jung, ich wollte die Welt erobern und in jeder größeren Stadt Cafés mit dem besten Kuchen besitzen.«

»Ist das jetzt immer noch dein Wunsch?«

Ich schüttelte den Kopf. »Ich denke nicht. Die Obdachlosigkeit … hat mich verändert. Sie hat mir geholfen, eine Welt wahrzunehmen, in der ich noch niemals zuvor gewesen war. Manchmal redeten wir Obdachlosen miteinander, weil wir niemand anderen hatten. Zugegeben, es gibt ein paar Leute darunter, die psychisch krank sind und nicht für sich selbst sorgen können, doch es gibt genügend Leute auf der Straße, die so sind wie ich. Jeder hat seine eigene Geschichte und alle sind ernst zu nehmen. So viele sind einfach nur auf die eine oder andere Weise Opfer der Umstände geworden.«

»Ich weiß. Meine Schwester Harper sagt, das mache sie verrückt. Deshalb widmet sie ihre Zeit der Aufgabe, Plätze für die Obdachlosen zu schaffen, wo sie unterkommen können.«

Ich schenkte ihm ein kleines Lächeln. »Das ist selten. Viele Menschen lernen, sie einfach zu ignorieren.«

»Also was würdest du jetzt tun, wenn du alles machen könntest, was du wolltest?«

»Ich wäre gern Konditorin. Ich liebte diese Arbeit und außerdem ist es das Erbe meiner Mutter. Ich weiß, ich benötige Betriebswirtschaftsunterricht und vielleicht eine höhere kulinarische Ausbildung. Und diesen Traum möchte ich jetzt gern verfolgen. Außerdem würde ich gern alles tun, was in meiner Macht steht und mich ehrenamtlich für die Obdachlosen einsetzen.«

»Hast du schon genaue Vorstellungen, wie deine Hilfe aussehen soll?«, erkundigte sich Jett.

Ich dachte eine Minute nach, bevor ich antwortete: »Ich würde gern einige Obdachlosenheime betreiben, jedoch mehr anbieten als nur einen Platz zum Schlafen und eine Mahlzeit. Man muss ihnen unter die Arme greifen, damit sie in die Arbeitswelt zurückkehren und ihren Stolz zurückgewinnen können. Ich glaube, das ist das, was wir zuerst verlieren, und es ist schwer, es zurückzuerlangen.«

»Ich könnte mich um die Finanzierung des Programms kümmern«, schlug er vor. »Ich selbst wäre ein dauerhafter Spender und ich kenne viele Geschäftsleute, die so etwas unterstützen würden. Du würdest ein gutes Gehalt für deine Verwaltungstätigkeit bekommen, falls du dich Vollzeit damit beschäftigen wolltest.«

»Am Ende würde es wahrscheinlich darauf hinauslaufen, dass ich mein Gehalt heruntersetzen würde«, neckte ich ihn. »Ich habe einen Freund, der unverschämt reich ist.«

»Jetzt hast du endlich den Dreh raus«, scherzte er. »Benutz mich ruhig!«

Ich lachte, denn ich wusste, er neckte mich. Es überraschte mich nicht im Geringsten, dass Jett spenden würde. Ich war mir jedoch nicht sicher, ob ich bereit war, eine solche Verpflichtung einzugehen. »Ich brauche etwas Zeit«, erklärte ich deshalb. »Ich habe keine Geschäftserfahrung und benötige Unterstützung.«

»Wann immer du bereit bist, ich werde da sein. Obdachlosigkeit ist ein Bereich, in dem ich so viel Hilfe anbieten möchte wie möglich.«

»Das habe ich gemerkt«, erklärte ich ihm. »Du hast auf diesem Gebiet bereits eine Menge Eigeninitiative gezeigt.«

Er zuckte mit den Schultern. »Ich habe einigen Leuten unter die Arme gegriffen. Das ist nicht annähernd genug.«

»Wenn jeder, der es sich leisten kann, das tun würde, was du gemacht hast, müssten wir uns um die Obdachlosen keine Sorgen mehr machen. Spiel doch nicht herunter, was du getan hast, um Menschen zu helfen, die sich in einer schlimmen Lage befinden. Das ist ziemlich außergewöhnlich.«

»*Du* bist ziemlich außergewöhnlich, Ruby Kent«, stellte er heiser fest.

Mein Herz zog sich zusammen, als ich seinen Blick erwiderte und mich fragte, was ich jemals in meinem Leben getan hatte, um einen Mann wie Jett zu verdienen. »Dies war mein allerschönster Geburtstag«, erklärte ich ehrlich.

Allerdings war ich etwas traurig, dass ich meinerseits in naher Zukunft keine Geburtstagsvorbereitungen für Jett treffen konnte, denn er hatte bereits Geburtstag gehabt, kurz bevor wir uns kennengelernt hatten.

»Es wird der allerschönste sein, sobald du die Torte angeschnitten hast«, antwortete er mit einem fröhlichen Grinsen.

Ich sprang auf, um zwei Teller und ein Kuchenmesser zu holen. »Was für eine Art Torte ist das?«, wollte ich wissen.

Es war augenscheinlich eine Schokoladentorte, denn sie besaß eine Schokoladenglasur, doch außerdem war sie mit einer hellen Schicht überzogen, die ich nicht identifizieren konnte.

»Salzkaramel-Schokoladentorte«, zitierte er. »Ich habe dem Bäcker gesagt, du seist ein Kuchensnob, die Torte solle also besser gut sein.«

»Das hast du nicht gesagt«, widersprach ich zuversichtlich, denn ich wusste, Jett war zu nett, um einem Bäcker zu drohen.

»Na gut, so habe ich es *nicht* ausgedrückt«, gab er zu. »Aber ich *habe* ihr gesagt, du seist ein Kuchensnob und sie gefragt, welche Torte sie empfehlen würde.«

Dafür konnte ich ihn wirklich nicht ausschimpfen. Ich war in der Tat ein Kuchensnob. Nicht weil ich es sein wollte, sondern weil ich nicht anders konnte. Meine Mutter hatte die besten Konditorwaren im Staate Ohio hergestellt und als Kind hatte ich nur das Beste bekommen.

Ich stellte die Teller auf den Tisch und schnitt die Torte in Stücke. Mir lief das Wasser im Mund zusammen, als ich die Karamellfüllung in der Mitte sah und bereits wusste, dass sie angenehm feucht war.

»Sieht gut aus«, stellte ich fest, reichte Jett ein großes Stück und schnitt mir selbst ein kleineres ab. »Ich bin eigentlich noch voll vom Abendessen.«

»Für Nachtisch ist immer noch Platz, Liebes«, erwiderte Jett und nahm die Torte gierig entgegen.

Ich setzte mich hin und genoss meinen ersten Bissen. Ich war immer noch nicht an dem Punkt angelangt, gutem Essen, oder in diesem Fall *jeglichem* Essen, keinen großen Wert beizumessen.

Obwohl ich mit guter Nahrung aufgewachsen war, hatte ich doch die letzten sechs Jahre unter Hunger gelitten.

»Gut«, stellte ich fest, nachdem ich meinen ersten Bissen hinuntergeschluckt hatte.

»Ein hohes Lob aus deinem Mund«, scherzte er.

Ich schnitt eine Grimasse und widmete mich wieder meinem Tortenstück.

Er hatte seins bereits aufgegessen und lehnte sich in seinem Stuhl zurück. »Und wie lauten deine Pläne bezüglich Lias Laden?«

»Sie braucht etwas vollkommen anderes, als sie jetzt anbietet, und außerdem muss es gut zu Kaffee passen. So etwas wie Schokoladencroissants, süße Schnecken und vielleicht ein paar umwerfende Brownies. Später werde ich mich hinsetzen und einen Plan ausarbeiten, was ich an welchem Tag in der nächsten Woche backen werde.«

»Niemand hat süßere Schnecken als du«, stellte er fröhlich fest.

Ich verdrehte die Augen. »Sag mir nicht, dass du die bereits probiert hast.«

Er zuckte mit den Achseln. »Doch. Ich konnte nicht anders.«

»Es wird mir ein gutes Gefühl geben, endlich Geld zu verdienen.«

»Das könnte ein lukratives Geschäft werden«, stimmte er zu.

»Im Vergleich zu deinem Vermögen ist es nichts, aber ich werde es zu schätzen wissen.«

»Keine Frage, Liebes. Außerdem gibt es nur wenige Menschen auf der Welt, die ein solches Vermögen besitzen wie ich. Und das sage ich nicht aus Arroganz. Das ist nun mal eine Tatsache.«

Ich wusste, er war nicht eingebildet. Gleichgültig, wie viele Fähigkeiten ich entwickeln und welche Ausbildung ich absolvieren würde, mein Einkommen würde niemals auch nur einen kleinen Bruchteil des seinen erreichen. »Ich ziehe keine Vergleiche mehr und ich lasse mich auch von deinem Geld nicht mehr einschüchtern. Ich lasse mir auch, um Gottes willen, den Wagen von dir schenken. Ich denke, ich komme schon recht gut damit klar, mit einem reichen Kerl zusammen zu sein.«

»Ich spiele deinen Erfolg nicht herunter, Ruby. Das würde ich niemals tun. Loszugehen und mit Lias Café einen Vertrag abzuschließen ist eine großartige Leistung. Ich weiß, jedes Lokal in der Stadt wird sich bald um dich reißen.«

»Meinst du wirklich?«, fragte ich skeptisch.

Er nickte. »Ich weiß es.«

Für einen Augenblick sonnte ich mich in seinem Lob und weigerte mich, es wie gewöhnlich herunterzuspielen.

Ich war klug.

Ich war ambitioniert.

Ich konnte leckere Konditorwaren herstellen.

Und ich war entschlossen, die Welt auf meine Weise zu ändern.

Das war wirklich alles, was ich wollte.

»Danke«, sagte ich schließlich leise. »Danke, dass du immer zur Stelle bist, um mich zu ermutigen. Das bedeutet mir viel.«

Jett verhielt sich nie so, als ob sein Beruf wichtiger wäre als meine Tätigkeiten oder als ob meine Interessen und Ambitionen seinen untergeordnet wären. Er behandelte mich gleichgestellt, obwohl er einer der wichtigsten und einflussreichsten Männer der Welt war.

»Wenn ich dich nicht unterstützen würde, würde mich das zu einem Arschloch abstempeln«, wandte er ein. »Und es wäre mir äußerst zuwider, ein Arschloch zu sein.«

Ich lachte. »Das bist du nicht. Mit einem Arschloch könnte ich niemals zusammen sein, gleichgültig wie viel Geld du hättest.«

Er schenkte mir ein atemberaubendes Lächeln. »Und nebenbei bemerkt bin ich jetzt vielleicht ein wenig eingeschüchtert von deiner Intelligenz. Du hast sicher einen höheren Intelligenzquotienten als ich.«

»Nein, du bist nicht eingeschüchtert. Du weißt doch nur zu gut, wie brillant du bist. Der beste Hacker der Welt, erinnerst du dich?«

Jett faszinierte mich, wenn er in seinem Element war und vor dem Computer saß. Seine Finger flogen so schnell über die Tasten, dass ich sie nur verwischt wahrnehmen konnte. Dann hielt er einen Moment inne und machte weiter, nur um ein weiteres Mal innezuhalten und den Bildschirm zu kontrollieren, bevor er eine neue

Idee zu bekommen schien und diese umsetzte. Manchmal hatte ich ihn das über Stunden machen sehen, wobei er niemals ungeduldig oder seiner Arbeit überdrüssig wurde. Offensichtlich liebte er die Herausforderung. Und es schien mir nicht so, als ob er nicht jede einzelne erfolgreich lösen würde.

»Fühlst du dich immer noch gut dabei, mit mir zu Marcus' Hochzeit zu gehen?«

»Gewiss. Wann findet sie statt?«

»In zwei Wochen.«

»Ich freue mich darauf. Ich möchte immer noch Dani für alles danken, was sie für mich getan hat.« Ich schwieg einen Moment, bevor ich hinzufügte:»Ich sollte mir wirklich ein paar Kleider besorgen. Aber ich bin mir nicht sicher, was man auf der Hochzeit zweier Milliardäre trägt.«

Die Colters und die Lawsons waren einflussreiche Familien und das Vermögen, das nun vereinigt werden würde, war beinahe unfassbar.

»Ehrlich, Dani interessiert sich eigentlich nicht so für Kleidung. Das hat sie noch nie gemacht. Ich gebe zu, dass Marcus manchmal ziemlich konservativ ist, rein oberflächlich gesehen. Sie sind gute Menschen. Sie werden sich nicht darum kümmern, wie du gekleidet bist. Sie werden beide einfach froh sein, dass du gekommen bist. Es wird eine ziemlich kleine Feier in Rocky Springs werden. Der Empfang findet in dem Resort statt, das Marcus' Mutter gehört.«

»Gehörst du zum Brautgefolge?«, erkundigte ich mich.

Er grinste.»Ich bin Trauzeuge. Marcus wollte nicht zwischen all seinen Brüdern wählen müssen.«

»Also werde ich diesen hinreißenden Hintern in einem Smoking zu sehen bekommen?«, neckte ich ihn.

»Gehört alles dir, Liebes«, bemerkte er verschwörerisch, während er unsere Teller in die Spülmaschine räumte und die Torte in den Kühlschrank stellte.

»Das wünschte ich mir«, murmelte ich.

»Was hast du gesagt?«

»Nichts«, erwiderte ich.

»Ich werde duschen gehen«, informierte er mich und ging zum Aufzug hinüber.

Kann ich mitkommen?

Ich wusste, dass Jett langsam vorgehen wollte, doch mein Körper bettelte darum, er möge sein Tempo beschleunigen.

Wartet er darauf, dass ich die Initiative ergreife? Oder will er einfach nur sichergehen, dass ich bereit bin, bevor er etwas weiter geht?

Ich seufzte, sammelte meinen Laptop ein und folgte ihm nach oben. Vielleicht war es längst Zeit für mich, das herauszufinden.

Kapitel 21

Jett

Ich entkleidete mich und drehte den Duschhahn auf.
Jeden Tag befriedigte ich mich selbst, um den Drang im Zaum
zu halten, etwas mit Ruby anzufangen, das sie vielleicht nicht
bis zum Schluss durchziehen wollte. Ich *musste* mir irgendeine Art
von Erleichterung verschaffen. Und jeden verfluchten Tag verfolgten
mich Visionen von Ruby, wie sie während ihres ersten Orgasmus
und denen danach ausgesehen und wie sie sich angehört hatte.

Ich stieg in die Duschkabine und lehnte mich mit dem Rücken
gegen die Fliesen. »Verdammt!«, fluchte ich. Wie lange würde ich
noch diese beinahe explosive sexuelle Spannung aushalten können,
die zwischen uns vibrierte?

Ruby war das einzig Gute, das mir jemals als Erwachsener widerfahren
war, abgesehen von der Tatsache, dass ich unglaublich erfolgreich
war. Lawson hatte sich sprunghaft zu einem Technologiegiganten
entwickelt, was nicht annähernd so bemerkenswert schien wie die
Frau, die mir ihr Vertrauen geschenkt hatte.

Ruby hatte sich in meinem Herzen eingenistet und ich konnte nichts dagegen unternehmen. Ihr Wesen war ein Teil von mir geworden, ohne den ich nicht mehr leben konnte.

Ich war so süchtig nach ihr wie ein Abhängiger nach seinen Drogen und es war die reinste Folter, sie anzusehen und sie nicht endlich ganz und gar zu der Meinen zu machen. Primitive, urtümliche Instinkte zerrten an mir, sie auf jegliche erdenkliche Art in Besitz zu nehmen. Mit Rücksicht auf ihre Vergangenheit wollte ich jedoch behutsam vorgehen, um sie nicht zu verängstigen. *Außerdem ist es nicht ihre Schuld, dass ich so ein geiler Hurensohn bin!*

Ich hatte mir bereits eingestanden, dass mein Zögern *nicht nur* allein mit ihr zu tun hatte. Jede Nacht bettelte sie mich quasi an, sie zu ficken, ein Umstand, der mir jedes Mal das Herz zerriss. Sie war bereit. Aber vielleicht … war ich es nicht.

Mittlerweile lag es an mir. *Ich habe zu viel Angst, dass ich sie am Ende irgendwie verlieren könnte.*

Und das war vollkommen inakzeptabel.

Also gut, sie hatte die Narben an meinem Oberkörper gesehen und sie akzeptiert. Doch mein Bein war eine einzige Katastrophe. Und ich war mir ziemlich sicher, dass ich als komplettes, *nacktes* Paket recht hässlich aussah.

Verdammt, ich hatte zugesehen, wie Ruby während der Therapie innerlich gewachsen war und sich verändert hatte. Sie war dabei, ihren eigenen Weg zu finden und auf ihren eigenen Füßen zu stehen. Irgendwann würde sie das Geld von der Versicherung erhalten, die ihre Eltern für sie abgeschlossen hatten. *Habe ich etwa Angst davor, sie könnte mich irgendwann verlassen?*

Ich ballte meine Hände zu Fäusten, denn ich wusste, genau *das* befürchtete ich. Doch ich musste meine eigenen Probleme überwinden, um Ruby zu halten. Wenn nicht, würde ich Ruby *definitiv* verlieren.

Sie musste unabhängig werden und das wünschte ich mir auch für sie.

Also musste ich irgendwann herausfinden, ob sie bereit war, mich mit all meinen Missbildungen zu akzeptieren.

Oder nicht.

Das Problem war, diesmal stand für mich zu viel auf dem Spiel.

Sie ist nicht Lisette!

Ich wusste, sie war nicht wie meine Ex, und vielleicht war genau das Teil meines Problems.

Lisette zu verlieren war ein Segen gewesen.

Aber zusehen zu müssen, wie Ruby mich verließ, hätte mich vollkommen zerstört. Für mich stand viel zu viel auf dem Spiel, um ein Risiko eingehen zu können.

»Jett?«, hörte ich Rubys zögerliche Stimme durch die gläserne Tür der Dusche.

Als sich die Tür zu öffnen begann, reagierte ich aus einem Reflex heraus.

Ich schlug ihr die halb geöffnete Tür vor der Nase zu und brüllte sie grob an: »Scher dich raus! Los! Ich will dich hier nicht sehen, Ruby!«

Selbst durch das Rauschen des laufenden Wassers hindurch konnte ich ihr entsetztes Keuchen hören. »Entschuldige«, stammelte sie unter Tränen. »Es tut mir so leid.«

Ich konnte sehen, wie sie zur Badezimmertür ging und daran herumfummelte, um hinauszugelangen.

»Verdammt!«, fluchte ich.

Ich hatte mich von meiner eigenen Unsicherheit leiten lassen und die Frau verletzt, die es nicht verdient hatte.

Ihr lautes Schluchzen traf mich wie ein Schlag in den Magen und ich dachte nur noch daran, wie ich Ruby trösten konnte.

Ich wusste, ich war ein Riesenarschloch.

Ich stieß die Duschkabinentür auf, sprang aus der Dusche, schlug mit der Hand die Badezimmertür zu, die sie gerade geöffnet hatte, und hielt sie davon ab zu flüchten.

»Nein«, polterte ich, während ich sie mit dem Gesicht voran gegen die geschlossene Tür presste. »Weine nicht!«

Nachdem ich auf dem Friedhof ihren Kummer miterlebt hatte, hatte ich mir geschworen, sie solle niemals wieder so verletzt werden.

Unsere Körper lagen nun Haut an Haut aneinander und all mein Widerstand schwand dahin.

Mein Gott! Wie gut sie sich anfühlt!

»Es tut mir leid. Ich habe deine Intimsphäre verletzt. Es war mir nicht bewusst, dass das falsch ist. Wir sind doch ein Paar«, stieß sie zwischen abgehackten Schluchzern hervor.

Sie hörte sich verängstigt an und das hasste ich. Ich hatte nicht gewollt, dass Ruby sich jemals wieder fürchtete.»Hab keine Angst«, beruhigte ich sie, meine heisere Stimme voll des Bedauerns.»Und du verletzt meine Intimsphäre niemals. Wir sind ein Paar. *Du* hast nichts falsch gemacht. Es liegt an *mir*.«

Ruby war vollkommen nackt und offensichtlich bereit gewesen, mit mir zu duschen. Mein nasser Körper hatte sie völlig durchnässt und wir tropften beide vor Feuchtigkeit.

Ich spürte, wie sich ihr Körper entspannte und ihre Rückseite sich an meine Vorderseite zu kuscheln begann.

Nichts hatte sich jemals so richtig angefühlt.

»Was ist denn gerade geschehen?«, fragte sie unter Tränen.

»Ich habe Angst bekommen«, gestand ich, nachdem ich den Kloß in meiner Kehle heruntergeschluckt hatte. Es war an der Zeit, offen zu ihr zu sein.

Sie hatte mir immerhin jede entsetzliche Einzelheit anvertraut, die man ihr angetan hatte, also musste ich endlich damit aufhören, so feige zu sein.

»Warum hattest du Angst?«

»Weil die untere Hälfte meines Körpers hässlicher ist als das, was du oben bereits gesehen hast«, krächzte ich an ihrem Ohr.

Ruby hatte etwas an sich, was mich immer veranlasste, ihr mein Herz auszuschütten, selbst wenn ich es eigentlich nicht wollte.

Sie begann, sich so heftig in meinen Armen zu winden, dass sie es schließlich schaffte, sich herumzudrehen. Mit einem Blick, den ich noch nie zuvor an ihr gesehen hatte, durchbohrte sie mich.

»Du wirst mir doch nicht erzählen wollen, dass dieses ganze Theater sich um so etwas vollkommen Oberflächliches dreht?«, fragte sie wütend.

Als ich ihr in die Augen blickte, sprang mir der pure Zorn entgegen. Es war das erste Mal, dass ich Ruby wirklich verärgert erlebte, und ihre Wut war faszinierend.

»Du weißt ja nicht, wie schlimm ich wirklich aussehe«, erklärte ich barsch.

»Ernsthaft?«, fauchte sie und stieß mich gegen die Brust. »Na gut, dann will ich diesen schrecklichen Anblick selbst sehen. Los, geh in die Dusche zurück!«

»Ruby, ich bin nicht –«

»Jetzt geht es nicht um *dich*«, stellte sie unerbittlich fest. »Es geht jetzt nur um mich und ob ich ebenso oberflächlich bin wie diese Schlampe, die dich verlassen hat. Und ob mein zimperliches Ich damit klarkommt, was dir zugestoßen ist.«

Ich hatte keine Ahnung, was mit der süßen Ruby geschehen war, die ich anbetete, doch diese entflammte, herrische Ruby entfachte meine Leidenschaft genauso sehr.

Sie schob mich sanft rückwärts in die Dusche zurück und kletterte dann selbst hinein. Sie schlug die Glastür so heftig hinter sich zu, dass ich hoffte, sie würde nicht zerspringen.

Sie verschränkte die Arme vor der Brust und inspizierte jeden Zentimeter meines Körpers, während das Wasser auf meinen Rücken herunterprasselte.

»Was zum Teufel muss ich tun, damit du verstehst, dass ich dich begehre? Dass ich dich *immer* begehre«, stieß sie verzweifelt hervor.

»Sag es mir und ich werde es tun. Ich habe jeden Tag fantasiert, wie es wäre, wenn du mich ficken würdest. Und ich glaube, ich habe so ziemlich jede Stellung durchgespielt. Ich brauche dich, doch ich kann dich nicht dazu bringen, mir zu vertrauen.«

Ich fühlte mich wie ein Dummkopf. »Entschuldige! Du musst überhaupt nichts tun. Du bist verdammt perfekt und ich *vertraue* dir.«

Sie hatte mir oft genug zu verstehen gegeben, dass meine Verletzungen nicht ihre Gefühle für mich beeinflussten. Doch ich war zu verstrickt in meine eigenen Ängste gewesen, um das zu verstehen.

Doch jetzt war ihre Botschaft laut und deutlich zu mir vorgedrungen.

Sie trat auf mich zu und legte mir ihre Hände auf die Brust. Ich wagte nicht zu atmen, als sie langsam begann, mit dem Finger jede meiner Narben nachzufahren.

»Ich mag meinen Körper auch nicht immer«, gestand sie. »Und ich musste all meinen Mut zusammennehmen, um dir die Narben zu zeigen, die von dem Missbrauch zurückgeblieben sind. Die Narben sind eine Tatsache, an der weder du noch ich etwas ändern können. Sie sind ein Teil von uns. Teil unserer Geschichte. Aber sie dürfen uns nicht beeinflussen, wenn wir weiterkommen wollen. Keiner von uns beiden hatte den Schmerz verdient, den wir erleiden mussten. Aber haben wir uns nicht schon genug gequält, Jett? Wäre es nicht besser, loszulassen und an unsere Zukunft zu denken?«

Sie blickte zu mir auf und ich musterte ihr Gesicht. Ich sah jedoch nur das gleiche Verlangen, das ich selbst empfand. »Ich habe nicht an dir gezweifelt, Ruby, sondern an mir selbst.«

»Du hast mir wehgetan«, stellte sie mit brutaler Offenheit fest.

Es zerriss mir das Herz, als ich den traurigen Schimmer in ihren wunderschönen dunklen Augen entdeckte. »Ich weiß. Es tut mir leid«, erwiderte ich.

Sie zuckte mit den Schultern. »Es ist nicht immer alles eitel Sonnenschein. Das war sicher nicht unser letzter Streit.«

Ich grinste. »Zumindest weiß ich jetzt, dass du sehr gut für dich selbst einstehen kannst.«

Sie schüttelte den Kopf. »Das habe ich nicht nur für mich getan, sondern auch für dich. Deine Realität ist nicht meine, Jett. Ich möchte, dass du dich so siehst, wie du wirklich bist, und nicht durch deine verzerrte Brille. Wenn ich dich ansehe, erblicke ich einen starken, gutaussehenden Mann, der verletzt wurde, weil er versucht hat, Menschen vor dem Tod oder ständiger Gefangenschaft und Folter zu bewahren. Du hast dein eigenes Wohl, ohne zu zögern, aufs Spiel gesetzt. Und deine Narben sind der Beweis. Du bist mein Held, Jett. Weißt du das denn nicht?«

Ich musste den riesigen Klumpen in meiner Kehle herunterschlucken, bevor ich antworten konnte:»Und du bist meine Heldin.«

Emotional war ich in keinem guten Zustand gewesen, als ich Ruby getroffen hatte. Aber sie hatte mich zum Besseren verändert, nachdem sie in mein Leben geplatzt war und all meine offenen Wunden geheilt hatte, die ich von dem Unfall und meiner quälenden Genesung davongetragen hatte.

»Kann ich dich jetzt endlich anfassen?«, erkundigte sie sich mit lüsternem Gesichtsausdruck.»Ich warte schon ewig.«

»Ja«, krächzte ich.

Als sie in die Knie ging, fragte ich mich, wozu ich gerade meine Zustimmung gegeben hatte und ob ich das überleben würde.

Kapitel 22

Ruby

Mein Herz raste wie verrückt, als ich in die Knie ging, um Jetts Bein zu streicheln.

Es sah nicht unbedingt so schrecklich aus, wie Jett es geschildert hatte, aber trotzdem unglaublich vernarbt und mein Herz tat mir weh wegen all der Qualen, die Jett durchlitten hatte.

Aber mein Gott, alles andere an dem Mann war umwerfend!

Ich strich über die Narben und ließ dann meine Hände über seine steinharten Bauchmuskeln wandern. Er ging jeden Morgen in den Fitnessraum, was deutlich zu sehen war. An seinem Körper gab es kein Gramm überflüssiges Fett. Er bestand nur aus harten Muskeln und heißer Haut.

Nach einigen Jahren der Physiotherapie kannte Jett die Routineübungen für sein Knie auswendig. Diese erledigte er immer zuerst, um sich danach dem Rest seines Körpers zu widmen. Er absolvierte ein äußerst hartes Training, was seinen durchtrainierten Körper perfekt in Form hielt.

Ich schob mich hinter ihn, um endlich seinen knackigen Hintern in all seiner Herrlichkeit befühlen zu können. Ich fühlte mich nicht im Geringsten schuldig, als ich über seine harten Pobacken strich und mir in den Sinn kam, von seinem Knackarsch könnte ein Penny abprallen und bis hoch in die Stratosphäre fliegen. Ich beugte mich vor, um mit dem Mund an eine Pobacke zu gelangen, und biss fest zu.

»Mein Gott! Hast du mir gerade wirklich in den Hintern gebissen?«, knurrte Jett.

Ich grinste zu ihm auf, als ich wieder vor ihm hockte. »Glaubst du wirklich, ich hätte mir eine solche Chance entgehen lassen?«

Als mein Blick an seinem Körper hinab wanderte, fiel er schließlich direkt auf seinen Schwanz, der während der letzten Minuten kein bisschen kleiner geworden war.

Ich legte meine Hand um seinen erigierten Schaft und fuhr mit dem Daumen über den Kopf. Gleichzeitig wuchs sich das Ziehen in meinem Unterleib zu einer wahren Qual aus.

»Stopp, Ruby«, polterte Jett und hielt mein Handgelenk fest. Dann nahm er mich bei den Händen und zog mich hoch. »Wir werden das hier auf die richtige Art tun.«

Er drehte das Wasser ab und drängte mich aus der Dusche, dicht von ihm gefolgt.

»Ich habe mich überhaupt nicht richtig gewaschen«, bemerkte ich atemlos.

»Das ist egal. Ich werde dich richtig ins Schwitzen bringen, dann brauchst du hinterher sowieso eine Dusche.«

Mir fuhr ein elektrisierendes Kribbeln die Wirbelsäule hinunter, als ich daran dachte, *wie* wir ins Schwitzen kommen würden.

Schnell trocknete er sich ab, um dann sanft mit dem Handtuch über meinen Körper zu reiben, wobei jede Bewegung mein Verlangen nach ihm noch steigerte.

Schließlich warf er das Handtuch auf den Boden und umfasste meine Brüste mit seinen Händen. Seine Daumen liebkosten sanft meine harten Brustwarzen.

»Du bist so schön, Ruby«, schwärmte er heiser. Dann zog er mich in das angrenzende Schlafzimmer.

Ich landete mit dem Hintern auf der Matratze und Jett legte sich neben mich.

Ich sah, dass er sich zu dem Nachtschränkchen rollte und etwas hervorkramte. »Ich benutze bereits ein Verhütungsmittel«, informierte ich ihn. »Bereits seitdem ich von zu Hause weggelaufen bin. Ich habe vorsorglich die kostenlose Sprechstunde aufgesucht, nur für den Fall, dass mir etwas zustoßen würde, während ich auf der Straße lebte.« Er schloss die Schublade, rollte sich auf den Rücken und zog mich auf sich. »Weißt du eigentlich, wie verrückt mich das macht?«, stieß er ächzend hervor. »Dass du da draußen allein auf der Straße hättest vergewaltigt werden können oder Schlimmeres?«

»Mir ist doch nichts passiert«, beruhigte ich ihn und streichelte sein Kinn, um ihn zu entspannen.

»Aber es hätte leicht passieren können«, erwiderte er und schob sich auf mich. »Und deshalb bezweifle ich, dass ich je in der Lage sein werde, deine Sicherheit auf die leichte Schulter zu nehmen.«

Ich seufzte und schlang ihm die Arme um den Hals. »Du darfst mich gern beschützen.«

Irgendwie gefiel mir Jetts Beschützerinstinkt, der sich stets um meine Sicherheit sorgte. Nach dem Leben, das ich während der vergangenen sechs oder sieben Jahre geführt hatte, wirkte das sehr beruhigend auf mich. »Verdammt, das werde ich«, versprach er barsch, bevor sich sein Mund auf meinen stürzte.

Das Feuer, das stets unter der Oberfläche glimmte, wenn ich mit Jett zusammen war, explodierte im selben Moment, in dem seine Lippen meine berührten.

Ihn zu fühlen und zu schmecken machte mich süchtig. Zu lange hatte ich schon auf meinen Schuss gewartet.

Ich keuchte, als er meinen Mund freigab und sich an mir hinunterbewegte, um meine Brüste zu erkunden. Meine Brustwarzen waren bereits schmerzhaft hart und als er zärtlich an ihnen knabberte, stöhnte ich gequält auf. Die Mischung aus Lust und Schmerz löste eine Hitzewelle aus, die sich in meine Muschi ergoss.

Er bewegte sich vor und zurück und seine Zunge schnellte über meine Nippel, bis ich glaubte, den Verstand zu verlieren.

»Jett, bitte«, keuchte ich.

»Entspann dich, Baby«, schnurrte er an meiner empfindlichen Haut. »Dies wird ein langer Ritt.«

Jeder einzelne Muskel meines Körpers war angespannt und das würde sich auch nicht so bald ändern. Nicht während er mich so quälte.

Ich stieß erleichtert die Luft aus, als er sich weiter nach unten bewegte. Doch meine Vorfreude steigerte sich, als er meine Beine spreizte und zwischen meine Schenkel glitt.

Ich wusste, er würde mich gleich lecken, so wie er es angekündigt hatte, als er mich zum ersten Mal zum Kommen gebracht hatte. Doch ich war in keiner Weise darauf vorbereitet, wie es sich anfühlte, als seine Zunge über mein empfindsames Fleisch strich. »Oh Gott«, stöhnte ich und mein Körper reagierte so heftig auf das Gefühl, dass ich versuchte, mich zurückzuziehen.

Ohne zu zögern, umfasste Jett meinen Hintern mit beiden Händen, um mich in Position zu halten, während sein Mund und meine Zunge mich verschlangen.

Er leckte mich von oben bis unten und reizte meine Klitoris jedes Mal, wenn er an das kleine Nervenknötchen gelangte.

Ich fuhr ihm mit den Händen durchs Haar, denn ich suchte nach etwas Festem, an dem ich mich festhalten konnte, während mein Körper sich in unkontrollierbare Höhen schwang.

Ich wollte mehr. Ich brauchte mehr.

Doch Jett schien entschlossen, mich lediglich zu erkunden.

Ich wand mich unter ihm hin und her. Ich wusste nicht genau, was ich haben musste, hoffte jedoch, er würde es mir geben.

»Bitte!«, schrie ich verzweifelt auf.

Seine Hände schlossen sich fester um meine Pobacken und er tauchte tiefer mit seiner Zunge in mich hinein und widmete meiner Klitoris seine volle Aufmerksamkeit.

»Ja!«, stieß ich hervor, als ich mich auf den Höhepunkt zubewegte, ein Gefühl, das ich bereits gut kannte.

Ich klammerte mich fester an Jetts Haare, während ich erkannte, dass dieser Orgasmus anders war, heftiger als die, die ich bis jetzt erlebt hatte.

Mit jedem Schlag seiner Zunge hob ich ihm meine Hüften bereitwillig entgegen. Mit durchgebogenem Rücken schrie ich auf: »Ich kann nicht mehr, Jett!«

Doch er zeigte mir, dass ich alles nehmen *konnte* und *würde*, was er mir zu geben hatte.

Wie eine gewaltige Explosion brach mein Orgasmus über mich herein. Und während mein Körper noch bebte, brachte Jett mich langsam wieder auf die Erde hinunter.

Er kam zu mir hoch und küsste mich, auf seinen Lippen schmeckte ich mich selbst. Der Kuss war sinnlich und heiß. Ich schlang die Arme um seinen Hals und genoss es, unsere erhitzten Körper Haut an Haut zu spüren.

Als ich wieder zur Erde zurückkam, befand ich mich noch immer in einem solchen Nebel der Lust, dass ich davon überrascht wurde, als Jett plötzlich hart in mich eindrang.

Da war zwar ein gewisser Schmerz, doch gleichzeitig wurde etwas von dem urtümlichen Verlangen, mit ihm vereint zu sein, befriedigt, sodass mich der Schmerz nicht kümmerte.

Ich keuchte, als Jett stillhielt.

»Entspann dich, Liebes«, sagte er mit krächzender Stimme neben meinem Ohr. »Wir müssen den schlechten Teil schnell hinter uns bringen.«

»Ich wusste, dass das nicht gut passt. Du bist zu groß.«

»Mein Gott, Frau. Du bist wirklich gut für mein Ego, aber es passt. Es dauert nur etwas, bis du dich an mich gewöhnt hast. Ich denke, ich bin genau dort, wo ich immer hingehört habe.«

Ich verstand. Irgendwie hatte ich das Gefühl, schon immer auf Jett gewartet zu haben.

Der Schmerz verging und alles, was ich noch spüren konnte, war Jett, der mich dehnte und mich ausfüllte. Meine Empfindungen gingen über das Körperliche hinaus. Meine Seele erhob sich.

»Es ist jetzt besser«, sagte ich atemlos. »Ist dein Knie in Ordnung?«

»Ich habe keine Ahnung«, erwiderte er und sein warmer Atem strich über mein Ohr. »Alles, was ich im Moment fühlen kann, bist du.«

Er beugte sich zurück und unsere Blicke trafen sich. Ich konnte seinem Gesicht die Anstrengung ansehen, die es ihn kostete, sich zurückzuhalten.

»Dann fick mich, Jett. Bitte! Der Schmerz ist weg. Ich will nur noch dich.«

»Diesmal wird es vielleicht nicht lange dauern«, warnte er mich. »Ich begehre dich schon so lange und du fühlst dich so gut an um meinen Schwanz herum.«

Langsam zog er sich zurück und dann vergrub er sich wieder in mir, was meinen Lippen ein lüsternes Stöhnen entlockte. »Jett!«, rief ich verzweifelt, unfähig, andere Worte zu finden.

Es war mir gleichgültig, wie lange es dauern würde. Ich wollte einfach nur die Verbindung, die ich zwischen uns spürte, in einen solchen Höhepunkt gipfeln lassen, wie ich ihn einige Minuten zuvor erlebt hatte.

»Sag mir, was ich tun soll«, flüsterte ich ihm ins Ohr.

»Genieß den Ritt!«, knurrte er.

Bevor ich noch etwas sagen konnte, stieß ich heftig die Luft aus, denn Jett begann, sich viel drängender zu bewegen.

»Ja«, stöhnte ich und schlang ihm meine Arme fester um den Hals. »Fick mich!«

Meine ermunternden Worte schienen ihn anzuspornen und seine Stöße wurden tiefer, fester und mit jedem Eindringen ein bisschen wahnsinniger.

Ich bekam Lust auf mehr und begann, meine Hüften jedem wilden Stoß entgegen zu heben. Ich schlang meine Beine instinktiv um seine Taille. Wie er es vorausgesagt hatte, schwitzten wir beide und verloren uns in dem hämmernden Rhythmus eines so lustvollen Tanzes, dass ich kaum Atem holen konnte.

In meinem Bewusstsein gab es nur noch den brutalen Hunger und das unausgesetzte Verlangen, an einen Punkt zu gelangen, an dem mein Körper Erlösung finden würde.

Ich liebe dich, Jett. Ich liebe dich so sehr!

Vielleicht empfand er das Gleiche, vielleicht auch nicht. Doch ich wollte auf keinen Fall, dass er sich so zurückzog wie heute, als ich ihn das erste Mal in seiner herrlichen Nacktheit gesehen hatte. »Ich brauche dich, Jett. Bitte!« Meine Bitte entsprach genau meinen Gefühlen. Ich wäre am liebsten in ihn hineingekrochen und niemals wieder herausgekommen.

Er bewegte sich, veränderte seine Position und richtete seinen Oberkörper auf, sodass wir uns in die Augen blicken konnten. Unsere Blicke trafen sich mit solch gewaltiger Leidenschaft, dass ich mich beinahe auflöste.

Seine kräftigen Armmuskeln stützten ihn, während er in mich eindrang, und ich kam ihm Stoß für Stoß entgegen, denn ich gierte nach seinen kräftigen Bewegungen.

In dem Versuch, mich zu erden, krallte ich mich am Betttuch fest. Er hatte sich in eine Stellung begeben, in der sein Schwanz an meiner Klitoris rieb. Ich spürte ihn in mich eindringen und gleichzeitig wurde der kleine, sensible Knoten stimuliert. Das war mehr, als ich ertragen konnte. »Du bringst mich noch um!«, schrie ich, als mich mein Höhepunkt wie eine Dampfwalze überrollte.

Wir verloren unseren Blickkontakt, als ich nicht mehr konnte. Mit durchgebogenem Rücken überließ ich mich der Lust und der Spannung, die Jett in mir aufgebaut hatte.

Ich spürte, wie sich meine inneren Muskeln um seinen Schwanz zusammenzogen, und sein Stöhnen signalisierte mir, dass er sich seinem Orgasmus näherte.

»Verdammt!«, schrie er auf und fuhr fort, mit langen, harten Bewegungen in mich hineinzustoßen.

Als ich langsam wieder meinen Weg auf die Erde fand, beobachtete ich Jett bei seinem Höhepunkt. Seinen Kopf hingebungsvoll zurückgeworfen und seine Halsmuskeln angespannt fand er seine eigene Erleichterung.

Es war das derbste, schönste Schauspiel, das ich je beobachtet hatte.

Er brach auf mir zusammen, doch ich genoss das Gewicht seines eindrucksvollen Körpers und schlang meine Arme fest um ihn.

Ich fühlte mich verletzlich, wusste aber, er war da, um mich zu beschützen.

Unsere abgehackten, ungleichmäßigen Atemzüge durchbrachen die Stille, während wir beide versuchten, zu Atem zu kommen. Er rollte sich auf den Rücken und nahm mich mit sich, sodass ich schließlich auf seiner Brust ausgebreitet lag.

»Ich werde nicht einmal versuchen zu erklären, was gerade geschehen ist«, stellte Jett fest, als sich sein Atem wieder zu normalisieren begann.

»Wenn Sex immer so ist wie gerade eben, dann habe ich etwas verpasst.«

Jett schloss mich fester in seine Arme. »Nein, so ist es nicht immer.«

»Dann bin ich froh, dass ich auf dich gewartet habe«, murmelte ich.

»Darüber bin ich auch froh«, antwortete er in seinem rauen Bariton.

Als meine Augenlider schwer wurden und mein Körper träge, fiel ich in tiefen Schlaf in den Armen des Mannes, ohne den ich nicht mehr leben konnte.

Und dieser Gedanke flößte mir nicht einmal mehr Angst ein.

Jett

In dem Moment, in dem ich am folgenden Morgen in maßgeschneidertem Anzug und Krawatte den Lawson-Komplex betrat, starrten mich *alle* unverhohlen an.

Ich konnte es ihnen eigentlich nicht verübeln. Seit meinem Unfall hatte ich keinen Fuß mehr in unser Büro gesetzt.

Doch heute Morgen war ich aufgewacht und hatte mich bereit gefühlt, persönlich die Arbeit mit meinem Team wieder aufzunehmen.

Ja, gewiss *konnte* ich die meisten Dinge von meinem Heimbüro aus regeln, doch ich musste mich unbedingt mit meinen leitenden Mitarbeitern treffen und es war längst an der Zeit, mein Team wieder von der Zentrale aus zu leiten. Es bestand aus einer Gruppe fähiger Leute, die eine bessere Führung verdient hatten, als ich sie ihnen geboten hatte.

Ich hatte genug davon, mich zu verstecken und den Unfall als Entschuldigung vorzuschieben, mich nicht mit der Welt und meinen Brüdern auseinandersetzen zu müssen ... es ging besonders um einen bestimmten Bruder.

Ich war eigentlich nicht mehr wütend auf Carter, doch auch noch nicht bereit, das Kriegsbeil so einfach zu begraben.

Carter trank entschieden zu viel und benutzte die Frauen wie jemand mit einer Erkältung seine Papiertaschentücher, und er scherte sich einen Dreck um die Folgen seines Verhaltens.

Er war leichtsinnig und hatte sich in eine oberflächliche Welt geflüchtet wie einige andere der Reichen dieser Welt.

Ich glaubte nicht, dass er das Spiel lediglich *mitspielte*; nein, inzwischen *lebte* er es.

Mein ältester Bruder Mason übernahm den größten Teil der Reisen für unser Unternehmen und führte einen schwierigen Technologiezweig. Mason war unnachgiebig in seinem Versuch, die Welt zu dominieren.

Ich besaß einen Bruder, der viel zu ernst war, und einen anderen, der an niemand anderen als sich selbst zu denken schien.

Ich trat in einen der vielen verfügbaren Aufzüge und gab meinen Sicherheitscode ein, um Zugang zur Chefetage zu erhalten.

Zu Hause hatte ich eigentlich auch gut gearbeitet. Meine Arbeit war stets termingerecht fertig geworden. Doch ich *war* nun einmal einer der Eigner eines der mächtigsten Technologieunternehmen der Welt und wir wuchsen immer noch. Ich verfügte über ein unglaubliches Team und zusammen waren wir immer besser gewesen.

Meine selbstgeschaffene Isolation war nicht normal für mich. Ich *liebte* es eigentlich, von Menschen umgeben zu sein, und meine Arbeit liebte ich auch. Ich liebte die Kameradschaft, die ich bei Lawson spürte, und verdammt noch mal, ich gehörte hierher.

Vor meinem Unfall hatte ich jede wache Minute hier verbracht und es niemals bereut, sondern im Gegenteil, ich hatte es genossen.

Ich hatte es Ruby zu verdanken, dass sie mich aus meiner Isolation befreit hatte, und ich würde ihr meine Wertschätzung zeigen, indem ich wieder zu dem Mann wurde, der ich gewesen war.

Keine Angst.

Kein Versteckspiel.

Keine Geringschätzung meiner selbst wegen der paar Narben.

Ich war ein eingebildeter Hurensohn gewesen. Jetzt hatte ich vielleicht ein wenig Bescheidenheit gelernt, doch als Eremit in meiner Eigentumswohnung zu leben fühlte sich nicht mehr richtig an.

»Guten Morgen, Mr. Lawson«, begrüßte Shirley mich freundlich hinter ihrem Schreibtisch, als ich eintrat.

»Guten Morgen«, antwortete ich lächelnd. »Ich würde mir gern die Akten für das Brenner-Projekt anschauen, sobald Sie sie mir bringen können.«

»Ja, Sir«, erwiderte sie. »Hätten Sie gern etwas Kaffee?«

Noch vor ein paar Jahren hätte ich sie zu dem ortsansässigen Café laufen lassen, um mir einen starken Schwarzen zu bringen. Jetzt aber erschien es mir geradezu lächerlich, ihre wertvollen Fähigkeiten zu verschwenden und sie zum Laufboten zu degradieren.

»Ich werde mir einen im Pausenraum holen. Lieber hätte ich die Akten.«

»Ganz gewiss kann ich beides erledigen, Mr. Lawson.«

Ich schüttelte meinen Kopf. »Nicht nötig«, antwortete ich und machte mich auf den Weg zu dem Raum, wo man normalerweise Bagels und mittelmäßige Donuts mit durchschnittlichem Kaffee bekommen konnte.

Ich füllte mir eine größere Tasse, schnappte mir einen traurig aussehenden Donut und schlenderte zu meinem Büro.

Es hatte sich nichts verändert.

Shirley hielt alles in peinlichster Ordnung und der Raum war professionell eingerichtet.

Doch als ich mich an meinen Schreibtisch setzte, bemerkte ich, dass sich kein einziger persönlicher Gegenstand in meinem Blickfeld befand.

Meine Angestellten liebten es, ihre Wände und andere Plätze mit Bildern ihrer Familien zu schmücken: mit Bildern der Menschen, die ihr Leben lebenswert machten.

In meinem Raum gab es nichts dergleichen. Und ich hatte viel mehr Platz als irgendeiner meiner Angestellten.

Ich machte mir im Kopf eine Notiz, mein Büro persönlicher zu gestalten.

»Hier sind die Unterlagen, Mr. Lawson«, sagte Shirley und legte eine dicke Akte vor mich auf meinen Schreibtisch. »Kann ich sonst noch etwas für Sie tun?«

»Können Sie für heute Nachmittag eine Besprechung mit dem kompletten Team für mich organisieren?«

»Gewiss«, erwiderte sie sofort. »Und darf ich sagen, dass es gut ist, Sie wieder hier im Büro zu haben, Sir?«

Ich sah zu ihr auf und grinste sie an. »Das können Sie zwar sagen, aber meinen Sie es auch so?«

»Ich verstehe nicht.« Sie klang verwirrt, was meiner Assistentin nicht oft passierte. Shirley war eigentlich bekannt für ihr ruhiges Temperament, selbst wenn sie Schwierigkeiten gegenüberstand.

»Bin ich ein guter Chef? Ich möchte keine Komplimente hören, Shirley, doch seit meinem Unfall hat sich einiges geändert. Ich frage mich, ob ich etwas tun kann, um die Arbeitsbedingungen hier zu verbessern.«

Sie wirkte erleichtert. »Nichts.«

»Ich war doch eigentlich ein Arschloch. Ich habe Sie herum gescheucht, um mir Kaffee zu holen und einen Umweg zu machen, wenn ich etwas anderes zu Mittag essen wollte.«

»Das gehört zu meinem Job, Mr. Lawson. Ich bin hier, um Ihnen das Leben zu erleichtern, sodass Sie sich auf das Wichtige konzentrieren können. Mir hat es nie etwas ausgemacht, diese Botengänge für Sie zu erledigen, weil Sie stets so dankbar waren. Alle aus dem Team bringen Ihnen Respekt entgegen. Und das ist doch bei großen Konzernen recht unüblich.«

»Wenn das so ist, könnten Sie mir dann vielleicht einen Kaffee besorgen? Das Gebräu im Pausenraum schmeckt scheußlich.« Ich hielt ihr meine Kaffeetasse hin und blinzelte ihr zu. »Und ich glaube, wir sollten Ruby mit der Lieferung des morgendlichen Kuchens beauftragen. Obwohl ich dann wahrscheinlich niemanden mehr aus dem Pausenraum locken kann.«

Sie nahm den beinahe noch vollen Kaffeebecher entgegen und leerte ihn über dem Waschbecken auf der gegenüberliegenden Seite des Raumes aus. »Ich habe mich bereits gefragt, wie lange Sie brauchen werden, um herauszufinden, wie schlecht die sind. Ich bringe mir jeden Morgen mein eigenes Gebäck mit.«

»Ich denke, wir alle sind Kaffeesnobs«, stellte ich fest. »Hier gibt es zu viele Möglichkeiten, den allerbesten Kaffee zu trinken.« Shirley warf den leeren Pappbecher in den Mülleimer. »Und ich bin stets bereit, diese Möglichkeiten für Sie zu erkunden«, sagte sie sachlich. »Normalerweise trinke ich meinen zweiten Becher Kaffee, wenn ich im Café bin, um Ihren zu holen.«

»Dann, denke ich, haben wir beide etwas davon«, erwiderte ich.

»So ist es«, bestätigte sie lächelnd. »Soll ich Ruby beauftragen, uns Kuchen zu liefern?«

»Nein. Ich kann mit ihr reden, wenn ich wieder zu Hause bin.«

»Ist sie immer noch bei Ihnen?«

Ich nickte. »Sie hat tatsächlich zugestimmt, eine feste Beziehung mit mir einzugehen.«

»Werden Sie heiraten?«, fragte sie überrascht.

»So weit sind wir noch nicht«, sagte ich gedankenverloren.

»Sie schien mir eine reizende Frau zu sein, als ich sie zum ersten Mal getroffen habe«, bemerkte Shirley ernst.

»Das ist sie«, stimmte ich zu.

»Ich wusste nicht, dass sie Konditorin ist.«

»Sie ist nicht nur eine Konditorin. Sie ist *die* Konditorin. Ruby liefert Gebäck an *Indulgent Brews*.«

»Das sind meiner Meinung nach die besten in der Stadt«, erwiderte sie.

»Nach der Meinung vieler Leute«, verbesserte ich sie. »Ruby ist nicht formal ausgebildet, aber ihr Gebäck ist fantastisch. Der größte Teil ihrer Fähigkeiten gründet sich auf ihre Erfahrung und ihre Kreativität. Sie ist beinahe ein Konditor-Guru.«

»Dann würde ich sie *definitiv* gern anrufen«, sagte Shirley scherzhaft. »Der Service hier lässt zu wünschen übrig und wird täglich schlechter.«

»Ich werde sie überreden, uns etwas zu backen. Ich habe bisher nicht darüber nachgedacht, aber wenn alle einverstanden sind, könnte ich einen Vertrag mit ihr abschließen, dass sie mit uns zusammenarbeitet, und dann könnten wir den schrecklichen Donut-Kerl loswerden.«

Shirley zog eine Augenbraue in die Höhe. »Ihnen ist doch klar, dass sich so etwas herumsprechen wird, selbst wenn sie keinen Laden hat, und dann jeder ihr Gebäck haben will.«

Ich zog ebenfalls eine Braue in die Höhe. Ich hatte bis jetzt nicht bemerkt, dass meine Assistentin ein solches Auge dafür besaß, wie man neue Produkte einführte. »Darüber habe ich noch gar nicht nachgedacht, aber ich denke, das ist ein ausgezeichneter Plan.«

»Einverstanden«, stimmte sie zu. »Dann mal her mit dem Kuchen! Wenn er gut ist, verkauft er sich von selbst.«

»Danke, Shirley.«

Sobald meine Assistentin den Raum verlassen hatte, schlug ich die Akte auf, nur um gleich darauf von einer Stimme unterbrochen zu werden, von der ich gehofft hatte, sie heute *nicht* zu hören.

»Du hier? Was tust du hier?«

Ich blickte auf und beobachtete meinen Bruder Carter, der sich auf einem Stuhl neben meinem Schreibtisch niederließ.

Oberflächlich gesehen wirkte er wie jeder andere Geschäftsmann. Gekleidet in einen maßgeschneiderten Anzug und jedes Haar an seinem Platz sah er aus, als könne er es locker mit der ganzen Welt aufnehmen.

Doch ich konnte hinter der Fassade den Bruder entdecken, den ich kannte, und sah, dass es Carter nicht gut ging.

»Um deine Frage zu beantworten, ich glaube, mir gehört ein Drittel dieses Unternehmens. Ich bin ins Büro zurückgekehrt, um endlich mein Leben wieder aufzunehmen.«

»Schaffst du das?«, fragte Carter in schneidendem Tonfall. »Denn wenn ich mich recht erinnere, lief nicht alles so gut. Seit dem Unfall hast du dich ziemlich zu Hause verkrochen.«

»Ich habe mich inzwischen erholt«, schnappte ich. »Und ich habe es nicht nötig, mich von *dir* daran erinnern zu lassen, wie schwierig das war.«

Der Hurensohn hatte mir noch mehr Probleme bereitet, anstatt mir zu helfen, meine eigenen zu überwinden.

»Ich habe gehört, du hast eine neue Freundin«, stellte Carter fest.
»*Was ich mache, geht dich nichts an.*«

Carter erhob sich. »Tu dir das nicht an, Bruderherz. Ich habe Nachforschungen angestellt. Sie ist ein Niemand. Eine obdachlose Frau von der Straße. Sie wird dein Geld nehmen und davonlaufen.«

Ich stand ebenfalls auf. Ich war wütend und wollte nicht länger Carters Schwachsinn hören. Nicht eine seiner Behauptungen traf zu, außer der Tatsache, dass Ruby ein Niemand war.

Er kannte Ruby nicht; sie war ein weitaus besserer Mensch, als Carter es je sein würde.

Während der letzten Wochen hatte ich einige Male mit meinem ältesten Bruder Mason gesprochen und ich nahm an, er hatte Carter von Ruby erzählt.

Ich konnte Mason keinen Vorwurf machen, denn ich hatte ihn nicht gebeten, Stillschweigen zu bewahren, und das würde ich auch in Zukunft nicht tun.

Ich war stolz auf Ruby und es war mir gleichgültig, wer von unserer Verbindung erfuhr. »Raus!«, stieß ich zwischen zusammengebissenen Zähnen hervor. »Raus aus meinem Büro, bevor ich dir in den Hintern trete!«

»Nichts für ungut, Bruderherz, aber das traue ich dir nicht zu«, schoss er zurück.

Hurensohn! Glaubt er, ich könne ihn nicht hinausbefördern, nur weil ich ein kaputtes Bein habe?

Plötzlich ging mein Temperament mit mir durch und ich machte einen Satz auf meinen Bruder zu, um ihm die Lektion zu erteilen, die ich ihm bereits vor langer Zeit hätte erteilen sollen.

Kapitel 24

Ruby

Seufzend streute ich geriebenen Käse über das Gericht in der Kasserolle und schob sie in den Ofen zurück.

Ein arbeitsreicher Tag lag hinter mir.

Sobald Jett ins Büro gegangen war, hatte ich mir die Zutaten zusammengesucht, die ich benötigte, um eine ganze Palette verschiedener Gebäcksorten herzustellen. Danach war ich losgezogen, um sie auszuliefern.

Dann hatte ich mich entschlossen, es sei an der Zeit, ein Girokonto zu eröffnen. Daher hatte ich an der Bank angehalten und einen ansehnlichen Geldbetrag von meinem Sparkonto abgehoben und ein Girokonto eingerichtet. Da ich für meine Konditorwaren nicht allzu schnell bezahlt werden würde und wusste, dass ich neue Kleidung brauchte, wenn ich mit Jett zur Hochzeit seiner Schwester gehen würde, hatte ich beschlossen, eine größere Summe von meinem Konto zu benutzen. Ich wollte in Rocky Springs nicht wie eine Obdachlose aussehen, sondern wie Jetts Freundin auftreten.

Den größten Teil des Nachmittags hatte ich damit verbracht, angemessene Outfits für Colorado im Herbst zu finden. Und mit

Petes Hilfe hatte ich etwas Preiswertes ergattern können. Seattle war gelegentlich etwas überwältigend, doch inzwischen begann ich, mich in den verschiedenen Stadtgebieten zurechtzufinden.

Doch ich war noch nicht dazu bereit, mich mit meinem brandneuen BMW selbst in den Verkehr zu stürzen.

Als ich so in der Küche hin und her lief, spürte ich die schmerzenden Muskeln, die mich schon den ganzen Tag genervt hatten. Der Gedanke an die letzte Nacht zauberte mir ein Lächeln aufs Gesicht.

Für einen Mann, der behauptete, durch seine Verletzung behindert zu sein, besaß Jett erstaunlich viel Ausdauer und Durchhaltevermögen. Während der Nacht waren wir einige Male aufgewacht, nur um uns wieder und wieder dem gemeinsamen Vergnügen hinzugeben.

Leider musste ich jetzt für meine sexuellen Exzesse mit Schmerzen in Muskeln bezahlen, von deren Existenz ich bisher nicht einmal gewusst hatte.

Doch die letzte Nacht war *jegliche* Unbequemlichkeiten wert gewesen.

Alles war … perfekt gewesen.

Es hatte mich irgendwie überrascht, als sich Jett heute Morgen in einem umwerfenden Anzug auf den Weg zu seinem Büro gemacht hatte. Doch ich hatte gespürt, dass Jett eine Art Wendepunkt erreicht hatte, und nicht weiter nachgefragt, als ich die grimmige Entschlossenheit in seinem Gesicht gesehen hatte.

Er schien … verändert, doch nicht zum Schlechten, sondern auf eine »Jetzt- nehme-ich-mein-Leben-wieder-selbst-in-die-Hand« Art und Weise.

Und das gab ihm eine ziemlich heiße Ausstrahlung.

Ich nahm einen Topflappen und zog das französische Brot aus dem unteren Ofen. Ich kochte recht oft meine schnelleren Rezepte, seit ich häufig spät nach Hause kam. Jett würde eine Kasserolle serviert bekommen, die ich eiligst zusammengestellt hatte, das Brot, das ich gerade aus dem Ofen gezogen hatte, und ein paar einfache

Zitronenschnitten, die ich gezaubert hatte, als ich nach Hause zurückgekehrt war.

Nicht dass ich annahm, Jett würde den Unterschied bemerken zwischen einem komplizierten Gebäck und einem, das man in fünfzehn Minuten herstellen konnte. Fast alles Süße schmeckte ihm. Ich hörte das Klicken der Wohnungstür und mein Herz setzte aus, denn ich wusste, Jett war wieder zu Hause.

In weniger als dreißig Sekunden stand er in der Küche und sah immer noch so heiß aus wie am Morgen.

Mit einem Unterschied.

»Was ist mit deinem Gesicht passiert?«, erkundigte ich mich und berührte vorsichtig die Schramme unter seinem Auge, die heute Morgen, als er das Haus verlassen hatte, noch *nicht* da gewesen war.

Er antwortete mir nicht, bevor er mich nicht geküsst hatte. »Die Faust meines Bruders ist mit meinem Gesicht zusammengestoßen«, erwiderte er unwirsch.

»Dein Bruder hat dich geschlagen? Warum?«

Ich wusste, dass zwischen den Lawson-Geschwistern eine gewisse Distanz herrschte. Doch den Grund dafür kannte ich nicht.

»Wir hatten noch eine alte Rechnung offen. Ich habe sie beglichen.«

»Was ist geschehen?«, fragte ich leise und hoffte, er würde mir Vertrauen schenken. Ich wollte die Dynamik seiner Familie verstehen, doch er sprach selten über seine Geschwister, ausgenommen seine Schwestern. »Warum kommst du mit deinen Brüdern nicht klar?«

»Mason und ich kommen gut miteinander aus«, begann er, zog seine Jacke aus und warf sie über die Lehne eines Küchenstuhls. »Doch Mason ist kaum hier und außerdem arbeitet er zu viel. Als meine Eltern umkamen, geschah etwas mit meiner Familie. Wir schienen auseinanderzufallen. Harper und Dani gingen weg, um ihrer eigenen Berufung zu folgen. Und Mason, Carter und ich beschlossen zusammenzuarbeiten. Wir verkauften den größten Teil des beweglichen Vermögens unserer Eltern und teilten das Erbe auf. Doch das junge Technologieunternehmen unseres Vaters behielten wir, um es gemeinsam weiterzuführen, denn wir alle verfügen über eine technische Ausbildung. Sobald wir die Firma nach Seattle verlegt hatten, ging alles sehr schnell und das Unternehmen startete tatsächlich durch. Wir drei hatten jeder unsere eigene Abteilung zu leiten, daher taten wir kaum etwas anderes, als zu arbeiten. Wir verfielen in eine Beziehung, wie sie eher unter Geschäftspartnern als unter Brüdern üblich ist.«

Er nahm sich ein Bier aus dem Kühlschrank, entfernte den Verschluss und setzte sich an den Küchentisch.

Ich setzte mich ihm gegenüber. »Standet ihr einander als Kinder nahe?«

»Ja, das ist ja das Seltsame. Wir hielten immer zusammen. Harper und Dani waren unzertrennlich und Mason, Carter und ich waren wie die besten Freunde. Wir haben alles gemeinsam gemacht.«

»Der Tod eurer Eltern muss traumatisch für euch gewesen sein. Glaubst du nicht, dass solch ein Ereignis die Betroffenen entweder enger zusammenfügt oder auseinanderreißt?«

Ich hatte keine Ahnung, wie es war, Geschwister zu haben. Ich versuchte lediglich, aufgrund meiner eigenen Erfahrung mit dem Verlust meiner Eltern Verständnis für Jett und seine Geschwister aufzubringen.

Er nickte und trank einen Schluck Bier. »Leider hat es uns nicht enger zusammengeschweißt. Ich denke, wir waren alle so geschockt, dass wir nicht darüber reden konnten. Und über andere Dinge haben wir auch nicht geredet. Irgendwie haben wir unsere Familie vollkommen verloren und dieser Zustand besteht nun schon so lange, dass wir ihn scheinbar nicht mehr berichtigen können.«

»Das tut mir leid«, sagte ich leise. »Aber es ist noch nicht zu spät.«

»Vielleicht doch«, widersprach er ernst. »Ich wünschte nur, ich hätte es bereits vor Jahren bemerkt, nachdem unsere Eltern gestorben waren. Ich denke, wir waren so von unseren Bemühungen beansprucht, in der Technikbranche eine führende Position zu erlangen, dass ich niemals eine Pause eingelegt habe, in der ich wahrgenommen hätte, wie dysfunktional unsere Familie geworden war. Und es war ja nicht so, als ob wir das Geld gebraucht hätten. Dank meiner Eltern waren wir bereits unverschämt reich, bevor das Unternehmen an die Spitze aufgestiegen ist. Es ging wirklich nicht ums Geld. Ich nehme an, wir waren in der Herausforderung gefangen. Wir alle sind Sturköpfe. Selbst meine Schwestern.«

»Das gehört zu eurer Natur«, erklärte ich ihm. »Und es ist nicht immer ein schlechter Charakterzug.«

Jett war allerdings stur, doch das war eine der Eigenschaften, die er gebraucht hatte, um mit seinen Verletzungen klarzukommen.

»Ich würde es wirklich begrüßen, wenn wir unsere Beziehung wieder verbessern könnten. Aber ich habe keine Ahnung, wie man eine Familie neu aufbaut. Harper und Dani sind meist in Colorado, doch für keinen von uns ist es wirklich schwierig, sie zu sehen. Es ist ein ziemlich kurzer Flug.«

»Ich bin froh, dass du deine Schwestern bald auf der Hochzeit sehen wirst.«

»Vielleicht könnten wir ein paar Tage früher fliegen«, schlug er vor. »Dann hätte ich vielleicht Zeit, mit meinen Schwestern darüber zu reden, wo zum Teufel wir versagt haben.«

»Ich bin dabei«, bot ich an. »Ich kann meine letzte Lieferung an *Indulgent Brews* gegen Ende der Woche ausführen, danach habe ich Zeit.«

Er grinste und wirkte jetzt wie ein Lausbube mit seinem blauen Auge. »Ich habe übrigens noch einen Job für dich.«

»Was?«

»Kannst du meinen Angestellten Kuchen liefern? Sie würden dich vergöttern. Wir haben zwar einen Vertrag mit einer Bäckerei, die uns morgens Gebäck liefert, doch die Qualität ist lausig für den Preis, den wir zahlen.«

»Du weißt, ich bin stets glücklich, wenn ich helfen kann.«

Er schüttelte den Kopf. »Nein. Du sollst das nicht ohne Bezahlung machen. Wie ich bereits sagte, wir *bezahlen bereits* eine Bäckerei, die uns Kuchen liefert. Du würdest auch entsprechend bezahlt werden. Wir können mit meinem Büro einen Versuch starten und wenn es gut läuft, belieferst du auch die restlichen Büros.«

Ich verschränkte die Arme vor der Brust und warf ihm einen skeptischen Blick zu. »Du inszenierst das aber nicht, um mir zu helfen, ein kleines Vermögen zu verdienen?«

»Definitiv nicht. Die Idee kam auf, als ich mit Shirley darüber sprach, wie schlecht der Kuchen momentan ist. Selbst ich konnte die Donuts nicht essen. Sie waren pappig.«

Ich musste lächeln. »Na gut. Da es fast nichts Süßes gibt, das dir nicht schmeckt, brauchst du vielleicht wirklich etwas anderes.«

»Meine Angestellten brauchen etwas Besseres«, verbesserte er mich.

»Ich finde es ziemlich nett von dir, dass du deinen Angestellten diesen Service bietest. Die meisten Firmen tun das nicht.«

»Reiner Egoismus«, erwiderte er. »Sie arbeiten mehr, wenn sie nicht ständig ans Mittagessen denken, weil sie morgens nichts Anständiges zu essen bekommen haben.«

Ich lachte. »Du weißt doch ganz genau, dass das nicht der Grund ist.«

Er zuckte mit den Schultern. »Vielleicht nicht der einzige. Aber Studien zeigen, dass es die Produktivität erhöht.«

»Morgen werde ich etwas für euch backen.«

Ich machte ihm ein paar Vorschläge für Kuchensorten, die ihm vielleicht gefallen würden, doch ich merkte, dass er abgelenkt war.

Schließlich sagte ich: »Du hast mir immer noch nicht erzählt, was du mit Carter auszufechten hattest.«

»Wie ich bereits sagte, eine alte Rechnung.«

»Um was ging es?«, drängte ich.

»Er hat mit meiner ehemaligen Verlobten geschlafen«, sagte Jett beiläufig.

Ich war sprachlos, unfähig, all die Fragen zu stellen, die mir durch den Kopf gingen, als ich den grimmigen Ausdruck auf Jetts hübschem Gesicht sah.

Kapitel 25

Ruby

»Ich weiß jetzt schon, dass ich mit dir so bald wie möglich einen Vertrag abschließen möchte, dass du uns dauerhaft mit deinem Kuchen belieferst«, stellte Lia fest. Sie stand im Café hinter dem leeren Glaskasten, der früher am Morgen noch voller Gebäck gewesen war.

»Dem stimme ich aus ganzem Herzen zu«, bestätigte Zeke, der an einem Tisch saß und sich über die Auswahl süßen Gebäcks hermachte, die Lia für ihn reserviert hatte, als ich den Kuchen in der Vitrine platziert hatte.

Jett saß Zeke gegenüber und half ihm, das Gebäck zu verschlingen. Ich wusste, es konnte nicht mehr lange dauern, bis alles verputzt war.

Obwohl sich die beiden Männer bis jetzt noch niemals über den Weg gelaufen waren, zweifelte ich nicht daran, dass die Liebe zu Brownies sie kameradschaftlich verband.

»Aber meine Büros haben Vorrang«, wandte Jett ein. »Meine Angestellten würden einen Aufstand anzetteln, wenn Ruby nicht mehr für uns backen würde.«

Ich lächelte, denn ich wusste, er sagte wahrscheinlich die Wahrheit. Ich hatte die Möglichkeit gehabt, mich mit einigen der Leute, die für ihn arbeiteten, zu unterhalten, und Horrorgeschichten über die ehemalige Bäckerei und ihre Waren gehört. Mir erschien es beinahe lächerlich, dass sie das Risiko eingegangen waren, eines der größten Unternehmen der Welt als Kunden zu verlieren. Doch die Bäckerei hatte selbst an Größe zugelegt und so ihren individuellen Stil verloren. Ihnen war offensichtlich inzwischen der Profit wichtiger als die Zufriedenheit der Kunden, was meiner Meinung nach mit der Zeit zu ihrem Niedergang führen könnte.

»Sobald Stuart und ich verheiratet sind, werde ich mich vergrößern und einen weiteren Laden eröffnen«, erklärte Lia. »Und dann möchte ich gleich vom ersten Tag an deinen Kuchen anbieten.«

»Wenn ich Jetts ganzes Unternehmen beliefere, werde ich eine Küche und ein paar Angestellte benötigen. Ich werde mehr Öfen und mehr Platz brauchen«, erklärte ich ihr.

»Aber eröffne bitte keinen Laden«, bat Lia. »Nun gut, außer du willst unbedingt eine Bäckerei eröffnen. Gewiss ist das ein egoistischer Wunsch, denn ich würde deine Waren gern exklusiv anbieten.«

Ich lächelte ihr zu. »Im Moment plane ich noch nicht in diese Richtung. Und bitte erzähl mir nicht, die Leute würden dir nicht ohnehin wegen deines Kaffees die Tür einrennen, ob du nun mein Gebäck im Angebot hast oder nicht.«

Es war bereits spät und das Café war geschlossen, doch noch eine Stunde zuvor war es hier wie im Irrenhaus zugegangen.

»Wann wirst du den anderen Laden eröffnen?«, erkundigte ich mich.

»Sobald ich das Erbe meiner Großmutter erhalte«, erklärte sie. »Sie hat eine seltsame Bedingung gestellt, nämlich dass ich im Alter von achtundzwanzig Jahren verheiratet sein muss, um das Erbe anzutreten. Ich vermute, sie hat befürchtet, ich würde als alte Jungfer enden, da zur Zeit ihres Todes noch keine Anwärter in Sicht waren.«

»So etwas ist tatsächlich möglich?«, wunderte ich mich, erstaunt, dass jemand Lias Leben um des Geldes willen bestimmen konnte.

Sie seufzte. »Ja, offensichtlich konnte sie eine solche Klausel einsetzen. Mein Anwalt sagt, ich könnte es anfechten, doch es besteht die Möglichkeit zu verlieren, da meine Großmutter alternativ Organisationen angegeben hat, die das Geld erhalten sollen, falls ich die Bedingung nicht erfülle. Doch die Lösung ist ganz einfach, oder? Ich sorge eben dafür, dass ich die Tat noch vor meinem Geburtstag vollbringe.«

»Wann hast du Geburtstag?«

»Im nächsten Monat«, antwortete sie. »Ein paar Tage nach unserer Hochzeit.«

»Ist das nicht ziemlich knapp?«

Lia zuckte mit den Schultern. »Das spielt keine Rolle, da die Hochzeit bereits geplant ist.« Sie unterbrach sich und fuhr dann fort: »Was mich daran erinnert, dass ich dir und deinem heißen Kerl da drüben eine Einladung geben wollte.«

Ich nahm den Umschlag entgegen. Es schien so, als hätte ich in naher Zukunft mehr als eine Hochzeit zu besuchen. »Ich werde gern kommen«, erwiderte ich.

»Ehrlich, wenn ich dich früher kennengelernt hätte, hätte ich dich gebeten, unsere Hochzeitstorte zu backen, aber Stuart ist so penibel. Die Vorbereitungen sind bereits seit Monaten abgeschlossen.«

»Das ist in Ordnung«, beeilte ich mich zu versichern. »Ich habe nicht gerade viel Erfahrung darin, solch große Torten alleine herzustellen.«

Lia nickte. »Ehrlich, manchmal wünschte ich mir, die Hochzeit wäre bereits vorüber. Sie hat so viel meiner Zeit in Anspruch genommen und ich möchte eigentlich bereits seit geraumer Zeit die Beliebtheit des *Indulgents* ausnutzen und den zweiten Laden eröffnen. Außerdem sollte ich endlich das hohe Risiko wiedergutmachen, das Zeke als mein Partner auf sich genommen hat, und ihn auszahlen.«

»Er wird nicht länger dein Partner sein?«

Sie schüttelte den Kopf und ihre Augen wurden traurig. »Das Ganze war nie als dauerhafte Partnerschaft gedacht gewesen. Er hat mir ein Darlehen gegeben. Zeke und ich kennen einander seit unserer Teenagerzeit. Er hat es aus reiner Freundschaft getan. Und er hat seinen Teil zum Gelingen beigetragen, obwohl er es nicht gemusst hätte. Er hat mich bei jedem einzelnen Schritt auf meinem Weg unterstützt.«

»Braucht er das Geld denn?«

Lia zog ein Gesicht. »Oh Gott, nein. Sein Vermögen ist in keiner Weise mit Jetts vergleichbar, doch trotzdem kann man ihn als unverschämt reich bezeichnen. Aber ich *will* ihm das Geld zurückzahlen. Wir sind weder verwandt noch verlobt und er hat seinen Hals für mich hingehalten. Allerdings wird wahrscheinlich jeder, der geschäftliche Ambitionen hat, Unterstützung brauchen, wenn er kein Geld hat.«

Ich dachte einen Moment über ihre Bemerkung nach. »Ich weiß, was du meinst«, erklärte ich daraufhin. »Es fiel mir auch schwer, mir bei Jett Geld zu leihen und seine Geschenke anzunehmen, insbesondere da ich wusste, dass ich ihm in absehbarer Zeit nichts würde zurückzahlen können.«

»Dein Süßer hat mehr Geld als Gott«, erwiderte Lia. »Und er ist dein Freund. Warum solltest du dir darüber Sorgen machen?«

»Aus dem gleichen Grund, aus dem du deine Schulden bei Zeke begleichen willst.«

»Aber Zeke und ich sind nicht zusammen. Aber wenn er mir unbedingt einen BMW schenken wollte und ich wüsste, er würde das Geld nicht vermissen, dann würde ich ihn wahrscheinlich annehmen, da wir Freunde sind.«

»Ich kenne Jett kaum«, gab ich zu. »Ich war obdachlos und wurde das Opfer von Menschenhändlern. Jett hat mir das Leben gerettet.«

Lia sah mich fassungslos an. »Oh, Süße. Das tut mir leid. Haben sie dir wehgetan?«

»Das ist eine lange Geschichte. Kannst du dir vorstellen, wie es ist, plötzlich in ein Märchen versetzt zu werden, wenn du die meiste Zeit deines Lebens eine Gefangene deiner Lebensumstände gewesen bist?«

»Wie Aschenputtel«, erwiderte Lia ehrfurchtsvoll.

Ich nickte. »Ja, wie Aschenputtel. Meine Geschichte mit Jett ist fast zu gut, um wahr zu sein. Manchmal befürchte ich aufzuwachen und alles war nur ein schöner Traum.«

»Das verstehe ich«, sagte Lia. »Aber Jett betet dich an. Das ist ziemlich offensichtlich. Und ich bezweifle, dass es irgendjemanden auf der Welt gibt, der ein Happy End so sehr verdient hat wie du. Nimm, was er dir anbietet, falls du es willst, Ruby. Ich habe gelernt, einige Dinge im Leben nicht zu hinterfragen. Uns begegnet Gutes und Schlechtes im Leben. Es kommt aber darauf an, was wir aus den guten und schlechten Zeiten machen.«

»Aber er kauft mir extravagante Sachen.«

»Die nur in *deiner Welt* als Luxus gelten. Überleg doch mal, Ruby. Jett war von Geburt an unglaublich reich. Schon bevor Lawson zum gigantischen Technologiekonzern wurde, war das sein Lebensstil. Sieh es doch mal so: Wenn Jett dir ein Auto schenkt, ist es so, als ob du mir ein paar Schuhe oder Ähnliches schenkst. Für ihn sind solche Dinge unbedeutend, während sie für dich ungeheuren Wert besitzen. Du kannst ihm also einfach einen Kuss geben, dich bedanken und weitermachen, als ob nichts gewesen wäre, wenn er dir ein neues Auto oder eine neue Villa schenkt.« Sie zögerte, dann fügte sie hinzu: »Mist, ich kann nicht glauben, dass ich das gerade gesagt habe.«

Ich musste lachen, denn der Ausdruck auf ihrem Gesicht war unbezahlbar.

»Nein, du hast ja recht«, gab ich zu. »Sein Vermögen ist so gigantisch, dass die Geschenke wirklich unbedeutend für ihn sind. Ich denke, es fällt mir lediglich schwer, das zu akzeptieren.«

»Wenn du mit einem der reichsten Männer der Welt zusammenbleibst, solltest du dich wirklich daran gewöhnen, dass ein Geschenk, das dir groß erscheint, für ihn nichts bedeutet. Er kennt nichts anderes. Ich könnte mit einem solchen Zugeständnis leben. Stuart ist Millionär und selbst *das* gibt mir manchmal ein unbehagliches Gefühl. Ich bin auch nicht in jener Welt aufgewachsen.«

»Hat er dir ein Auto geschenkt?«, fragte ich neugierig.

Sie verdrehte die Augen. »Ich wünschte, er hätte es.«

Ehrlich, langsam begann ich zu glauben, dass Stuart nicht der richtige Mann für Lia war. Nachdem ich beobachtet hatte, wie Zekes

Blick Lia durch den Raum verfolgte, musste ich mich fragen, ob meine Freundin den falschen Mann heiraten würde.

Aber nein, es *musste* an meiner blühenden Fantasie liegen. Lia schien nicht der Typ Frau zu sein, der den falschen Mann wählte.

»Ich versuche, mich daran zu gewöhnen«, sagte ich unglücklich.

Lia warf mir einen schelmischen Blick zu. »Es gibt weitaus Schlimmeres, als sich an enormen Reichtum zu gewöhnen.«

»Ich mache eine Therapie«, vertraute ich ihr an. »Ich glaube, ich versuche immer noch zu akzeptieren, dass ich es wert bin, einen Mann wie Jett zu haben.«

»Hey, hör auf damit!«, rief Lia aus. »Mach deinen Wert nicht an Geld fest. Das spielt überhaupt keine Rolle, wenn es um eine Beziehung geht. Niemand ist es wert, ein Vermögen zu besitzen. Das passiert einfach. Jett ist ein guter Mann, weil er sich um Menschen kümmert, die weniger vom Schicksal begünstigt sind als er. Hat er dich jemals so behandelt, als ob du wegen deiner Lebensumstände unter ihm stehen würdest?«

»Niemals«, sagte ich überzeugt.

»Und ich weiß bereits, dass *Lawson* sich unglaublich menschenfreundlich verhält, wenn es um lokale und weltweite Probleme geht.«

»Jett tut auch Gutes, das er nicht an die große Glocke hängt. Er gibt nicht, um Aufmerksamkeit zu erlangen. Er tut es, weil … er die Menschen mag.«

Lia verschränkte die Arme. »Ich schwöre dir, wenn du dir diesen Mann nicht schnappst und einfach dein Leben genießt, werde ich mich von Stuart trennen und Jett selbst heiraten.«

Ich kicherte, weil ihre Bemerkung so übertrieben war. »Ich genieße ihn. Recht intensiv sogar.«

Jett und ich hatten ziemlich viel Sex gehabt und alle Oberflächen in seiner Wohnung ausprobiert. Und es schien so, als ob jedes Mal besser als das vorherige war.

»Auf diese Bemerkung werde ich nicht eingehen«, lachte Lia. »Ich könnte nämlich äußerst zweideutig daherreden und dich vergraulen. Lass dir aber von Geld nicht dein Glück verderben, Ruby. Geld ist lediglich etwas, mit dem wir uns *Dinge* kaufen. Und Dinge können dich nicht wahrhaft glücklich machen.«

»Ich weiß. Vielleicht bin ich einfach nur nervös, weil wir in Kürze nach Colorado aufbrechen werden, um die Hochzeit von Jetts Schwester zu besuchen. Dort werde ich mit einem ganzen Haufen Milliardäre zur gleichen Zeit klarkommen müssen«, erklärte ich in scherzhaftem Tonfall.

»Keiner von ihnen unterscheidet sich von dir«, versicherte Lia mir.

»Jetts Schwester ist wundervoll«, entgegnete ich. »Ich kenne sie bereits. Sie ist diejenige, die Jett geschickt hat, um mich aus einer fatalen Situation in Miami zu retten. Sie hat dazu beigetragen, dass ich nicht mehr obdachlos bin.«

»Sei nicht nervös, Ruby«, sagte Lia ernst. »Du bist eine wunderbare, intelligente und starke Frau, die über einige unglaubliche Talente verfügt. Lass dich niemals von irgendjemandem einschüchtern, der dich etwas anderes glauben machen will.«

In meiner Kehle bildete sich ein Kloß. Ich wusste, dass ich mein Selbstwertgefühl verbessern musste, und ich arbeitete daran. Trotzdem half es ungemein, Freundschaften mit Menschen wie Lia zu schließen. »Danke.«

Ich sah, dass sich die Männer auf der gegenüberliegenden Seite des Raumes von ihrem Tisch erhoben.

»Ich glaube, mittlerweile haben sie alles aufgegessen«, sagte Lia voller Humor.

»Wie ich Jett kenne, ist das bereits vor einiger Zeit geschehen und sie haben noch ein bisschen geplaudert.«

»Wie können die beiden nur so umwerfend aussehen, obwohl sie gerade eine Tonne Zeug mit irrsinnig vielen Kalorien verschlungen haben? Versteh mich nicht falsch. Ich liebe es zu essen, aber es zeigt sich leider nur allzu schnell auf meinen Hüften oder meinem Hinterteil«, beschwerte sich Lia.

»Jett trainiert jeden Tag«, vertraute ich ihr an.

»Zeke treibt gern Sport und ist wirklich aktiv. Trotzdem finde ich das nicht gerecht.«

Ich lachte. Ich selbst hatte niemals Probleme mit meinem Gewicht gehabt und als ich obdachlos war, war ich wegen des Nahrungsmangels viel zu dünn gewesen. Doch früher oder später würde ich aufpassen müssen, was ich aß, oder einige Pfunde zulegen bei der Menge an Kuchen, die ich herstellen würde. Im Moment hatte ich jedoch das Gefühl, verlorene Pfunde aufzuholen. Allerdings füllten sich meine Kurven recht schnell.

Lia und ich begannen jetzt, über unser Geschäft zu reden und die Einzelheiten auszuarbeiten. Wir legten eine tägliche Auswahl fest und ließen ein wenig Freiraum, damit ich kreieren konnte, was immer mir an den jeweiligen Tagen passend für ihren Laden erschien, und ständig neue Gebäcksorten angeboten wurden.

»Ich kann meine Rechtsabteilung bitten, den Vertrag aufzusetzen, dann müsst ihr nichts dafür bezahlen«, bot Jett an.

»Danke«, erwiderte Lia, »das kommt mir sehr gelegen.«

»Viel Spaß auf der Hochzeit«, wünschte Lia uns, als Jett und ich aufbrachen.

Ich nickte. »Auf deine Hochzeit freue ich mich auch.«

Jett blickte zu Lia und dann zu Zeke. »Ist es bald soweit?«, erkundigte er sich.

»Im nächsten Monat«, informierte ich ihn. »Wir haben gerade heute die Einladung bekommen.«

Weil ich Jett nur zu gut kannte, konnte ich sehen, dass er beunruhigt war, doch er sagte: »Wir werden auf jeden Fall kommen.«

Doch erst als wir das Gebäude verlassen hatten und darauf warteten, die Straße überqueren zu können, bemerkte er: »Ich glaube, sie will den falschen Mann heiraten. Zeke ist verrückt nach ihr.«

»Hat er dir das erzählt?«, fragte ich überrascht.

»Verdammt, nein. Das hat er mir nicht erzählt. Aber für mich ist das ziemlich offensichtlich. Er sieht Lia an wie ich dich.«

Mein Herz machte einen Satz. Manchmal gab Jett Dinge von sich, die mich tief berührten.

Das war einer der vielen Gründe, warum ich ihn so sehr liebte.

Kapitel 26

Ruby

» **V** ielleicht hört sich das für euch beide seltsam an, aber was zum Teufel ist mit unserer Familie geschehen?«, fragte Jett seine beiden Schwestern Dani und Harper. Wir vier saßen zusammen im Wohnzimmer des Ferienhauses, das Jett in Rocky Springs, Colorado gemietet hatte.

Ich hatte mich eigentlich zurückziehen wollen, sodass Jett mit seinen Schwestern ein vertrauteres Gespräch hätte führen können, doch er hatte mich gebeten zu bleiben. Daher saß ich jetzt neben ihm auf der Couch und verhielt mich ruhig.

Jett *musste* diese Unterhaltung eigentlich mit der kompletten Familie führen.

Doch leider waren seine beiden Brüder bis jetzt noch nicht aufgetaucht, weshalb er beschlossen hatte, zuerst mit seinen Schwestern zu reden.

Wir hielten uns bereits seit ein paar Tagen in Rocky Springs auf und ich hätte mir keine nettere Gesellschaft wünschen können als die Colters und Jetts Schwestern. Alle hatten mich so freundlich empfangen und Harper und Dani hatten mich in all ihre Unternehmungen einbezogen.

Je mehr ich auf der Ebene einer Erwachsenen mit Leuten kommunizierte, desto behaglicher fühlte ich mich. Ich erkannte, dass ich überhaupt nicht so ungesellig war. In der Tat war sogar das Gegenteil der Fall. Ich hatte lediglich nie viel Gelegenheit gehabt, mir die sozialen Fähigkeiten einer Erwachsenen anzueignen.

»Das ist überhaupt nicht seltsam«, sagte Dani zu Jett. »Harper und ich haben auch schon versucht, das herauszufinden. Es scheint so, als ob unsere Familie sich aufgelöst hätte, weil Mom und Dad nicht mehr da waren, um uns zusammenzuhalten. Aber wir standen uns doch alle so nahe. Ich weiß nicht, wie wir uns so weit voneinander entfernen konnten.«

»Für euch beide mag das vielleicht zutreffen«, überlegte Jett. »Du und Harper wart *physisch* voneinander entfernt und habt uns auch in Seattle nicht oft gesehen. Doch Carter, Mason und ich wohnten in *derselben Stadt* und arbeiteten in derselben Firma. Und wir haben uns trotzdem voneinander entfernt. Wir haben uns eigentlich nur zu geschäftlichen Anlässen getroffen. Es scheint, als ob wir so besessen an unseren Plänen für *Lawson Technologies* gearbeitet haben, dass wir vergessen haben, eine Familie zu sein. Und keiner von uns hatte wirklich ein Privatleben, da wir ohne Unterbrechung gearbeitet haben.«

»Ich denke, jeder von uns ist auf seine Weise mit dem Tod von Mom und Dad umgegangen«, sagte Harper nachdenklich. »Anstatt zusammenzuhalten, um damit klarzukommen, haben wir versucht, unseren Schmerz mit Ablenkungen oder Besessenheiten zu überdecken.«

»Ich möchte das gern ändern«, bemerkte Jett traurig. »Aber ich weiß nicht, wie ich das bewerkstelligen soll.«

»Ich glaube, wir *alle* wollen wieder eine Familie sein«, erklärte Dani Jett freundlich. »Es ist doch nicht so, als ob wir einander nicht liebten. Ich denke, wir müssen uns einfach aufeinander zu bewegen und lernen, auch ohne Mom und Dad eine Familie zu sein. Sie sind jetzt schon so lange tot.«

»Ich vermisse sie immer noch«, seufzte Harper. »Aber ich weiß, dass sie auf keinen Fall gewollt hätten, dass wir Kinder keine Familie mehr bilden, weil sie nicht mehr da sind. Sie hätten auf jeden Fall gewollt, dass wir zusammenhalten.«

Dani nickte, in ihren Augen schimmerten Tränen. »Ich vermisse sie auch. Und ich bin mir sicher, dass wird immer so bleiben. Doch meine Brüder vermisse ich ebenfalls.«

Ich versuchte, gegen meine eigenen Tränen anzukämpfen, als ich Jett, Harper und Dani darüber sprechen sah, wie sie den Bruch in ihrer Familie wieder flicken konnten.

Ehrlich, ich war absolut keine Hilfe, da ich noch nicht einmal wusste, was es bedeutete, eine richtige Familie zu haben. Außerdem war ich ein Einzelkind.

Doch das hielt mich nicht davon ab, den Schmerz der drei zu teilen, denn sie alle hatten etwas verloren, das ihnen wichtig war.

Jett brauchte dieses Gespräch, obwohl ich wusste, dass ihm die Konfrontation nicht leichtfiel. Sein Unfall hatte ihm große Herausforderungen und Traurigkeit beschert. Ich spürte, dass er einige Dinge klären musste, um sich wieder vollkommen ganz zu fühlen.

Seitdem er wieder in sein Büro zurückgekehrt war, hatte ich beobachten können, wie sein Selbstvertrauen wuchs, und er schien sich ziemlich wohl in seiner Haut – oder sollte ich besser sagen in seinen maßgeschneiderten Anzügen – zu fühlen.

Jetts Orthopäde hatte ihm endlich die Erlaubnis gegeben, alle normalen Aktivitäten wieder aufzunehmen – natürlich wusste er nicht, dass Jett das bereits getan hatte. Jett wusste zwar, dass er nie einen Marathon würde laufen können, doch er schien sich jeden Tag besser mit seinen Beschränkungen abzufinden.

Jett sprang auf, als seine Schwestern sich von ihren Stühlen erhoben und zu ihm hinübergingen.

Ich musste ein paar Tränen wegwischen, als ich sein Gesicht sah, das einen Ausdruck von Freude und Erleichterung zeigte, als er seine Schwestern mit je einem Arm umfasste und eng an sich zog.

Sobald sich alle wieder gesetzt hatten, bat Dani aufgeregt: »Und jetzt erzähl uns erst einmal, was wir nicht mitbekommen haben. Wann habt ihr beide, du und Ruby, gemerkt, dass ihr zusammen sein wollt?«

Jett übernahm die Antwort. »So ziemlich im selben Moment, in dem sie mich ins Krankenhaus befördert hat«, scherzte er.

»Was?«, fragte Dani beunruhigt.

Jett hielt eine Hand hoch. »Das ist eine lange Geschichte, aber wir sind beide mit heiler Haut davongekommen. Aber es geschah ziemlich schnell.«

Ich schwieg weiter, während Jett erzählte, wie wir uns kennengelernt hatten und was danach passiert war, während wir uns in Miami aufhielten.

»Warum hast du Marcus nichts davon gesagt?«, fragte Dani. »Oder mir?«

»Weil ich noch nicht soweit war«, gestand Jett. »So sehr ich mir auch vom ersten Moment, in dem ich sie gesehen hatte, gewünscht hatte, mit Ruby zusammen zu sein, hatte Ruby doch viel aufzuarbeiten und ich ebenfalls.«

»Es hat hauptsächlich an mir gelegen«, informierte ich sie schuldbewusst. »Ich wollte sein Mitleid nicht. Außerdem wollte ich nicht den Eindruck bei ihm erwecken, ich sei allein hinter seinem Geld her.«

Die Frauen nickten, als ob sie mich verstehen würden, während Jett knurrte: »Ich hasse es, wenn du so etwas sagst, Ruby.«

»Ich weiß. Aber es ist wahr.«

»Wie geht es dir denn jetzt?«, fragte mich Harper. »Ich kann mir kaum vorstellen, was es heißt, allein auf der Straße zu leben. Und du hast das über Jahre durchgehalten.«

»Es geht mir gut«, antwortete ich lächelnd. »Ich mache eine Therapie und nehme mir jeden Tag nur eine Sache vor.«

»Sie macht das großartig«, verbesserte Jett. »Und sie startet gerade ein eigenes Konditoreiwarengeschäft in Seattle, das meiner Meinung nach mit Sicherheit ein Erfolg wird, denn ich bin ihr persönlicher

Geschmackstester«, erklärte er scherzend. »Ich habe alles getestet und es ähnelt in nichts dem Gebäck, das ich kenne.«

»Oh mein Gott. Bist du wirklich Konditorin?«, erkundigte sich Dani aufgeregt. »Meine, die mir die Torte und den Nachtisch für die Hochzeit machen wollte, hat gerade abgesagt und wir reißen uns ein Bein aus, jemand Neues zu finden. Marcus' Mutter kann zwar aushelfen, doch die Hochzeitstorte kann sie nicht machen. Kannst du das für mich tun?«

»Dani, ich habe niemals eine professionelle Ausbildung erhalten.«

»Spielt das eine Rolle, wenn du so großartige Ergebnisse erzielst?«, fragte sie. »Wenn Jett sagt, du seist gut, dann weiß ich, dass das so ist. Und wir haben hier in Rocky Springs niemanden, der mit dem Job klarkäme. Das ist schließlich ein Resort und kein Ort, an dem üblicherweise Hochzeiten abgehalten werden. Die meisten Firmen bedienen das Tourismusgeschäft.«

»Ich möchte dich nicht enttäuschen«, gestand ich.

Ehrlich, ich wusste, ich hätte keine Probleme, die Torte herzustellen. Ich denke, es war an der Zeit, dass ich endlich aufhörte, meine Fähigkeiten herunterzuspielen, nur weil ich keine Ausbildung hatte. Immerhin hatte ich jahrelang unter Anleitung einer hervorragenden Konditorin Erfahrungen gesammelt, auch wenn ich damals noch sehr jung gewesen war. Ich hatte alles aufgesogen, was sie mir beigebracht hatte, und inzwischen waren noch meine eigenen Kreationen hinzugekommen.

Ich mochte vielleicht keine Ahnung von der geschäftlichen Seite der Konditorarbeit haben, doch ganz gewiss konnte ich alles backen, was sich Dani wünschte, sogar eine riesige Hochzeitstorte. Meine Mutter und ich hatten viele solcher Torten hergestellt.

»Bitte Ruby!«, bettelte Dani.

Gern wollte ich mich für ihre Freundlichkeit erkenntlich zeigen. Und dies schien wenig zu sein im Vergleich zu dem, was sie für mich getan hatte.

Ich nickte. »Ich bin einverstanden. Habt ihr schon einen Geschmackstest gemacht? Wisst ihr schon, welche Geschmacksrichtung ihr bevorzugt?«

»Ja, das haben wir«, bestätigte sie aufgeregt. »Eigentlich nur Harper und ich. Marcus meinte, es sei ihm gleichgültig, welche Torte ich bestelle, solange sie mir schmeckt. Mein Zukünftiger gibt gern vor, Süßigkeiten nicht zu mögen, doch in Wahrheit liebt er sie. Ich glaube nicht, dass er eine besondere Vorliebe hat. Er verputzt so ziemlich jede Sorte Eiscreme, die ich auf den Tisch bringe.«

»Gibt es vielleicht eine größere Küche, die ich benutzen könnte? Ich kann dir meine Versionen deiner bevorzugten Aromen zum Probieren geben und du sagst mir, wie sie dir gefallen. Oder wir testen noch ein paar Geschmacksvarianten, die du noch nicht versucht hast.«

»Haben wir denn die Zeit dazu?«, fragte Dani aufgeregt. »Du kannst die Gastronomieküche im Resort meiner Mutter benutzen.«

Ich grinste Dani und Harper an. »Dann sind wir im Geschäft. Ich kann früh am Morgen beginnen, dann ist am Nachmittag etwas zum Kosten bereit. Meine Mutter hat damals in Ohio ein Cateringgeschäft betrieben. Ich bin es gewohnt, unter Druck zu arbeiten. Ja, ich bin mir sogar ziemlich sicher, dass es mich aufblühen lässt.«

Ich fühlte mich nie besser, als wenn ich in einer Küche stand und mit vielen verschiedenen Projekten gleichzeitig jonglierte. Aus irgendeinem Grund liebte ich es, inmitten eines Chaos meine Kreativität zu entfalten.

»Aber Ruby, ich würde dich gern bezahlen«, schlug Dani behutsam vor.

»Kommt nicht in Frage«, erwiderte ich bestimmt. »Dani, du hast mir das Leben gerettet. Und obwohl ich selbst hiermit *niemals* wiedergutmachen kann, was du für mich getan hast, möchte ich gern, dass du mir erlaubst, dies als Zeichen meiner Dankbarkeit für dich zu tun. Und außerdem betrachte es als Geschenk einer Freundin zu deiner Hochzeit.«

Tränen flossen ihr die Wangen hinunter, als sie antwortete: »Ich nehme dein Geschenk als Freundin an, jedoch nur, weil ich weiß, dass du einen gutsituierten Freund hast. Du schuldest mir keine Dankbarkeit, Ruby. Du bist eine unglaubliche Frau. Deine Chancen standen beschissen und du bist am Ende so gut daraus hervorgegangen. Ich kenne zwar nicht die ganze Geschichte, doch ich bin stolz, dich als meine Freundin bezeichnen zu dürfen.«

Ihre Worte rührten mich und ich spürte, wie sich eine Tür in meiner Seele öffnete.

Ich konnte mich inzwischen selbst als guten Menschen betrachten, auch ohne dass ich Geld oder Dinge besitzen musste.

Ich konnte meine Begabung als etwas Besonderes akzeptieren und nicht als etwas, das ich erklären musste.

Ich verdiente Freunde, die mich mit Respekt behandelten.

Und ich konnte Jett genau für das lieben, was er war … ein außergewöhnlicher Mann, der zufällig einer der reichsten Menschen der Welt war.

»Danke«, erwiderte ich nach einigen Augenblicken des Zögerns. »Das bedeutet mir viel.«

Dani erhob sich und wir anderen folgten ihrem Beispiel. »Ist sie im Moment einigermaßen flüssig?«, erkundigte sie sich bei Jett. »Denn falls ja, Harper und ich gehen jetzt einkaufen und würden ihr dann helfen, das perfekte Kleid für die Hochzeit zu finden.«

»Ich habe bereits ein paar Sachen«, wandte ich ein.

Harper warf mir ein Lächeln zu. »Falls es nicht etwas unglaublich Sündhaftes und Brandneues ist, sind wir bereits mit dir unterwegs nach Denver.«

»Es ist nicht neu«, gab ich zu. Ich hatte vor, das Kleid zu tragen, das ich mir während meines ersten Stylings gekauft hatte. »Es ist aber recht nett.«

»*Nett* reicht nicht, Schwester«, wehrte Dani ab und boxte spielerisch meinen Arm. »Jett wird einen Smoking tragen, weil er zum Brautgefolge gehört. Und du brauchst etwas, das umwerfend sexy ist.«

Seltsam. Diesen Vorschlag fand ich sehr verlockend.

»Nicht zu sexy«, knurrte Jett. »Ich mag es nicht, wenn andere Männer sie anstarren.«

»Höhlenmenscheninstinkte?«, neckte Harper ihn.

Dani runzelte ihre Stirn. »Mach dir keine Sorgen! Harper und ich haben selbst ein paar Neandertaler am Hals.«

Ich lachte, als Harper und Dani meine Hände ergriffen und mich zur Tür zogen.

»Wartet!«, verlangte Jett.

Wir warteten alle drei, bis er zu uns herübergekommen war. Er gab mir einen atemberaubenden Kuss und ermahnte mich: »Lass dich von den zweien nicht in Schwierigkeiten bringen! Und falls du mehr Geld brauchst, schreib mir einfach eine Nachricht und ich werde dir etwas überweisen.«

»Ich habe fast zwei Millionen Dollar auf meinem Konto«, keuchte ich. »Niemand kann so viel Geld an einem Tag ausgeben.«

Er fasste mich unters Kinn und hob meinen Kopf. Für einen Augenblick trafen sich unsere Blicke und in meinem Bauch begannen die Schmetterlinge zu flattern.

»Viel Spaß!«, wünschte er mir. »Es ist mir vollkommen gleichgültig, wie viel Geld du ausgibst.«

»Okay«, erwiderte ich und warf ihm ein Lächeln zu, mit dem ich auszudrücken hoffte, wie froh ich war, einen Mann wie ihn in meinem Leben zu haben.

Nachdem ich mir schnell meine Handtasche und ein Paar bequeme Schuhe geschnappt hatte, die ich sicher brauchen würde, um mit ihnen Schritt zu halten, zogen mich Jetts Schwestern aus dem Haus.

Ruby

»Ich wünschte, ich könnte dir helfen«, sagte Jett unglücklich, als er sah, wie ich von einem Ende der Küche zum anderen lief.

Obwohl ich mit der Herstellung der Kolibritorte, die Dani sich ausgesucht hatte, recht vertraut war, hatte ich bereits tags zuvor damit begonnen, die verschiedenen Lagen aus Bananen, Kokosnuss, Pekannüssen, Ananas und Zimt vorzubereiten.

Glücklicherweise würde die Hochzeitsgesellschaft nur Familie und Freunde umfassen, also relativ klein ausfallen, trotz alledem erreichte sie immerhin eine Zahl von ungefähr einhundert Gästen, da Marcus und Dani in Rocky Springs aufgewachsen waren.

Dani hatte sich für drei Lagen entschieden, da sie und Marcus nicht vorhatten, die oberste Schicht aufzubewahren, was meiner Meinung nach eine gute Entscheidung war. Gleichgültig, wie sehr sich auch alle bemühten, eine jahrealte eingefrorene Hochzeitstorte war einfach ungenießbar.

Gemessen an Milliardärsgepflogenheiten war die Torte wahrscheinlich relativ simpel. Die Reichen und Berühmten übertrieben stets und wollten etwas Spektakuläres. Glücklicherweise ging es Dani mehr um den Geschmack, als mit Äußerlichkeiten einem Ideal zu entsprechen. Und ich war fest entschlossen, der Torte mithilfe von essbaren Köstlichkeiten, mit denen ich den Buttercremeüberzug dekorieren wollte, einen spektakulären Anstrich zu geben.

Ich sah zu Jett hinüber, der sich gegen einen der Schränke lehnte.

»Ich habe alles unter Kontrolle«, versicherte ich ihm.

»Das habe ich niemals bezweifelt«, gab er zurück. »Aber ich fühle mich ein bisschen nutzlos.«

»Du leistest mir Gesellschaft und sorgst für meine Verpflegung«, erinnerte ich ihn. Er hatte mir das Mittagessen in die Küche gebracht und darauf bestanden, dass ich mich zum Essen hinsetzte.

»Es war nicht gerade schwierig, eine Bestellung im Restaurant aufzugeben und dir den Teller zu bringen«, sagte er trocken. »Und es ist kein Opfer, dir Gesellschaft zu leisten. Ich würde am liebsten stets dort sein, wo du bist.«

Mein Herz machte einen Satz, wie immer, wenn er etwas Süßes von sich gab. »Du hilfst mir damit«, erklärte ich ihm.

»Dann muss ich mich wohl damit abfinden, ein Faulenzer zu sein«, sagte er grinsend.

Gott, wie ich diesen Mann liebte, der an den einfachsten Dingen Freude hatte – wie einfach mit mir zusammen zu sein. Ich empfand zwar das Gleiche, konnte es aber nicht einfach so in den Raum werfen, wie Jett es so gut fertigbrachte.

»Ich denke, es sieht ganz gut aus«, stellte ich fest, während ich den runden Tisch auf Rollen begutachtete, der vor mir stand.

»Machst du Witze? Es sieht verdammt umwerfend aus«, wandte Jett ein.

Der Wasserfall aus Blumen, der sich über die Vorderseite ergoss, war beinahe fertiggestellt. Ich musste also wirklich nur noch an den Einzelheiten arbeiten und den Tisch rund um die Torte herum für die Präsentation dekorieren.

»Möchtest du sie gern kosten?«, fragte ich und lächelte ihn verschmitzt an.

»Ich glaube, Dani würde mich umbringen«, erwiderte er und klang enttäuscht.

»Nein, das wird sie nicht«, widersprach ich und ging zum Kühlschrank, aus dem ich eine kleinere Torte hervorzauberte.

Jetts Augen leuchteten auf. »Du hast noch eine kleine Torte gemacht?«

»Ja, ich habe Extraportionen Teig und Glasur vorbereitet.«

»Dann her damit, Mädel! Mir läuft schon den ganzen Tag das Wasser im Mund zusammen.«

Auf dem Weg zur Arbeitsplatte griff ich zwei Teller, ein Messer und zwei Gabeln.

In derselben Sekunde, in der das Stück Torte auf seinem Teller landete, hatte Jett auch schon seine Gabel hineingetaucht. Und seine Augen verdrehten sich beinahe bis nach hinten, als er sich den Bissen genießerisch in den Mund schob. »Mein Gott, Ruby! Die ist fantastisch!«

Ich aß etwas langsamer. »Es ist eine Spezialität aus dem Süden, doch meine Mutter liebte es, sie herzustellen. Ich war froh, dass Dani sich für diese Torte entschieden hat. Sie schmeckt wirklich sehr saftig.«

»Alle werden versuchen, dich mir auszuspannen«, stellte er mürrisch fest.

Ich lachte. »Nur wegen meiner Backtalente?«, neckte ich ihn.

Er schüttelte den Kopf. »Nein. Aber diese Fähigkeit ist noch ein weiterer Bonus und reicht, um jeden Kerl hörig zu machen.«

Ich überging seine albernen Anwandlungen, indem ich bemerkte: »Dani und Marcus sehen so glücklich miteinander aus. Das kann man bei allen Colter-Paaren beobachten.«

»Da hast du recht«, stimmte er zu. »Und Dani und Marcus waren immer schon füreinander bestimmt. Aber es hat lange gedauert, bis das Schicksal die beiden zueinander geführt hat.«

»War es eine Kindheitsliebe?«, erkundigte ich mich neugierig.

»Nein, sie haben einander gehasst. Ich glaube aber, dass sie nur deshalb miteinander gestritten haben, weil sie nicht wussten, wie sie mit ihren Gefühlen umgehen sollten. Marcus und Dani sind das komplette Gegenteil. Oberflächlich gesehen passt das nicht zusammen. Mein bester Freund war ein Workaholic. Er erinnert mich irgendwie an Mason. Und Dani war verrückt nach risikoreichen Abenteuern und dachte kaum an ihre Sicherheit.«

»Gegensätze ziehen sich an?«

»In ihrem Fall ja. Aber diese beiden Sturköpfe haben lange gebraucht, um sich zusammenzuraufen.«

»Ich bin froh, dass Dani glücklich wird.«

»Und ich bin froh, dass sie und Harper herausgefunden haben, wohin sie gehören«, fügte er hinzu.

»Vielleicht könnt ihr jetzt eure Beziehung zueinander wieder vertiefen«, bemerkte ich.

»Verdammt, ja. Harper und Dani haben bereits einen Zeitplan entworfen, um uns während des Jahres zusammenzubringen, sodass wir sie also häufig sehen werden.«

»Das freut mich«, sagte ich. »Ich mag alle beide wirklich gern.«

»Sie mögen dich auch«, vertraute er mir an. Doch dann wurde er für einen Augenblick still, bevor er hinzufügte: »Mit meinen Brüdern wird es wahrscheinlich etwas schwieriger werden.«

»Mit Sicherheit«, stimmte ich zu. »Wie könnte es *nicht* schwierig werden, da doch dein Bruder mit der Frau geschlafen hat, die du hattest heiraten wollen.«

Ehrlich, ich bezweifelte, ob ich Carter je würde mögen können, doch er war Jetts Bruder. Was also auch immer geschehen mochte, die Entscheidung lag bei Jett.

Jett gab mir keine weiteren Informationen, also verputzte ich meine Torte und sagte: »Ich mache mich mal besser wieder an die Arbeit. Dieses Meisterstück muss heute noch fertig werden.«

Morgen Nachmittag sollte die Hochzeit stattfinden und der Empfang würde anschließend hier im Resort abgehalten werden.

»Hey«, sagte Jett und nahm meinen Arm.

Ich drehte mich herum, um ihn anzublicken, und sah die Traurigkeit in seinen Augen. Ich wartete darauf, dass er etwas sagte. Offensichtlich gab es böses Blut zwischen den beiden jüngeren Brüdern, doch Jett hatte mir bisher nicht mehr erzählt, als dass Lisette und Carter intim miteinander gewesen waren.

»Es gibt ein paar Dinge, über die ich noch nicht reden kann. Es ist nicht so, als ob ich es nicht wollte, aber ich muss mir zuerst selbst darüber klar werden.«

Ich trat näher an ihn heran und schlang meine Arme um seinen Hals. »Du musst dich niemals verpflichtet fühlen, mir immer alles zu erzählen«, erklärte ich ihm. »Du solltest jedoch wissen, dass ich immer da bin, wenn du reden möchtest.«

Er schlang einen seiner kräftigen Arme um meine Taille und küsste mich, bis mir vor Freude leicht schwindelig wurde. Dann ließ er mich los und gab mir einen spielerischen Klaps auf den Hintern.

»Zurück an die Arbeit, Mädel. Ich möchte dich gern mit nach Hause nehmen«, sagte er mit so zweideutigem Tonfall, dass ich übermütig lachte.

»Dann werde ich mir ein Bein ausreißen, um fertigzuwerden«, rief ich mit schriller Stimme.

»Ich hätte es lieber, wenn du deine Beine zu etwas anderem gebrauchst«, erwiderte er heiser.

Schneller als geplant war die Torte fertiggestellt, denn mich erwartete eine wunderbare Nacht.

Kapitel 28

Ruby

Die Hochzeitszeremonie für Marcus Colter und Danica Lawson war wahrscheinlich das Schönste, was ich je erlebt hatte. Sie hatten mit der Tradition gebrochen und ihre Treueschwüre selbst formuliert, doch der Pastor leitete trotz allem die Zeremonie. Sie war einzigartig, genau wie die beiden Menschen, die verheiratet wurden.

Ich sah auf die Torte hinunter, die vorsichtig in den Ballsaal des Resorts gebracht worden war, wo der Hochzeitsempfang bereits in vollem Gange war. Schnell verbesserte ich noch hier und da etwas an der Dekoration, was eigentlich nicht mehr nötig gewesen wäre, doch ich wollte, dass für das Hochzeitspaar, das bald hier sein würde, um die Torte anzuschneiden, alles perfekt aussah. Jett war losgegangen, um Mason zu suchen, der erst kurz vor Beginn der Hochzeit eingetroffen war. Also bewunderte ich den hübschen Saal und die Leute, die sich darin befanden.

Die Torte war jetzt offiziell fertig und ich war stolz darauf, wie gelungen sie war.

Automatisch hob ich meine Hand, um meine Halskette zu betasten, wie schon ungefähr hundert Mal während des Nachmittags. Dann bewegte ich sie weiter zu meinen Ohrringen und befühlte auch sie, bevor ich sie wieder senkte.

Ich wusste, ich sollte mir nicht zu viele Gedanken über den Wert des Saphirschmucks machen, den ich trug, ein Geschenk, das Jett mir gemacht hatte, kurz bevor wir zur Hochzeitsfeier aufgebrochen waren. Doch das fiel mir schwer, da ich wusste, dass er wahrscheinlich ein kleines Vermögen wert war.

Nicht dass mir die Halskette und die Ohrringe, an denen Saphire hingen, nicht gefallen hätten. Jett hatte den Stein gewählt, weil es mein Geburtsstein war, doch es zerrte ein wenig an meinen Nerven, dass ich Schmuck trug, der wahrscheinlich mehr wert war als der BMW, den Jett mir geschenkt hatte.

Entspanne dich und tu einfach so, als wäre es Modeschmuck!

Theoretisch war das eine gute Idee, doch mein Gehirn schien nicht vergessen zu können, dass er nur zu real war.

Als ich mit Dani und Harper in Denver gewesen war, hatte ich mir ein Paar preisgünstige Ohrringe gekauft. Auf Jetts Geschenk war ich nicht vorbereitet gewesen.

Das Saphirset war wunderschön und ich war Jett weinend um den Hals gefallen, weil er so aufmerksam war.

Entspanne dich und erfreue dich daran!

Ich drückte meine Wirbelsäule durch und erinnerte mich daran, dass es sich lediglich um etwas *Materielles* handelte.

Ich war dankbar, dass ich ein absolut extravagantes Kleid für die Hochzeit gefunden hatte, außerdem noch ein paar ganz und gar dekadente weitere Stücke, um meine Garderobe zu vervollständigen.

Ich war mir ziemlich sicher, dass Jetts Geschenk nicht zu dem Kleid gepasst hätte, das ich aus Seattle mitgebracht hatte. Daher war ich froh, etwas Geld lockergemacht zu haben, um etwas sehr viel Hübscheres und Heißeres zu kaufen. Das schwarze Abendkleid, zu dem mich Jetts Schwestern überredet hatten, war, um ihre Worte zu benutzen, *genügend sexy, um einen Mann zum Betteln zu bringen, aber nicht sexy genug, um billig zu wirken.*

Ich lächelte, als ich mich an den gequälten Ausdruck auf Jetts Gesicht erinnerte, als er das Kleid gesehen hatte. Der ausgeschnittene Rücken und der Saum, der gerade über meinen Knien endete, waren ein bisschen zu viel für ihn, obwohl es eigentlich noch ziemlich zahm ausfiel gemessen an einigen anderen Kleidern, die ich gesehen hatte. Das Kleid war jeden Cent wert, denn als er mich darin gesehen hatte, konnte ich heißes Begehren in seinen Augen lesen.

»Wie viel Geld müsste man investieren, damit Sie aus Jetts Leben verschwinden?«, fragte ein tiefer Bariton leise hinter meinem Rücken und riss mich aus meinen Gedanken.

Ich drehte mich abrupt herum und stieß beinahe mit einer großen Gestalt zusammen, die jetzt genau vor mir stand.

Es war Jetts Bruder, Carter. Wir waren uns zwar noch nicht vorgestellt worden, doch ich hatte ihn bei der Zeremonie gesehen.

Mein erster Eindruck bestätigte, dass er ästhetisch sehr nett anzusehen war, doch seine blauen Augen waren so kalt wie ein Gletscher. Dunkelhaarig wie Jett besaß er außerdem die gleichen Gesichtszüge wie sein jüngerer Bruder, doch ihm fehlte jegliche Lebhaftigkeit. Carter wirkte so kalt wie Jett heiß. Alles an ihm bis hin zu dem kleinsten Detail war absolut perfekt. Es sah aus, als ob er im Smoking zu Hause wäre, wie ein männliches Model, dem eingeschärft worden war, einen eleganten Eindruck zu vermitteln. Aber nichts an Carter schien lebendig zu sein. Ich konnte förmlich die Kälte spüren, die von ihm ausging, als ich ihn musterte.

»Entschuldigung?«, erwiderte ich höflich, denn gewiss hatte ich ihn wegen des Lärms im Saal falsch verstanden.

»Sie haben mich sehr wohl gehört«, entgegnete er grimmig, als ob er meine Gedanken gelesen hätte.

»Warum sollte ich aus Jetts Leben verschwinden *wollen*?«

»Ich möchte wissen, wie viel Geld man Ihnen bieten muss, um Sie aus dem Leben meines Bruders verschwinden zu lassen«, krächzte er. »Ich will, dass Sie verschwinden und niemals wieder mit meinem Bruder Kontakt aufnehmen. Wie viel? Ich bin bereit, Ihnen so viel zahlen, dass es sich für Sie lohnt, ihren Sugardaddy aufzugeben.«

»Er ist *nicht* mein Sugardaddy«, erwiderte ich. Carters Unterstellungen ärgerten mich. »Sie wissen nichts über mich.«

Er zog arrogant eine Braue in die Höhe. »Ganz im Gegenteil«, sagte er verbittert. »Ich weiß alles, was ich wissen muss. Sie waren obdachlos und Jett liebt es nun einmal, Vagabunden aufzulesen. Er hat Ihnen ein Dach über dem Kopf gegeben und weil er ein leichtes Opfer war, haben Sie alles aus ihm herausgepresst, was sie konnten. Ich weiß, dass er Ihnen bisher ein neues Auto gekauft hat und diese hübschen blauen Saphire, die Sie gerade tragen. Ich habe allerdings keine Ahnung, wie viel Bargeld er Ihnen gegeben hat, da ich nicht an seine Kontoauszüge herankomme. Doch ich nehme an, dass er Sie mit Geld ebenfalls bestens ausgestattet hat. Jett ist neun Jahre älter als Sie und wegen des Unfalls behindert, ganz zu schweigen von seinen vielen Narben. Aber ich nehme an, diese Unannehmlichkeiten übersehen Sie gern, wenn er Ihnen alles gibt, was Sie haben wollen. Für Sie sieht das Ganze doch recht gut aus. Sie müssen nichts weiter tun, als mit ihm zu schlafen. Und ich habe das Gefühl, das dürfte kein Problem sein, da ich annehme, dass Sie als Prostituierte gearbeitet haben, als Sie ihn kennengelernt haben.«

»Ich war *keine* Nutte«, stellte ich wütend klar und verschränkte meine Arme in einer defensiven Geste, die mir half, mich stärker zu fühlen.

Um die Wahrheit zu sagen, Carter Lawson war wahrscheinlich der furchteinflößendste Mann, dem ich je begegnet war, und außerdem einer der gemeinsten. Und ich fühlte mich leicht verletzlich.

»Interessant«, entgegnete er. »Zu schade, dass es mir schwerfällt, das zu glauben.«

»Mir ist es vollkommen gleichgültig, was Sie glauben«, gab ich zurück.

»Ich kann Ihnen morgen bereits eine Million Dollar auf Ihr Bankkonto transferieren«, sagte er mit eiserner Entschlossenheit in der Stimme.

»Ihr Bruder war viel großzügiger«, antwortete ich, meine Stimme triefend vor Sarkasmus. »Er hat zwei Millionen lockergemacht.«

»Fünf Millionen«, bot er.

Glaubt dieser Mann wirklich, er könne sich von den Menschen ein bestimmtes Verhalten erkaufen? Glaubt er wirklich, er könne Menschen, die ihm nicht gefallen, einfach bezahlen, damit sie verschwinden?

»Ich will Ihr Geld nicht«, sagte ich schneidend.

»Was wollen Sie dann, Ruby?«, hakte er in skeptischem Tonfall nach. »Was kann Sie dazu veranlassen, meinen Bruder aus Ihren Krallen freizugeben? Wollen Sie wirklich einen Mann am Hals haben, der aufgrund seiner körperlichen Beschränkungen nicht mit Ihnen mithalten kann?«

Inzwischen liefen mir Tränen über die Wangen, Tränen des Kummers, Beweise meiner Wut und Frustration. Und ich war es leid, diesem Mann zuzuhören, wie er Schlechtes über einen Menschen erzählte, den er wahrscheinlich nicht einmal verstand oder zu schätzen wusste.

»Jett hat *keine Behinderung*«, fauchte ich. »Und ich bin mit ihm zusammen, weil ich ihn liebe. Sie werden Ihrem Bruder niemals das Wasser reichen können, ob mit oder ohne Geld. Und ganz gewiss sollten Sie darauf verzichten, anderen Menschen etwas anzuhängen, da Sie doch mit der Verlobten Ihres eigenen Bruders geschlafen haben. Sie ekeln mich an.«

Bevor ich nachdenken konnte, holte ich aus und schlug ihm quer übers Gesicht. Sein Kopf flog zur Seite und sein Glas fiel ihm aus der Hand.

Das befriedigende Geräusch, als meine Hand auf sein Gesicht traf, reichte aus, um mich meine Tat nicht bereuen zu lassen.

Er reagierte sofort und seine Hand schnellte vor, um mich am Arm zu packen. Die Leute starrten uns bereits an, doch ich war emotional zu aufgewühlt, um mich darum zu kümmern. »Fassen Sie mich nicht an! *Niemals!*«, keifte ich, während ich an meinem Arm zerrte und mich befreite. »Ihr Geld ändert auch nichts daran, dass Sie ein Arschloch sind. Im Gegenteil: Es macht Sie zu einem *noch größeren* Arschloch Leuten gegenüber, die sich von Ihrem Status beeinflussen lassen. Mich können Sie damit nicht beeindrucken. Wie Ihr Bruder beurteile ich Menschen aufgrund ihrer Taten und nicht ihres Einkommens. Und nur damit das klar ist, Jett ist *acht* Jahre älter als ich, Sie Dumpfbacke.«

Dann drehte ich mich herum und lief weg. Ich stolperte, da ich durch die Flut von Tränen blicken musste, die mir übers Gesicht strömte.

»Hurensohn!«, fluchte ich, als ich mich durch die Körper der Menschen schob, um aus dem Gebäude herauszukommen, damit ich mich wieder fassen konnte.

In gewisser Hinsicht musste ich zugeben, dass meine Beziehung mit Jett höchst ungewöhnlich war, und von außen betrachtet konnte man wirklich leicht die falschen Schlüsse ziehen.

Obdachloses Mädchen, auf der Straße und hungrig. Reicher Kerl mit gutem Herz.

Bis jetzt hatte ich mir nie Gedanken darüber gemacht, wie wir auf unsere Umgebung wirken mochten, doch jetzt kam ich nicht umhin, mich zu fragen, wie viele andere Leute wohl die gleichen Schlüsse wie Carter gezogen haben mochten.

Kapitel 29

Jett

»Nenne mir einen guten Grund, warum ich deinen Hintern nicht ins Krankenhaus befördern soll«, knurrte ich, während ich mir meinen Bruder Carter schnappte und gegen die nächste Wand drückte.

Ich hatte Rot gesehen, als ich auf der gegenüberliegenden Seite des Saales meinen Bruder bemerkt hatte, der Hand an meine Frau legte. Und die Farbe Rot hatte mir auch die Sicht getrübt, als ich sah, wie Ruby versuchte, sich von ihm zu befreien, offensichtlich wütend und weinend.

Niemand fasst Ruby an. Niemals.

»Ich habe ihr nicht wehgetan«, erklärte er feindselig, während er mich zurückstieß und sich aus meinem Würgegriff befreite. »Mein Gott, Jett. Willst du dir das wirklich noch einmal antun? Wie oft willst du dich noch benutzen lassen, bis du die Lektion gelernt hast?«

»Sie benutzt mich nicht, du Mistkerl«, verteidigte ich Ruby heftig. »Sie hätte mich wahrscheinlich ausnutzen können, hat es aber nicht getan.«

Wieder wollte ich ihn angreifen, doch plötzlich spürte ich, dass mich eine starke Hand am Kragen meines Smokings zurückhielt.

»Tu das nicht, Jett«, sagte eine männliche Stimme. »Dies ist die Hochzeit unserer Schwester. Mach bitte keine Szene!«

Mason.

Seine Bemerkung war das Einzige, das mich zurückhielt. Und als mich mein älterer Bruder behutsam wieder losließ, wusste ich, auf Marcus' und Danis Hochzeit würde ich einer Auseinandersetzung mit Carter aus dem Weg gehen. Ich würde ihn irgendwo anders plattmachen. Nicht hier.

»Was hast du zu ihr gesagt?«, erkundigte ich mich wütend, während mein Bruder Mason einen Schritt vorwärts machte, um neben mir Position zu beziehen.

Carter zuckte mit den Schultern. »Ich habe versucht, ihr Verschwinden zu erkaufen. Du willst sie doch nicht wirklich, Jett. Um Gottes willen, sie war eine obdachlose Prostituierte, bevor du sie aufgenommen hast.«

Instinktiv machte ich wieder einen Schritt auf Carter zu, doch Masons Hand packte mich erneut am Smoking, bevor ich Carter zu nahe kommen konnte.

»Sie war keine Prostituierte«, informierte ich ihn. »Sie war Jungfrau. Ruby ist als Teenager von zu Hause weggelaufen, denn sie hatte allen Grund dazu. Als ich sie kennengelernt habe, war sie von einem Menschenhandelsring entführt worden. Sie waren gerade dabei, sie an den Meistbietenden zu verkaufen. *Nichts* von dem, was Ruby widerfahren ist, kann man ihr selbst zur Last legen. Sie ist durch die Hölle gegangen. Von mir hat sie recht wenig angenommen, obwohl ich ihr alles angeboten habe. Sie ist stark und eine Überlebenskünstlerin. Doch auf keinen Fall nutzt sie jemanden aus. Sie beginnt gerade mit dem Aufbau ihres eigenen Geschäfts und das macht sie auch ohne meine Hilfe ziemlich gut.« Ich holte keuchend Luft, bevor ich fortfuhr: »Ich habe ihr angeboten, sie zu heiraten, und sie hat abgelehnt, weil sie das Gefühl hat, mir nicht genug zurückgeben zu können. Das sieht für mich nicht gerade nach einer Frau aus, die mich benutzen will.«

»Für mich hört sich das auch nicht so an«, unterstützte mich Mason. Ich schüttelte Masons Hand ab. »Ich muss sie finden. Mit dir rede ich später noch«, drohte ich Carter und drehte mich herum, um Ruby zu suchen.

Es zehrte an mir, wenn ich daran dachte, dass eines meiner eigenen Familienmitglieder sie heruntergemacht und vielleicht verletzt hatte. Aber ich würde sie trösten. Das musste ich.

Ich war besessen von meinem wunderhübschen Mädel, das mich ansah, als ob kein anderer Mann für sie existierte.

Während ich herumlief, um meine Frau zu suchen, fragte ich mich, wie jemand überhaupt auf die Idee kommen konnte, Ruby wäre diejenige, die das große Los gezogen hatte, obwohl ich doch ganz genau wusste, dass das Gegenteil der Fall war.

Mein dunkeläugiger Engel war in mein Leben gestolpert, als ich ihn am dringendsten gebraucht hatte, und ich wusste, ohne sie würde ich nicht überleben können.

Zum Teufel mit Carter.

»Lieben Sie ihn wirklich?«

Erschrocken hielt ich die Schaukel an, auf der ich saß. Der Bariton, der aus der Dunkelheit erklang, hatte mich überrascht. Ich wusste jedoch genau, zu wem die Stimme gehörte.

Es war Carter Lawson, der letzte Mensch, mit dem ich jetzt hätte sprechen mögen. Als ich aus dem Ballsaal gestürmt war, hatte ich nichts anderes im Kopf gehabt, als zu flüchten. Ich war mir ziemlich sicher gewesen, dass mich niemand auf dem Spielplatz finden würde, der sich in einiger Entfernung vom Hauptgelände befand. Ich hatte ihn rein zufällig entdeckt und war geblieben, weil er mir als ein guter Platz zum Nachdenken erschienen war. »Wie haben Sie mich gefunden?«, fragte ich ihn kalt.

Carter kam an meine Seite und setzte sich auf die Schaukel neben mir. »Ich habe zwei Schwestern. Warum nur wollen Frauen immer den Mond und die Sterne betrachten, wenn sie sauer sind?«, erwiderte er ausweichend.

Die einzige Lichtquelle in der Nähe bestand aus einem kleinen Solarlicht neben dem Karussell, daher konnte ich nicht viel von Carter erkennen außer seiner massigen Gestalt neben mir. Es erschien mir recht seltsam, dass ein Mann wie er, gekleidet in einen Smoking, auf einer großen Schaukel saß. »Ich weiß es nicht«, erwiderte ich seufzend. »Und ja, ich liebe ihn. Wie könnte ich das nicht? Ihr Bruder ist der umwerfendste Mann, den ich je kennengelernt habe.«

Der Zorn, den ich Carter gegenüber verspürt hatte, war verflogen, doch die schmerzliche Frage, was manche Leute über meine Beziehung mit Jett denken mochten, beschäftigte mich noch. Jett mochte es vielleicht gleichgültig sein, was die Leute redeten, doch ich wollte auf keinen Fall der Anlass für Gerüchte über ihn sein.

»Ich habe niemals mit Lisette geschlafen«, bekannte er. »Ich habe das Jett lediglich erzählt, weil ich wusste, dass sie nach dem Unfall Gift für ihn sein würde. Wochenlang hatte sie es aufgeschoben, im Krankenhaus vorbeizuschauen. Doch ich wusste, sie würde irgendwann auftauchen und ihn fertigmachen, weil sie kein Herz hat. Sie war immer schon eine Schlampe, doch Jett hat das nie wirklich erkannt. Ich wollte, dass er sich von ihr trennt, und da er an eine Hochzeit glaubte, dachte ich, das Einzige, was ihn dazu bringen konnte, mit ihr zu brechen, wäre Untreue ihrerseits.«

»Sie ist also überhaupt nie ins Krankenhaus gekommen, um ihn zu besuchen? Auch nicht, als es kritisch um ihn stand?«

»Nicht einmal dann«, bestätigte Carter. »Sie war zu beschäftigt mit ihrem gesellschaftlichen Leben.«

»Oh Gott«, entfuhr es mir, geschockt, dass eine Frau mit einem Mann verlobt sein konnte und nicht auf der Stelle ins Krankenhaus kam, wenn es ihm schlecht ging. Das war einfach unfassbar. »Warum haben Sie ihm nicht die Wahrheit gesagt?«

»Ich habe es versucht, ich schwöre es. Aber er wollte nicht hören. Der traurige Teil des Dramas besteht darin, dass er Lisette an jenem Tag gesehen und sie bereits Schluss mit ihm gemacht hatte. Sie hatte ihn zum ersten und einzigen Mal besucht, nur um sich von ihm zu trennen, obwohl er immer noch unter starken Schmerzen litt. Ich aber war mit meiner Lüge herausgeplatzt, bevor er auch nur erwähnen konnte, dass er aus ihren Klauen befreit war. Und so habe ich meinen Bruder für nichts verloren.«

Da ich keine Geschwister besaß, hatte ich keine Ahnung, was Carter riskiert hatte, als er Jett so etwas erzählte. Doch ich konnte mir vorstellen, dass es nicht leicht gewesen war. »Sie haben versucht, ihn zu manipulieren, als er ganz unten war«, warf ich ihm vor.

»Nur zu seinem eigenen Besten«, ächzte Carter.

»*Sie dachten*, dass es zu seinem Besten wäre«, verbesserte ich ihn. »Jett ist ein erwachsener Mann. Er sollte eigene Entscheidungen treffen dürfen.«

»Vielleicht«, stimmte er zu. »Aber es ist nicht leicht, jemandem, den man liebt, dabei zuzusehen, wie er einen großen Fehler begeht. Es wäre ihm miserabel mit ihr ergangen. Und sie hätte seine Genesung erheblich erschwert. Ich habe nur versucht, das Richtige zu tun.«

»Aber *mir* haben sie Unrecht getan«, informierte ich ihn. »Ich mag Ihren Bruder nicht seines Geldes wegen. Ich liebe ihn, weil es keinen anderen Mann wie ihn auf diesem Planeten gib. Es tut mir leid, wenn Sie nicht sehen können, wie großartig er ist, ich jedenfalls sehe es.«

»Ich beginne langsam zu glauben, dass Sie das wirklich tun«, sagte Carter stoisch.

»Jett hat sein Leben für andere Menschen riskiert und das viele Male. Er sieht Dinge, die andere Menschen ignorieren, und er versucht, für andere alles zu tun, was er kann. Er ist kein egoistisches Arschloch.«

»Wie ich?«, erkundigte er sich trocken.

»Darauf werde ich Ihnen keine Antwort geben, weil Ihnen die vielleicht nicht gefallen würde«, schnappte ich.

»Ich vermute also, es würde nichts nutzen, mein Angebot zu erhöhen?«, fragte er vorsichtig.

»Nein.« Carter war ein Arschloch, doch ich spürte, dass er nicht mehr ernsthaft versuchte, mich aus Jetts Leben zu drängen. »Wenn ich geglaubt hätte, nicht gut für Jett zu sein, wäre ich auch mit *nichts* in der Hand schnellstens verschwunden. Aber ich habe niemals bedacht, dass die Leute über ihn tratschen könnten, weil er eine obdachlose Frau zur Freundin hat. Ich hasse das.«

»Was hat Sie dazu gebracht, als Teenager von zu Hause wegzulaufen?«, fragte Carter. »Jett hat mir nichts Näheres erzählt.« Es rührte mich, dass Jett meine Geheimnisse gewahrt hatte, doch ich war es leid, mich wegen einer Vergangenheit zu schämen, über die ich keine Kontrolle gehabt hatte. Ich erkannte endlich, dass ich als Kind ein Leben gelebt hatte, das ich nicht verdient hatte, doch ich sollte verflucht sein, wenn ich mich dem unterwerfen und es als reife Erwachsene einfach so hinnehmen würde.

Jetzt hatte ich alles unter Kontrolle.

Ich musste keine Angst haben oder mir mein ganzes Leben als Erwachsene davon verderben lassen.

»Ich wurde belästigt und missbraucht. Als meine Eltern durch einen Verkehrsunfall starben, kam ich in die Obhut dieses Mannes. Er versuchte, mich zu vergewaltigen, daher lief ich fort. Bitte stellen Sie mir keine weiteren Fragen. Das ist alles, was ich Ihnen mitteilen möchte«, sagte ich mit fester Stimme.

Da Carter Jetts Bruder war, wollte ich ihm einen gewissen Einblick in meine gebrochene Seele geben, doch ich wusste, ich musste selbst entscheiden, wie viel ich ihm anvertrauen wollte. Schritt für Schritt lernte ich, mithilfe meiner Therapie meine Grenzen zu ziehen.

»Das respektiere ich«, stimmte Carter zu. »Das muss wirklich beschissen gewesen sein. Unsere Eltern sind auch bei einem Unfall ums Leben gekommen, aber wir alle hatten ausreichend Geld und einander und außerdem waren wir alle über achtzehn Jahre alt.«

»Stellen Sie sich einmal vor, Sie wären es nicht gewesen«, erklärte ich leise. »Denken Sie einfach mal darüber nach, wie es gewesen wäre, wenn Sie sich hätten fragen müssen, wohin Sie gehen, woher Sie etwas zu essen bekommen, wo Sie einen Platz zum Schlafen finden. Mehr als fünf Jahre lang habe ich mich täglich mit diesen Sorgen beschäftigen müssen. Und bis ich endlich achtzehn wurde, war ich wie paralysiert vor Angst, eingefangen und zu meinem Misshandler zurückgebracht zu werden.«

»Das tut mir leid«, sagte Carter heiser. »Wer sagten Sie, hat sie misshandelt?«

»Das habe ich gar nicht gesagt.«

»Wollen Sie es mir nicht erzählen, damit ich den Hurensohn umbringen kann?«, fragte er.

Ich brach in ein überraschtes Lachen aus. »Nein. Er ist bereits tot. Jett hat nach ihm gesucht. Er hatte vor einigen Monaten einen Herzanfall, an dem er gestorben ist. Was hat es nur mit dem Wunsch der Lawsons auf sich, einen Mord verüben zu wollen?«

»Keiner von uns kann Tyrannen ausstehen«, antwortete Carter.

Ich fand das amüsant, denn Carter war wahrscheinlich der größte Tyrann, den ich je getroffen hatte. Doch offensichtlich hatte er seine eigene Vorstellung davon, was es bedeutete, ein Tyrann zu sein und auf wen dieser Ausdruck zutraf.

Ich wechselte das Thema. »Werden Sie Jett erzählen, dass Sie überhaupt nicht mit seiner Freundin geschlafen haben? Sie haben definitiv das Falsche getan, ich glaube aber, dass er erleichtert wäre, wenn er wüsste, dass Sie gelogen und nur versucht haben, ihm auf Ihre eigene falsche Art zu helfen.«

»Das werde ich tun, falls er jemals lange genug aufhören sollte, auf mich einzuschlagen, und mir zuhört.«

»Sie können nicht das Leben anderer kontrollieren, Carter, selbst wenn Sie nur versuchen zu helfen.«

»Sie haben keine Ahnung, wie es war, meinen Bruder nach dem Unfall so leiden zu sehen«, ächzte er.

»Aber jetzt geht es ihm gut«, stellte ich vernünftig fest. »Warum haben Sie versucht, mein Verschwinden zu erkaufen?«

»Es geht ihm *nicht* gut, Ruby«, widersprach er heftig. »Sie wissen nicht, wie Jett vor dem Unfall war. Er war Experte im Skifahren, Basketballspieler und in fast jeder Sportart konnte er mich besiegen. Dazu wird er niemals wieder in der Lage sein.«

Ich setzte meine Schaukel wieder in Schwung und dachte über seine Worte nach. »Sie fühlen sich schuldig, weil Sie diese Sachen noch machen können, er aber nicht«, folgerte ich schließlich.

»Verdammt, ja. Ich fühle mich schuldig. Marcus hatte mich auch auf eine Mitgliedschaft bei der PRO angesprochen und ich hätte mit Jett dort sein sollen, doch ich war zu beschäftigt mit unserem Anspruch, die Welt zu dominieren, um mich zu beteiligen. Vielleicht hätte ich Jett schützen können, wenn ich dort gewesen wäre.«

»Vielleicht aber auch nicht«, betonte ich. »Es war ein tragischer Unfall, Carter. Jett hat es sich selbst ausgesucht, dabei zu sein. Und wenn Sie mit ihm reden würden, würden Sie auch verstehen, dass er im Moment recht gut mit sich selbst klarkommt. Er weiß, dass er nicht alles tun kann, woran er gewöhnt war, aber er ist glücklich.«

»Ihretwegen«, sagte Carter mürrisch. »Und das hätte ich beinahe auch noch vermasselt. Jetzt, da ich den Zusammenhang sehe, verstehe ich, dass er sich verändert hat. Er versteckt sich nicht mehr zu Hause. Seit dem Moment, in dem er wieder in unserem Büro erschienen ist, habe ich gesehen, dass sich etwas verändert hat. Ich bin überfürsorglich geworden. Vielleicht habe ich ihn sogar zurückgehalten und versucht, ihm alles auszureden, was ihn meiner Meinung nach verletzen könnte.«

»Das brauchen Sie nicht mehr zu tun«, sagte ich schlicht.

»Das habe ich verstanden«, bestätigte er.

»In vielerlei Hinsicht heilen Jett und ich uns gegenseitig«, stellte ich fest und erkannte im selben Moment, dass meine Bemerkung der Wahrheit entsprach. »Jett war ein wenig angeknackst, als wir uns kennengelernt haben, und ich war ein Wrack.«

»Ich vermute mal, ein Bruder ist nicht immer die beste Person, einem Mann beizubringen, dass sein Leben noch nicht vorüber ist«, entgegnete Carter.

»Sie konnten seinen Schmerz nicht so nachempfinden wie jemand, der ebenfalls verletzt ist«, erklärte ich. »Jett und ich konnten einander so gut verstehen, weil wir beide versuchten, uns von etwas zu erholen, das wir scheinbar nicht vergessen konnten.«

»Ruby?«, hörte ich Jett plötzlich rufen.

»Hier«, rief Carter zurück.

Ich blickte auf und sah eine dunkle Gestalt auf uns zukommen.

Die Schwere in meiner Brust verschwand, als Jett die Arme nach mir ausstreckte und mich an sich zog.

»Verpiss dich, Carter!«, verlangte Jett. »Und falls du je wieder in Rubys Nähe kommst, werde ich dich nicht nur verprügeln«, knurrte er.

Carter erhob sich. »Ich habe versucht, einen Fehler wiedergutzumachen«, brummte er.

Jetzt konnte ich Jetts Gesicht erkennen. Ich legte ihm einen Finger auf die Lippen. »Er sagt die Wahrheit. Carter hat mir nichts getan. Wir haben uns lediglich unterhalten.«

»Das ist mir egal«, murmelte Jett wütend. »Er soll trotzdem so weit wie möglich verschwinden.«

»Ich gehe«, lenkte Carter ein. »Doch eines Tages wirst du mit mir reden müssen.«

»Nicht heute«, erwiderte Jett missgelaunt.

Ich sah, wie Carter auf die Lichter des Resorts zuging, während ich Jett fest umarmte. Die beiden Brüder würden Frieden schließen müssen. Das wusste ich jetzt. Carter mochte extrem fehlgeleitet gewesen sein, doch er hatte die Dummheiten lediglich begangen, weil er sich um seinen jüngeren Bruder Sorgen gemacht hatte. Und eigentlich hatte er Jett auch nicht betrogen. Jetzt, da ich ihn kennengelernt hatte, bezweifelte ich, dass er zu so etwas überhaupt fähig gewesen wäre.

Welche Fehler er auch immer begangen haben mochte, Carter Lawson war seinem jüngeren Bruder gegenüber loyal, auch wenn er ein Arschloch war.

Kapitel 30

Ruby

Jetts Arme schlossen sich fester um mich, als er bat: »Tu das nie wieder, Ruby. Lauf nie wieder weg.«

»Ich bin nicht *dir* davongelaufen«, erklärte ich. »Ich bin aus der Situation geflüchtet.«

»Mach das nie wieder!«, verlangte er ein zweites Mal. »Es ängstigt mich zu Tode, wenn ich dich nicht finden kann. Lass uns zum Haus zurückgehen!«

»Es geht mir wieder gut«, wandte ich ein.

»Mir nicht«, erwiderte er mit vor Emotionen vibrierender Stimme. »Wenn ich nicht auf der Stelle in dir sein kann, werde ich noch meinen Verstand verlieren.«

Mein Herz und mein Körper fingen gleichzeitig Feuer und ich presste mich an ihn, weil ich versuchen wollte, die schmerzliche Begierde zu stillen, die in mir pulsierte. »Dann solltest du vielleicht nicht länger warten«, bemerkte ich in einem so wollüstigen Tonfall, dass ich meine eigene Stimme kaum erkannte.

»Reize mich nicht, Ruby, oder du bekommst vielleicht genau das, was du vorgeschlagen hast«, stieß er unwirsch hervor, bevor er meinen Mund umfing.

Meine Hände fuhren durch sein Haar. Und mir stockte der Atem angesichts der Gier in seinem Kuss. Ich öffnete mich ihm und gab ebenso viel wie er, wobei ich wieder das unstillbare Verlangen empfand, in ihn hineinkriechen zu wollen.

Ich konnte ihm nicht nahe genug kommen, obwohl ich verzweifelt darum kämpfte, ihn in jede noch so kleine Zelle aufzusaugen, die ich besaß.

Ich stöhnte auf, als er meinen Hintern umfasste und mich heftig gegen seinen Schwanz presste, was das Feuer in mir nur noch mehr entfachte.

Ich schnappte nach Luft, als er meine Lippen freigab. »Ich liebe dich«, platzte es keuchend aus mir heraus. »Es ist mir egal, ob du das Gleiche empfindest. Ich kann es nicht mehr für mich behalten.«

Mein Herz raste, doch ich fühlte mich erleichtert, diese Worte endlich ausgesprochen zu haben. Ich hatte einen ganzen Vulkan voller Gefühle zurückgehalten und jetzt war er endlich ausgebrochen. All die Liebe musste ein Ziel haben und jetzt ergoss sie sich über den Mann, der die Ursache des explosiven Drucks war.

Jett erstarrte und fragte: »Was hast du gesagt?«

»Ich liebe dich. Ich liebe dich so sehr, dass es mir körperlich Schmerzen bereitet.« Ich hatte nicht vor, klein beizugeben und zu leugnen, was ich gesagt hatte.

Ich war darüber hinaus, nicht vollkommen ehrlich zu sein. Ich fühlte mich mit mir selbst im Reinen und obwohl ich wahrscheinlich stets irgendwelche Probleme aus meiner Vergangenheit mit mir herumtragen würde, hatte ich es satt, mich immer noch von meinem Onkel beeinflussen zu lassen.

Ich war erwachsen und in Jett Lawson verliebt.

»Verdammt!«, fluchte er, als er sich endlich bewegte und seine Stirn an meine legte. »Sag so etwas nicht zu mir, falls du es nicht ernst meinst, denn du wirst nie wieder von mir weggehen, Ruby.«

»Ich meine es ernst«, erwiderte ich, ohne zu zögern. »Und ich habe nicht den Wunsch, irgendwohin zu gehen.«

»Wie kannst du dich dann überhaupt fragen, ob ich das Gleiche empfinde wie du?«, fragte er mit rasselnder Stimme. Dann zerrte er mich zum Karussell hinüber, setzte sich auf die metallene Oberfläche und zog mich auf sich hinunter.

»Ist es denn so?«, wollte ich wissen, während ich mich mit gespreizten Beinen auf ihn setzte und die Kühle des Metalls an meinen Beinen spürte.

Mit den Händen umfasste er meine Pobacken, um mich zu stützen und zu verhindern, dass ich von seinem Schoß in den Schmutz rutschte. »Ich war dir bereits vollkommen verfallen, als du mich zum ersten Mal so angesehen hast, als wolltest du mir vertrauen, könntest es aber nicht. Ich habe nie wirklich an Liebe auf den ersten Blick geglaubt, doch seit jenem ersten Moment habe ich gewusst, dass wir zusammengehören. Und dass unsere Liebe tiefer und intensiver wird, je länger wir zusammen sind. Jetzt kann ich nicht mehr ohne dich leben. Und ich habe verzweifelt gehofft, du würdest für immer bei mir bleiben, denn ansonsten wäre ich total erledigt.«

Ich erinnerte mich an das erste Mal, als wir Augenkontakt aufgenommen hatten. Ich hatte auf der Auktionsbühne gestanden. Und für einen kleinen Moment hatte ich etwas Ähnliches empfunden. Doch ich war zu verängstigt gewesen, um meinen anfänglichen Instinkten zu vertrauen. »Und dein Heiratsantrag?«

»Ich wusste bereits damals, dass du zu mir gehörst«, knurrte er. »Und ich wollte auf keinen Fall, dass dich jemals wieder irgendjemand anfassen würde. Doch andererseits wollte ich dich auch nicht verängstigen. Daher beschloss ich, mich mit dem zufriedenzugeben, was auch immer ich bekommen konnte.«

Mein Herz war immer noch so voll, dass ich am liebsten geweint hätte. Ich senkte den Kopf und gab ihm einen zärtlichen Kuss. »Du solltest dich niemals mit etwas nur *zufriedengeben*, Jett. Du verdienst *alles*.«

»Ich habe alles«, brummte er. »Alles, was mir etwas bedeutet, befindet sich hier bei mir auf dem Spielplatz. Ich liebe dich, Ruby.

Vielleicht habe ich vorher nicht verstanden, was Liebe sein kann, doch jetzt weiß ich es. Und ich bete dich an, verdammt noch mal.« Er streichelte mit einer Hand meinen Rücken hinauf und wieder hinunter. Ich seufzte und schmiegte mich an ihn. »Du musst mich nicht ständig anbeten«, belehrte ich ihn. Ich hatte nichts dagegen, von meinem Podest zu steigen und wilde Spielchen mit ihm zu spielen, wann immer er es wollte. »Ich möchte nur, dass du mich *liebst*.« »Das tue ich bereits«, grummelte er.

Ich ließ meine Hüften nach unten sinken und blieb für einen Moment so, um das Gefühl seines harten Schwanzes zu genießen, der sich an meinem Höschen rieb. »Dann lass uns über dein dringendes Bedürfnis reden, in mich einzudringen«, schlug ich vor. »Ruby«, stöhnte er, während er versuchte, mich davon abzuhalten, auf ihm zu reiten. »Ich werde dich nicht hier draußen in der Kälte auf einem verdammten Spielplatz nehmen.«

Es war ein wunderschöner Tag für eine Hochzeit gewesen und ungewöhnlich warm für einen Herbsttag. Marcus hatte seine Braut damit geneckt, dass das Wetter es an ihrem Hochzeitstag niemals wagen würde, nicht perfekt zu sein. Nach Einbruch der Dunkelheit hatte es sich etwas abgekühlt, es war jedoch nicht gerade eiskalt.

»Ich bin ein Ohio-Mädel, das weiß, was wirkliche Kälte ist«, sagte ich und griff zwischen unsere Körper, um seinen Schwanz zu befreien. »Außerdem wirst du schon dafür sorgen, dass mir warm wird.«

Ich hatte mich nach Jett gesehnt, seitdem ich seine Stimme gehört hatte, und jetzt würde ich mich nicht mit einem *Nein* zufriedengeben. »Ich brauche dich«, flüsterte ich ihm ins Ohr.

»Dann lass uns tun, was wir beide wollen«, stöhnte er.

»Ich will dich«, gab ich seufzend zu.

Er stand auf und zog mich mit sich, bis meine Füße langsam festen Boden fanden. Dann legte er meine Hände auf das Geländer des Karussells und beugte mich vornüber.

»Bleib so!«, verlangte er.

Ich bebte, sein Tonfall war so fordernd, dass ich nicht auf den Gedanken kam, ihm zu widersprechen. In weniger als einer Minute hatte Jett mein kleines schwarzes Kleid hochgeschoben, mein Höschen hinuntergezogen und begonnen, meine Pobacken zu liebkosen.

Ich klammerte mich an das metallene Geländer, als er mir mit einer Hand zwischen die Schenkel fuhr.

Die erste Berührung seiner Finger auf dem empfindlichen Fleisch meiner Muschi ließ meine Beine beinahe unter mir nachgeben. »Oh Gott, Jett, bitte reize mich nicht zu sehr«, keuchte ich.

»Ich werde ebenso viel Gnade mit dir haben, wie du mit mir hattest, Liebes«, erwiderte er, seine Stimme schwer vor Verlangen.

Ich wusste, ich würde dafür bezahlen müssen, ihn angestachelt zu haben, doch das kümmerte mich wenig. Ich schnappte nach Luft, als Jett meine Klitoris mit rhythmischem Streicheln und ohne seine gewöhnliche Finesse bearbeitete.

Als er schließlich seinen Schwanz in mich hineinstieß, bog ich meinen Rücken befriedigt durch und presste mich gegen ihn.

Beide waren wir urtümlich begierig und hungrig, verzweifelt danach gierend, uns zu verschaffen, was wir brauchten. Und nichts hätte uns befriedigen können, außer einander alles zu geben.

Unsere Vereinigung war wild und chaotisch. Es fühlte sich befremdlich an, komplett angezogen zu sein und trotzdem so intim miteinander verbunden.

Ich war so darin vertieft, das Verlangen zu stillen, das mich gnadenlos in seinen Klauen hielt, dass ich nichts wahrnahm außer das Gefühl, wie Jett in mich eindrang und mich immer wieder vollkommen ausfüllte.

Jetts fester Griff um meine Hüften war das Einzige, was mich erdete, während er in mich hineinstieß.

»Komm für mich, Ruby!«, verlangte er. »Ich kann mich nicht mehr zurückhalten.«

Ich konnte seine Anspannung spüren und wusste, dieses Mal war alles viel zu intensiv und übereilt. Ohne nachzudenken, folgte ich meinen Instinkten, hob meine Hand und schob sie zwischen meine Beine, um über das kleine Nervenknötchen zu reiben, von dem ich wusste, dass es mir Erlösung bringen würde.

»Zur Hölle, ja. Hilf mir diesmal, Baby!«, stöhnte Jett.

Meine Finger glitten in meine Wärme und Feuchte, die sich wie Seide anfühlte, und beinahe umgehend spürte ich, wie mein Orgasmus sich aufbaute.

»Jett«, schrie ich auf, leicht erschrocken über die gewaltige Kraft, mit der mein Höhepunkt mich traf.

Wieder hielt ich mich mit beiden Händen am Geländer fest, als ich auf einer Welle der Lust ritt, die meinen Körper heftig in Besitz nahm.

»Ruby!«, hörte ich Jett stöhnen, als er sich an meinen Hüften festhielt und ein letztes Mal seinen Schwanz in mich vergrub.

Ich wäre zusammengebrochen, wenn Jett nicht da gewesen wäre und mich mit seinen starken Armen festgehalten hätte, während er bis zu seinem eigenen Höhepunkt in mich drang.

Ich konnte mich nicht bewegen und versuchte, wieder zu Atem zu kommen, während Jett mich säuberte, vermutlich mit seinem eigenen Taschentuch, und mir dann mein Höschen wieder über den Hintern zog.

Meine Vermutung bestätigte sich, als ich mich gerade rechtzeitig herumdrehte, um zu sehen, wie er das Tuch in seine Tasche zurücksteckte.

Ich warf mich in seine Arme, die sich sofort um mich schlossen, und mein Kopf fiel auf seine Schulter.

»Ich kann nicht glauben, dass wir gerade einen Quickie auf einem Spielplatz hatten wie ein geiles Teenagerpärchen«, sagte Jett heiser, während er an meinem Hals knabberte.

Ich lächelte über seine Worte. »Beklagst du dich etwa?«, erkundigte ich mich. »Ich jedenfalls nicht.«

»Ich möchte mich nicht gerade beschweren, aber ich glaube nicht, dass ich immer damit zurechtkommen werde, wie ich dir gegenüber empfinde. Du machst mich verrückt«, gab er zu.

Ich schlang die Arme um seinen Hals und küsste ihn und ließ ihn so wissen, dass ich genau dasselbe empfand.

Kapitel 31

Ruby

»Sie sehen so glücklich aus«, sagte ich zu Jett, als wir zuschauten, wie Braut und Bräutigam miteinander tanzten.

Ich hatte Jett überredet, wieder auf den Empfang zurückzukehren. Ich wollte auf keinen Fall, dass er so früh ging, denn immerhin war er Trauzeuge und die Braut seine Schwester. Meinetwegen sollte er nicht dem Empfang fernbleiben.

Mein Körper summte noch von unseren Aktivitäten in der Dunkelheit und mein Herz war so voller Liebe, dass ich kaum atmen konnte.

Ich hatte mich kurz gefragt, ob jemand uns gesehen haben könnte, obwohl das schwierig gewesen wäre. Wir waren ziemlich weit entfernt gewesen und außerdem war es dunkel. Doch selbst wenn uns jemand gesehen hatte, bereute ich nichts. Außerdem hatte ich bemerkt, dass Jett uns so positioniert hatte, dass er mich mit seinem Rücken gegen das Resort abgeschirmt hatte. Er beschützte mich also *immer*, selbst wenn wir uns so verrückt benahmen wie heute Abend.

»Marcus hat keine Ahnung, auf was er sich eingelassen hat«, sagte Mason, der neben uns an unserem Tisch saß.

»Absolut keine«, stimmte Jett zu.

»Dani ist eine wunderbare Frau«, erklärte ich Jett und schlug ihm spielerisch auf die Schulter. »Marcus kann sich glücklich schätzen.«

»Sie hat Haare auf den Zähnen«, stellte Mason fest. »Du hast keine Ahnung, in was für Schwierigkeiten sie sich schon als Kind gebracht hat.«

»Marcus ist verloren«, antwortete Jett mit Humor in der Stimme.

»Ihr hört jetzt beide auf damit«, schaltete sich Harper ein, die uns mit Blake an ihrer Seite schräg gegenübersaß.

Seltsamerweise verstummten beide Männer sofort und ich sah Blake grinsen, als er zu Mason und Jett hinübersah.

Es war amüsant zu beobachten, wie diese beiden superreichen Männer umgehend zu reden aufhörten, sobald ihre Schwester sie zurechtgewiesen hatte.

Carters Abwesenheit war äußerst auffällig, doch ich erzählte Jett die komplette Geschichte, die sein älterer Bruder mir anvertraut hatte, und hoffte, dass die ganze Angelegenheit irgendwann vergessen und vergeben wäre. Obwohl Jett sich darüber ärgerte, dass Carter versucht hatte, sich in sein Leben einzumischen, meinte ich doch einen Hauch von Erleichterung herausgehört zu haben, als Jett sich beschwerte, dass Carter zu weit gegangen war.

Als ich am Tisch in die Runde blickte, sagte ich mir, dass ich für den Mann, den ich liebte, alles getan hatte, was in meiner Macht stand, um seine zerbrochene Familie wieder zusammenzubringen.

Sie brauchten einander, obwohl einige von ihnen es wahrscheinlich immer noch nicht zugeben wollten.

»Die Torte ist fantastisch, Ruby«, lobte Harper mich, als sie ihre Gabel auf den leeren Teller legte.

Ich öffnete bereits meinen Mund, um zu erwidern, dass sie für eine ungelernte Konditorin nicht schlecht sei, als ich ihn auch schon wieder schloss. Ich war es leid, ständig Selbstkritik zu üben. Also sagte ich schlicht: »Danke.«

»Du lernst«, sagte Jett leise an meinem Ohr.

Ich lächelte ihn an. »Ja, das glaube ich auch.«

»Und die Torte *war* fantastisch«, sagte er mit einem Grinsen.

»Ist dir schon jemals eine Torte begegnet, die du nicht gemocht hättest?«, fragte ich mit einem fröhlichen Lachen.

»Nicht dass ich wüsste«, erwiderte er. »Aber deine liebe ich besonders.«

Mein Herz begann vor Freude zu hüpfen, als ich merkte, dass wir nicht nur über Torten sprachen. »Ich liebe dich«, flüsterte ich ihm zu.

»Ich liebe dich auch, Baby«, sagte er, ohne sich darum zu bemühen, seine Stimme zu senken. »Und mich kümmert es wenig, wer es erfährt.«

»Mich auch nicht«, gab ich zu. »Ich würde mich sogar auf den Tisch stellen und es allen hier verkünden, dass ich dich liebe, doch ich glaube, ich möchte es heute Abend noch für mich behalten.«

»Es wird sich nicht auf den Tisch gestellt«, warnte er mich. »Jeder Kerl hier könnte dir unters Kleid gucken.«

»Du bist unmöglich«, schalt ich ihn.

»Du bist wunderschön«, erwiderte er.

Durch meinen Körper flutete eine Wärme, die nichts mit Sex zu tun hatte, sondern allein der Tatsache entsprang, dass Jett Lawson mich liebte. Manchmal gab er wirklich unmögliche Sprüche von sich, aber ich wusste, dass er alles ernst meinte.

»Mein Aschenputtel-Märchen ist noch nicht zu Ende«, bemerkte ich leise, während ich die Braut und den Bräutigam beobachtete, die sich wieder für ein langes Lied auf der Tanzfläche eingefunden hatten. »Wenn ich hier so mit dir sitze und mich im Saal umsehe, fühlt es sich irgendwie unwirklich an. Vor nicht allzu langer Zeit war ich noch obdachlos und jetzt bin ich herausgeputzt wie ein Mensch, der ein ganz normales Leben führt. Na gut, vielleicht nicht ein *normales* Leben. Eher ein *außergewöhnliches*.«

»Es ist endlich so, wie es hätte sein sollen«, schlussfolgerte Jett.

»Ich würde alles noch einmal ganz genauso machen, wenn ich am Schluss wieder mit dir zusammen sein würde«, erklärte ich.

»Oh nein«, widersprach er und legte besitzergreifend einen Arm um meine Taille. »Es ist nicht nötig, alles zu wiederholen. Ich habe jetzt schon ein Magengeschwür bei dem Gedanken, dir könnte etwas zustoßen.«

Ich seufzte. Ich hatte keine Ahnung, wie ich so schnell von dem einen Ort in meinem Leben zum anderen gekommen war, doch ich würde das Schicksal nicht infrage stellen.

Ich bewegte langsam meine Füße hin und her. »Möchtest du mit mir tanzen, Jett?«, fragte ich und legte ihm eine Hand auf die breite Schulter.

Ich hielt den Atem an, als er mich verblüfft ansah. »Ruby, du weißt doch, dass ich nicht –«

»Wir gehen es langsam an«, sagte ich und spürte mehrere Augenpaare auf uns gerichtet, als ich ihn ermutigte, das zu tun, von dem seine ehemalige Verlobte behauptet hatte, er könne es nie wieder tun.

Wir waren beide so sehr gewachsen und ich wusste genau, dass Jett in der Lage war zu tanzen.

Er selbst wusste jedoch noch nicht so richtig, wozu er in der Lage war.

»Ich war ein lausiger Tänzer, *bevor* ich den Unfall hatte«, warnte er mich und klang leicht unbehaglich.

»Er lügt«, warf Harper ein. »Er ist ein fantastischer Tänzer.«

Ich sah zu Jetts Schwester hinüber und warf ihr einen Blick zu, um mich für die Rückendeckung zu bedanken.

»Das bietet dir eine gute Entschuldigung, mich zu betatschen« flüsterte ich ihm zu, während ich mich zu ihm hinüberlehnte.

Mein Herz machte einen Sprung, als ich mich aufrichtete und echte Angst in seinen Augen sah.

Vielleicht hatte ich einen Fehler gemacht. Vielleicht hatte ich ihn zu weit getrieben. Vielleicht hatte ich ihn verletzt.

Doch er stand auf und schlang mir einen Arm um die Taille. »Du weißt wirklich, wie du mich zu allem bringen kannst. Diesmal hast du mich mit dem *dich betatschen können* überzeugt.«

Ich strahlte ihn an und nahm seinen Arm. »Gut. Weil ich nämlich von niemand anderem betatscht werden möchte. Und außerdem glaube ich nicht, dass du nicht tanzen kannst.«

Ich musterte sein Gesicht und versuchte, ihm mit meinen Augen zu sagen, dass nichts ihn aufhalten konnte außer er sich selbst.

»Du wirst es ja merken, wenn ich uns am Ende beide auf unseren Hintern landen lasse«, bemerkte er unwirsch, als er meine Hand ergriff und mich langsam auf die Tanzfläche führte. Ich ließ ihm keine Zeit zum Nachdenken, sondern schlang ihm die Arme um den Hals. »Ich finde, tanzen kann so sein wie Liebe machen, nur auf eine andere Art«, erklärte ich ihm.

»Ich finde die herkömmliche Art ziemlich okay«, grollte er, während er meine Hand nahm und einen Arm um meine Taille schlang.

Ich lächelte, als er mich langsam um die Tanzfläche führte. Die Musik hatte einen ziemlich langsamen Rhythmus und ich konnte Jett leicht folgen, während ich mich gerade genug an ihn schmiegte, um ihn vergessen zu lassen, dass er tanzte.

Ich legte meinen Kopf auf seine Schulter und wir fielen ganz natürlich in einen langsamen Rhythmus, der uns beiden angenehm war.

Wir wiegten uns zusammen im Takt, bis ich schließlich sagte: »Du bist ein phänomenaler Tänzer.«

»Du bist verrückt«, erwiderte er etwas fröhlicher. »Und du hast mich mit wollüstigen Versprechen gelockt.«

In diesem Moment wusste ich, dass alles gut werden würde. Jett und ich waren dazu gemacht, uns gegenseitig herauszufordern, auf eine gute Art.

Ich spürte seine Hand auf meinem Rücken und das Gefühl ließ mich erbeben.

»Ich bin mir sicher, du bist bereits mit wollüstigen Gedanken geboren worden«, neckte ich ihn.

»Ich bin nur mit dir zusammen so«, sagte er heiser und lehnte sich zurück, um mich anzusehen.

Ich verlor mich in seinen smaragdgrünen Augen und mein Herz machte einen Sprung, während mir ganz schwindlig wurde.

Als er sich zu mir hinunterbeugte, um mich zu küssen, rutschte alles, was in meinem Leben jemals falsch gelaufen war, an seinen richtigen Platz.

Ich war vielleicht noch nicht vollkommen geheilt und ich bezweifelte nicht, dass ich noch für längere Zeit mit meinen Problemen zu kämpfen haben würde.

Doch heute Abend war meine gebrochene Seele wieder zusammengesetzt worden und ich war mehr als glücklich, mit den Narben zu leben, die Zeit brauchen würden, um zu verblassen.

Solange ich mit diesem wunderbaren Mann zusammen war, der mich in seinen Armen hielt, gab es sehr wenig, was ich *nicht* tun konnte.

Epilog

Ruby

Einen Monat später ...

»Ich bin froh, dass die beiden nicht geheiratet haben«, sagte Jett, als wir die Kirche verließen, in der Stuart und Lia hatten heiraten wollen.

»Es hat ihr das Herz gebrochen«, erklärte ich.

»Nein, hat es nicht«, widersprach Jett, während er die Tür der Limousine aufhielt und wartete, dass ich einstieg.

Pete hatte vor der Kirche geparkt und sah verblüfft aus, als ich ins Auto kletterte.

Jett erklärte seinem Freund und Fahrer, dass die Zeremonie nicht stattgefunden hatte und wir wieder nach Hause fahren wollten.

»Keine Frau möchte gern vorm Altar stehen gelassen werden«, wandte ich ein.

Als sich der Wagen in Bewegung setzte, sagte Jett: »Besser als mit einem Arschloch verheiratet zu sein. Außerdem denke ich, dass wir schon bald eine Einladung zu einer anderen Hochzeit erhalten werden.«

»Wessen denn?«, fragte ich neugierig.

»Von Zeke und Lia«, erklärte er ruhig. »Zeke wird sicher endlich die Initiative ergreifen, da Lia doch jetzt heiraten muss, wenn sie ihr Erbe nicht verlieren will.«

»Sie liebt Zeke aber nicht«, betonte ich.

»Falls sie das jetzt noch nicht tut, wird sie es schon noch. Diese beiden sind füreinander bestimmt. Sie hat *Stuart* doch nicht wirklich geliebt. Ich glaube, sie hatte sich in die *Idee* verliebt, mit ihm verheiratet zu sein.«

Ich hatte Lia beobachtet, während der Hochzeitstag näher gekommen war, und konnte daher auch nicht behaupten, dass Jett unrecht hatte. Ehrlich, ich glaubte auch nicht, dass Lia Stuart liebte. »Ich hoffe, am Ende heiratet sie Zeke«, räumte ich ein.

Es war offensichtlich, dass Zeke Lia anbetete, und außerdem behandelte er meine Freundin auf die richtige Weise.

Im Unterschied zu Stuart, der wie ein komplettes Arschloch klang.

Ich lehnte mich in meinem Ledersitz zurück und ließ die Stadt an mir vorübergleiten, als wir uns dem Stadtzentrum näherten.

Während der letzten Wochen war ich äußerst beschäftigt gewesen und fühlte mich erschöpft, wenn auch auf angenehme Art und Weise.

Seit Danis Hochzeit hatte sich einiges zwischen Jett und mir unwiderruflich verändert. Jetzt, da wir uns all unsere Ängste gestanden hatten, konnten wir einander helfen, unseren Heilungsprozess abzuschließen.

Es gab Momente, in denen ich Angst bekam, doch Jett war da, um mich zu erden. Im Gegenzug versuchte ich, all seine Probleme zu lindern, die noch vom Unfall zurückgeblieben waren.

Ich redete fast jeden Tag mit Harper, und Dani würde schon bald aus ihren Flitterwochen zurückkehren und dann auch wieder mit im Bunde sein.

Carter und Jett hatten das Kriegsbeil begraben und überraschenderweise war Carter einer meiner größten Beschützer geworden. Er war beinahe so etwas wie der große Bruder, den ich nie gehabt hatte, stets zur Stelle, um mich zu verteidigen. Und Carter nahm solche Pflichten recht ernst.

Nichts kann eine Frau so verrückt machen wie zwei Alphamänner.

Aber ehrlich gesagt, ich hätte es nicht anders haben wollen. Ich musste zugeben, dass Carter bei mir einen Stein im Brett hatte, seitdem ich erkannt hatte, dass er gute Absichten gehabt hatte und lediglich die Umsetzung schlecht gewesen war.

Mason war wieder einmal international auf Reisen, sodass wir ihn seit Danis Hochzeit nicht gesehen hatten.

Ich hatte viel mit meinem Konditorgeschäft zu tun gehabt und Jett war bereitwillig mein Lehrer geworden, der mir die Managementseite beibrachte, die dazugehörte, um mein eigenes Unternehmen zu führen.

Alles war ziemlich schnell gegangen, nachdem ich begonnen hatte, regelmäßig Lias Laden zu beliefern und mich auf ein zweites *Indulgent Brews* vorzubereiten. Ich belieferte außerdem Jetts Büro und er wollte, dass ich auch alle anderen Büros mit meinem Gebäck versorgte. Zusammengenommen würde ein recht umfangreiches Geschäft daraus werden und das zusätzlich zu all den anderen Aufträgen, die täglich an mich herangetragen wurden.

Ich hatte eine Pause einlegen wollen.

Ich liebte es, so beschäftigt zu sein, doch in den letzten paar Wochen war alles ziemlich verrückt gewesen.

Schließlich würde ich eine Menge Geld verdienen. Während ich die Tatsache liebte, unabhängig zu sein, war es nicht mein Ziel gewesen, reich zu werden. Ich hatte eine gewisse Sicherheit gewollt und Unabhängigkeit.

Jetzt, da ich mich diesen Zielen näherte, wünschte ich mir lediglich, etwas zu tun, was ich gern machte.

Ich hatte die enorme Summe der Versicherung erhalten. Das Geld war ohne viel Theater auf meinem Bankkonto gelandet und da Jett sich weigerte, auch nur einen Cent davon anzunehmen oder sich das Geld zurückgeben zu lassen, das er mir ausgelegt hatte, hatte sich nur sehr wenig geändert.

Der Wagen hielt an und Jett stieg aus, um mir die Tür aufzuhalten.

»Du bist so still«, stellte er fest. »Alles in Ordnung?«

Ich antwortete erst, als wir in den leeren Aufzug stiegen. »Alles in bester Ordnung.«

Er lächelte mich an, während er den Knopf fürs Penthouse drückte, und ich erwiderte sein Lächeln. Jett hatte mehr Freude in mein Leben gebracht, als ich mir während meiner Obdachlosigkeit jemals hätte vorstellen können.

Nachdem wir die Wohnung betreten hatten, nahm Jett meinen Mantel und sagte: »Ich kann es kaum erwarten, dir etwas zu geben.«

»Aber nicht noch ein Auto«, warnte ich ihn.

Er schüttelte den Kopf. »Es ist kein Auto. Aber es hängt eine Bedingung daran.«

Ich folgte ihm, als er in Richtung Küche ging. Im Wohnzimmer blieb er stehen.

»Wie lautet die Bedingung?«, fragte ich eifrig. »Geht es um ein Sexspiel?«

»Leider nicht, aber ich könnte es so einrichten«, erwiderte er, während er in seine Tasche griff. »Erst einmal geht es darum, dass du *mich* nehmen musst, wenn du das Geschenk annimmst.«

Ich musste nach Luft schnappen, als er die mit rotem Samt bezogene Schachtel öffnete, die er in der Hand hielt, und das Licht den wunderschönen Diamanten in ihrem Inneren zum Strahlen brachte.

»Ich hoffe, diesmal sagst du *Ja*. Ich liebe dich, Ruby Kent. Heirate. Mich!«

Kurz zuckte die Erinnerung an das letzte Mal durch meinen Kopf, als er mir diese Frage gestellt hatte. Es kam mir so vertraut vor, aber doch so ganz anders.

Als er mir dieselbe Frage gestellt hatte, kurz nachdem wir uns kennengelernt hatten, hatte er nicht die gleiche Bewunderung und das gleiche Feuer im Blick gezeigt. Doch ich konnte einen Hauch der gleichen Besorgnis erkennen, die ich auch damals in seinem Gesicht gesehen hatte.

»Ja!«, rief ich, ohne zu zögern, und mein Herz machte Freudensprünge, als ich mich ihm an den Hals warf.

Lachend fing er mich auf. »Wenn du mir damals diese Antwort gegeben hättest, wären wir jetzt bereits verheiratet.«

»Damals wäre es nicht richtig gewesen«, wandte ich ein.

Er löste sich von mir, um den umwerfenden Ring an meinen Finger zu stecken. »Vielleicht war es das nicht. Aber ich war trotzdem dazu bereit.«

Ich starrte einen Augenblick auf den riesigen Diamanten, bevor ich sagte: »Jetzt ist es richtig, weil ich dich liebe.«

Jett küsste den Ring an meinem Finger, dann beugte er sich zu mir hinunter und gab mir einen Kuss, der nach Ewigkeit schmeckte.

»Eigentlich wollte ich dich morgen zum Abendessen ausführen«, erklärte er, als er seinen Kopf hob. »Doch als ich heute Morgen diesen Ring abgeholt habe, musste ich ihn unbedingt an deinem Finger sehen.«

»Ich kann auch ohne das Abendessen überleben«, sagte ich und streichelte seine Wange. »Bring mich ins Bett!«

»Anspruchsvolle Frau«, knurrte er, doch ich konnte sehen, dass ihm das Verlangen ins Gesicht geschrieben stand.

»Beschwerst du dich schon wieder?«, neckte ich ihn.

»Niemals«, wehrte er heiser ab und nahm meine Hand. »Allein die Tatsache, dass du mich so sehr begehrst wie ich dich, ist ein Wunder.«

Ich folgte ihm, als er mich an der Hand hinter sich her zog. Ich wusste, er machte sich nicht runter, denn ich empfand das Gleiche.

Manchmal war Liebe wirklich ein überraschendes Phänomen, das einen Menschen dazu bringen konnte, darüber nachzudenken, wie glücklich er sich schätzen konnte, einen Menschen zu haben, der die gleichen Gefühle hegte.

Als ich Jett in den Aufzug folgte, erkannte ich, dass mein Aschenputtel-Märchen sein Ende gefunden hatte. Allerdings war ich mehr als bereit für eine Fortsetzung.

Ich würde lachen, lieben und den Rest meines Lebens mit meinem Seelenverwandten verbringen.

Ich *hatte* bereits ein wirkliches Leben wie im Märchen und viel besser konnte es nicht werden.

~Ende~

Anmerkung der Autorin

Menschenhandel ist eine Form moderner Sklaverei. Es ist ein Verbrechen, wenn ein Menschenhändler Gewalt, Betrug oder Zwang anwendet, um eine andere Person unter seine Kontrolle zu bekommen mit dem Ziel, sie gegen ihren Willen zu sexuellen Handlungen, Unzucht oder Dienstleistungen zu zwingen.

So viele Ausreißer/innen oder Verstoßene (Menschen, die wahrscheinlich niemals vermisst werden) werden auf diese Weise zur Prostitution gezwungen. Manchmal werden sie unter Drogen gesetzt oder bis zur Unterwerfung geschlagen, oder es werden ihnen nicht existierende Schulden vorgehalten, um sie zur Kooperation zu zwingen, bis diese angeblichen Schulden abgezahlt sind.

Falls Sie oder jemand, den Sie kennen, ein Opfer oder vermutetes Opfer ist, suchen Sie bitte nach Hilfe.

Lassen Sie uns diesem Verbrechen gegen die Menschlichkeit für immer ein Ende bereiten.

Biografie

J.S. Scott ist eine Bestsellerautorin pikanter Liebesromane. Sie ist eine begeisterte Leserin von Büchern und Literatur jeglicher Art. J.S. Scott schreibt, was sie selbst gern liest, und das sind zeitgenössische sowie paranormale erotische Liebesgeschichten. Sie handeln meistens von einem Alphamännchen und haben ein Happyend, denn so schreibt sie sie einfach am liebsten!

Besuchen Sie mich auf:
http://www.authorjsscott.com
https://www.facebook.com/J.S.ScottGermany/

Oder senden Sie eine E-Mail an:
JSScott_author@hotmail.com

Sie finden mich ebenfalls auf Twitter:
@AuthorJSScott

Oder folgen Sie mir auf Goodreads:
https://www.goodreads.com/author/show/2777016.J_S_Scott

Bitte tragen Sie sich auf meiner E-Mail-Liste ein, um über Neuigkeiten, neue Veröffentlichungen und exklusive Textauszüge informiert zu werden: http://eepurl.com/b2DuYn

Bücher von T. A. Scott

Obwohl die Serie »Die Walker-Brüder« zwanglos mit der Reihe »Ein Milliardär voller Leidenschaft« verbunden ist, stellt sie eine eigenständige Serie dar, die auch gelesen werden kann, ohne die Bücher von »Ein Milliardär voller Leidenschaft« zu kennen. Es handelt sich ebenfalls um eine heiße Liebesromanreihe mit Alpha-Milliardären.